废|名|作|品|精|选

廢名
短篇小说

陈建军——编订

华中科技大学出版社
http://www.hustp.com
中国·武汉

图书在版编目（C I P）数据

废名短篇小说 / 陈建军编订 . -- 武汉：华中科技大学出版社，2019.8 （2022.1重印）
（废名作品精选）
ISBN 978-7-5680-5328-0

Ⅰ. ①废… Ⅱ. ①陈… Ⅲ. ①短篇小说 - 小说集 - 中国 - 当代 Ⅳ. ① I247.7

中国版本图书馆 CIP 数据核字 (2019) 第 122684 号

废名短篇小说　　陈建军 编订
Feiming Duanpian Xiaoshuo

策划编辑：刘晚成
责任编辑：田金麟
责任校对：黄　验
责任监印：朱　玢
装帧设计：璞茜设计 2815932450@qq.com
出版发行：华中科技大学出版社（中国・武汉）　电话：（027）81321913
武汉市东湖新技术开发区华工科技园　邮编：430223
印　刷：湖北新华印务有限公司
开　本：880mm × 1230mm　1/32
印　张：10.5
字　数：210 千字
版　次：2022年 1月第 1 版第 2 次印刷
定　价：65.00 元

华中出版
本书若有印装质量问题，请向出版社营销中心调换
全国免费服务热线：400-6679-118 竭诚为您服务

凡例

一、本套书所收废名作品，均为其1949年以前所作小说和散文。

二、本套书共4卷，第1卷为《废名短篇小说》，收《竹林的故事》《桃园》《枣》等短篇小说集3种和集外短篇小说5篇；第2卷、第3卷为《废名长篇小说》，其中第2卷收《桥》(上下卷)和未竟长篇《纺纸记》《芭蕉梦》；第3卷收《莫须有先生传》和《莫须有先生坐飞机以后》；第4卷为《废名散文》，收各类散文111篇。

三、各卷以成集者为主体，其他散篇列于成集者之后。

四、各卷所收作品大体按出版或发表时间先后排列，未刊稿据写作时间编次。

五、成集者一般以初版为排印底本，如以其他版次为排印依据，则加注说明；已发表且未收集者，以初刊为底本；未刊稿以原稿（复制件）为底本。

六、成集者中，他人所作序跋，一并收录。

七、原竖排改为横排，繁体字改为简体字，异体字改为正体字；通假字、假借字和“的”“地”“底”等部分用字，一仍其旧。明显的讹字、衍字、脱字，参校手稿、初刊等其他版本，酌予订正，并分别用〔 〕、〈 〉、（ ）标示，将所改动者置于其内。

八、标点符号尽量保留原貌；篇名书名，酌加书名号；原文无标点，则按现行国家标准所规定的用法重新标点。

九、所有作品均加“题注”，主要著录发表、出版、署名、题名更易、写作时间（除原刊本未署写作时间或与单行本所署写作时间一致者外）、作者附言、原刊编者按语、底本依据等信息。

十、保留作者自注，并在注条末标以“——作者原注”。

目　录

竹林的故事

桃园

枣

集外

竹林的故事
馮文炳著
北京新潮社
1925

竹林的故事

北京新潮社1925年10月初版，北新书局1927年9月再版，系“新潮社文艺丛书之九”。除周作人《竹林的故事序》（目录为《周序》）、冯文炳《序》（目录为《自序》）和译作《窗》（波特来尔原著）外，共收短篇小说14篇。其中，《我的邻舍》《阿妹》未单独发表，其他篇什曾载《努力周报》《现代评论》《语丝》《莽原》等。作者在自留初版本扉页写有：“在上面印错的地方很多，我发现出一处就改正一处。”据再版本排印。

窗[1]

一个人穿过开着的窗而看，决不如那对着闭着的窗的看出来的东西那么多。世间上更无物为深邃，为神秘，为丰富，为阴暗，为眩动，较之一枝烛光所照的窗了。我们在日光下所能见到的一切，永不及那窗玻璃后见到的有趣。在那幽或明的洞隙之中，生命活着，梦着，折难着。

横穿屋顶之波，我能见一个中年妇人，脸打皱，穷，她长有所倚，她从不外出。从她的面貌，从她的衣装，从她的姿态，从几乎没有什

① 初版置于书末，再版置于书首，均未列入目录。

么，我造出了这妇人的历史，或者不如说是她的故事，有时我就念给我自己听，带着眼泪。

倘若那是一个老汉，我也一样容易造出他的来罢。

于是我睡，自足于在他人的身上生活过，担受过了。

你将问我，“你相信这故事是真的吗？”那有什么关系呢？——我以外的真实有什么关系呢，只要他帮助我过活，觉到有我，和我是什么？

——Baudelaire 散文诗之一。

周序①

冯文炳君的小说是我所喜欢的一种。我不是批评家，不能说它是否水平线以上的文艺作品，也不知道是那一派的文学，但是我喜欢读它，这就是表示我觉得它好。

我所喜欢的作品有好些种。文艺复兴时代说猥亵话的里昂医生，十八世纪讲刻毒话的爱尔兰神甫，近代做不道德的小说以及活剖人的

① 初版本、再版本目录为《周序》，正文题为《竹林的故事序》。作者在自留初版本周序后写了一段附记并涂掉："著者附记：《竹林的故事》原为周先生编辑的新潮社文艺丛书之一种，北新书局出版，排印殊多错误，现著者将这些错误的地方都改正了，改归开明书局出版。 一九二八年八月十一日。"

心露的法国和瑞典的狂人，……我都喜欢读，不过我不知怎地总是有点“隐逸的”，有时候很想找一点温和的读，正如一个人喜欢在树阴下闲坐，虽然晒太阳也是一件快事。我读冯君的小说便是坐在树阴下的时候。

冯君的小说我并不觉得是逃避现实的。他所描写的不是什么大悲剧大喜剧，只是平凡人的平凡生活——，这却正是现实。特别的光明与黑暗固然也是现实之一部，但这尽可以不去写它，倘若自己不曾感到欲写的必要，更不必说如没有这种经验。文学不是实录，乃是一个梦：梦并不是醒生活的复写，然而离开了醒生活梦也就没有了材料，无论所做的是反应的或是满愿的梦。冯君所写多是乡村的儿女翁媪的事，这便因为他所见的人生是这一部分，——其实这一部分未始不足以代表全体：一个失恋的姑娘之沉默的受苦未必比蓬发薰香，着小蛮靴，胸前挂鸡心宝石的女郎因为相思而长吁短叹，寻死觅活，为不悲哀，或没有意思。将来著者人生的经验逐渐进展，他的艺术也自然会有变化，我们此刻当然应以著者所愿意给我们看的为满足，不好要求他怎样地照我的意思改作，虽然爱看不爱看是我们的自由。

冯君著作的独立的精神也是我所佩服的一点。他三四年来专心创作，沿着一条路前进，发展他平淡朴讷的作风，这是很可喜的。有茀罗倍耳那样的好先生，别林斯奇那样的好批评家，的确值得也是应该听从的，但在中国那里有这些人；你要去找他们，他不是叫你拿香泥塑一尊女菩萨，便叫你去数天上的星，结果是筋疲力尽地住手，假如是聪明一点。冯君从中外文学里涵养他的趣味，一面独自走他的路，这虽然寂寞一点，却是最确实的走法，我希望他这样可以走到比此刻的更是独殊地他自己的艺术之大道上去。

这种丛书向来都是没有别人的序的，但在一年多前我就答应冯君如出小说集时给他做一篇序，所以现在不得不写一篇。这只代表我个人的意见，并不是什么批评。我是认识冯君，并且喜欢他的作品的，所以说的不免有点偏，倘若当作批评去看，那就有点像“戏台里喝彩”式的普通评论，不是我的本意了。一九二五年九月三十日，周作人于北京。

自序[①]

我开始做小说，在一九二二年秋天，到现在为止，共十五篇，最初的三篇没有收在这集子里。

本来连《讲究的信封》同《少年阮仁的失踪》我也不打算要，今天偶尔一翻阅，却不觉又为自己悲，——相隔不过两年，竟漠然若此！多长几根胡子罢了，凭什么看轻他们？

其余十篇，除《病人》是某一时期留下的阴影而外，都可以说是现在的产物，我愿读者从他们当中理出我的哀愁。

① 初版本、再版本目录为《自序》，正文题为《序》。

我在这里祝福周作人先生，我自己的园地，是由周先生的走来。

一九二五，三，九，冯文炳序于北京。

这集子正在排印的当儿，我写了《河上柳》，《去乡》两篇，一并收入。

我感谢李小峰兄同他的夫人对于出版上的帮忙。

一九二五，六，十二，冯文炳。

讲究的信封①

同学们狂风扫落叶似的四散了，他一个人也只好循着原路朝学校里走。他的体质很弱，来时居然能够随着大家没有休息的跑到，现在几乎走不动了，天气顿时也变坏，没起风，没看见太阳。骡车汽车人力车走来走去，他也听不见他们的声音，只觉得被他们搀起来的灰尘

① 载《努力周报》1923年3月18日第44期，署名冯文炳，文末署：“十二，一，二十七作于北大西斋。”又载《青年友》1923年5月第3卷第5期，题下标有“（写实小说）”，署名冯文炳；文后编者按语：“我们读过这一篇等闲的小说，可以得着很重大的问题：一个青年受着环境的压迫，是不是能继续他牺牲奋斗的勇气？是不是能维持他纯洁高尚的人格？若是不能，这种罪恶是不是完全在一个青年人身上？若是他竟迳情直行，不顾他家庭一切问题与他父亲的来信，是不是能得社会上的同情，与道德上允许？凡此都与青年的坠落与成立有极大关系，我们不可不悉心研究。”

同空气融和成灰白色。街旁人力车夫问他坐不坐车，他低头看看他手里还拿着一枝几乎摔掉了的校旗，便好像有一种迷信似的把头对着车夫连摇。走进一条很深曲的巷子的时候，偶然从那里传来几声小孩子的叫唤，他的疲倦了的知觉，又好像被有丧事的人家的啼哭所惊醒，随即滴下两颗眼泪在干燥而松散的尘土上。

走进学校，揭示处贴着很大的通告："请愿的同学都打伤了！"他到他所认识的受伤同学处慰问了一遍，便回到自己的寝室。倒在床上，嘴好像失了作用，耳朵却还听得同住的朋友的谈话：

"H 君比时就吐血！"

"F 君的右颊伤了指甲深的一个洞！"

"那大约是刺刀钻的，皮带没有那利害！"

"最可恼的是那些警察，把我们赶到西口还要赶！"

"他们的车夫也混着一齐打哩！"

"他们以为我们是他们老爷的仇敌！"

他勉强闭着眼睛，以为睡一觉起来，总可恢复疲劳；听了朋友们的话，越想睡却越睡不着，"车夫"，"警察"这两个声音，好像是一线火焰，把藏在他心的深处的燃料，统行引着了。朋友们的叫骂，本来是对受伤的同学表同情，而且也可以消出自己的忿气；他却因之把受伤的同学完全忘记了，回忆一个警察的面孔；这警察是解开腰上的皮带向着他掷的，他一面跑一面回顾，所以那面孔格外记得清楚。假如他依着刚才走进房门，向他最亲爱的朋友所说的话“我现在觉得我们唯一的使命是抛开书本子去干！”做去，那一定是为了那警察的原故。

他终于睡着了。醒来时已经不是白天，房里没有灯，也没有听见一个人的言动。把灯燃着，桌上放着一封信！大约是号房刚才送进来的。

仲凝：

我得着你寒假不回来的消息，很欢喜。父亲时常向我说，“写信叫他回来”，我总是拦阻。父亲的皮袍已经穿了二十几年，现在破得不成样子了；上月寄给你三十元，叫你买一件皮袍穿，——到前几天才告诉我，自己仍穿那旧的。你昨天来信说你的目力赶不上从前，父亲埋怨你用功太过，一面又筹八元寄你买一副眼镜。乡间银价非常高，二百枚铜子还换不了一元。我有时买块豆腐煎煎，端上桌子的时候，父亲且笑且怪：“有了腌菜便不该买豆腐。”要你买眼镜，二十千铜子还愁不够哩。你假若回来，往返盘费至少要用三十元，家里无论如何节省，总填不起这个数目。自从我们的女儿死后，每天晚上，母亲总要妹妹同我睡，我倒觉十分不自在，连做梦也耽心。但是母亲以为我胆小，一个人睡着害怕，我怎好推辞？

一，十九，萤。

“怎的这样静寂？”他把信看完了，倾着耳朵细听。一时间，花白头发的双亲，纯和而又聪明的爱妻，都来到这黑夜凄凉城中一间矮小的宿舍除掉灯光没有伴侣的儿子，丈夫的脑里。那差不多四个钟头以前发现的惨剧，几乎同梦一般的隐没了。

最后他从书架上拿一本文学定期出版物，想从上面选一篇小说读读。这册子颇厚，中间约有一分宽的空隙，表明曾经夹过什么纸笺在里面。书刚拿到手上，不知不觉也就从那没有密合的地方折开，他突然被一声霹雳惊着似的，把书摔在桌上，自己坐在椅上！

“这……这信封……”

两月以前，他父亲由家来信，说县署里出了一个一月二十元的差事，补充人须得本邑有声势的人的介绍，嘱他请同乡李先生，众议院议员，写封信给知事。他比时很费踌躇：去？不但理智告诉他这是耻辱，而且他实在感着这是痛苦；不去？六十岁的父亲，难道自己不愿安闲？为的都是……

他记起一个朋友来了，这朋友同他很亲爱，是李先生的亲戚。当天晚上，他到朋友的寓所去，说明他的来意。朋友道：“我代你去找。他的行踪无定，你是不中用的。”接着又说：“你不用性急，我即刻就去，明天清早来候信。”他听了朋友的话，自然是欢喜，——却又如何难过。出门时，青天皎月，在他好像许久没有看见似的，一霎间起一种异样的感觉，随即是恐慌：“大约会不着！”

次晨他起床特别的早，——也许是通晚没有睡着，很匆忙的跑到朋友那里，从睡梦中把朋友打醒，做出很从容的样子答应朋友“不在家，今晚再去”的话道：“费心！不要紧。”

第二次，起床也早，却决定迟一会再去问信；把书案收拾之后，顺手打开一本英文读本，但看来看去，老是一个 page，便是这个 page，也只晓得一行行刻的是英文字母。走到朋友的寝室门外，简直没有勇气进去，朋友听见脚步声，早知道是他，用很无力的声音叫道：“今天怎么来得迟？——昨晚又没有会着！我比你还着急！我写了一张条子在他的案上，请他今晚不要外出。”

第三次到朋友那里去，不待朋友开口，他便抢着说道：“又没有会着？我知道！费心！但我已决定，不再……”经朋友再三劝解，他又悔自己的无礼了。

这天是他们旅京同乡聚会的日期。朋友道：“今天他一定到会馆，你也牺牲一天光阴去去，我介绍你同他会面。”请柬上约定下午二点钟，他一点钟就去了。他向来不会讲话；赴会的同乡很不少，——李先生没有到——而且多半都相识，他却小孩子会见面生的人似的，人家问他，他不知怎样才好。他一个人在院子里走来走去，心想：“再过几分钟该来？”那位朋友知道他的心事，时常走近他身旁，低声道：“他向来是这种脾气，迟到！来是一定的。”

五点钟过了，同乡们都很高兴的笑着等候晚间的盛馔，——照例聚会后大宴一次，独有他像是外乡客，人人对他讲礼，却没有人同他一块儿站过五分钟。忽然他喊那位朋友到后面没有人的房间里：“我回去，这里开饭还得好久，那件事还是中止。”朋友正在劝他，已经听得前面有人喊：“李先生来了！”他顿时真不知怎么办，好像被人发觉了的偷物贼，而且是第一次发觉的偷物贼，将要去受审判一样。会面了，除了请一声“李先生”之外，他说不出一句话，幸得那位朋友述明他的意思，——偏偏一个个同乡都走进来，打断朋友同李先生的交谈。随后那位朋友极力称赞他的品性，学问；李先生也一面谈一面睄睄他的资度，思忖了一会便截然说道：“图章没有带在身边，你回去拟封信稿，并且缮写清楚，明天带到我的寓所盖章。”他不等吃饭，立刻动身回校，走在半路想道：“信纸倒有几张夹宣的，还得买几个讲究信封。”于是顺便跑到东安市场，一个个纸店都问尽了，最后以十个铜子在西头一个摊子上买了四个。剩下的夹在……

十二点钟了。同住的朋友把房门推开，大声喊道：

“你一个人为什么不去？讨论对付众议院的方法！”

他没有话回答朋友，仍是呆呆的坐在那里，不觉额上流出冷汗。

一九二三，一，二十七，脱稿。

柚子①

柚子是我姨妈，也就是我妻姑妈的女儿。妻比柚子大两岁，我比妻小一岁；我用不着喊妻作姐姐，柚子却一定要称我作哥哥。近两年我同妻接触的机会自然比较多；当我们大约十岁以内的时候，我同柚子倒很亲密的过了小孩子的生活，妻则因为外祖母的媒介，在襁褓中便替我们把婚约定了，我和她的中间，好像有什么东西隔住，从没畅畅快快的玩耍过，虽然我背地里很爱她。

① 载《努力周报》1923年7月1日、8日第59期、第60期，署名冯文炳，文末署："一九二三，四，二十二，作于北大西斋。"

妻的家几乎也就是我同柚子的家。因为我同柚子住在城里，邻近的孩子从小便被他们的父亲迫着做那提篮子卖糖果的生意，我们彼此对于这没有伴侣的单调生活，都感不着兴趣；出城不过三里，有一座热闹村庄，妻的家便在那里。何况我的外祖母离了我们也吃饭不下哩。

我同别的孩子一样，每年到了腊月后十天，总是屈着指头数日子；不同的地方是，我更大的欢喜还在那最热闹的晚上以后，——父亲再不能说，外祖母年忙不准去吵闹了。我穿着簇新的衣服，大踏步跑去拜年，柚子早站在门口，大笑大嚷的接着，——她照例连过年也不回去，这也就是她比我乖巧的好处。（现在想起来，也许是我的家运胜过她的〈的〉原故。）大孩子们赌纸牌或骨牌，我同柚子以及别的年纪相仿的小孩——我的妻除外——都团在门口地下的青石上播窟眼钱，谁播得汉字那一面，谁就算输。在这伙伴当中，要以我为最大量。外祖母给我同柚子一样的数目，柚子掌里似乎比原来增加了，我却几乎耍得一文也没有。柚子忽然停住了，很窘急的望着我，我也不睬她，仍然带着威吓的势子同其余的孩子耍。剩下的只有两只空掌了，求借于一个平素最相信我的朋友，柚子这才禁不住现出不得了的神气喊道："焱哥，不要再耍罢！"我很气忿的答她："谁向你借不成！"

许多糖果当中，我最爱的是饧糖。每逢年底，外祖母把自己家的糯谷向糖店里去换，并且嘱咐做糖的师父搓成指甲大的颗粒；拿回家来，盛在小小的釉罐里，作我正月的杂粮。柚子本不像我贪吃，为我预备着的东西，却也一定为她预备一份。外祖母当着我们面前点罐子，而且反复说道，反正只有这么多，谁先吃完了谁就看着别人吃。我心里也很懂得这话里的意义，我的手却由不得我，时刻伸到罐子里拿几颗。吃得最利害，要算清早打开眼睛睡在床上的时候，——这罐子本就放在床头。后来我知道我的罐子快完了，白天里便偷柚子名下的。柚子也很明白我的把戏，但她并不作声。末了仍然是我的先完，硬闹着把柚子剩下的拿出来再分。

外祖母的村庄，后面被一条小河抱住，河东约半里，横着起伏不定的山坡。清明时节，满山杜鹃，从河坝上望去，疑心是唱神戏的台蓬——青松上扎着鲜红的纸彩。这是我们男孩子唯一的游戏，也是我成年对于柚子唯一的贡献。放牛的小孩，要我同他们上山去放牛；他们把系在牛鼻上的绳索沿着牛头缠住，让它们在山底下吃草，我们走上山顶折杜鹃。我捏着花回去，望见柚子在门口，便笑嘻嘻的扬起手来；柚子趁这机会也就嘲弄我几句："焱哥替芹姐折花回来了！"其实我折花的时候，并不想到柚子之外还有被柚子称作"芹姐"的我的妻。柚子接着花，坐在门槛上唱起歌来了。

"杜鹃花，
朵朵红，
爹娘比我一条龙。
哥莫怨，
嫂莫嫌，

用心养我四五年；

好田（好）地我不要……

…………”

“柚子只要好妆奁！”我得意极了，报复柚子刚才的嘲弄。

抱村的小河，下流通到县境内仅有的湖泽；滨湖的居民，逢着冬季水浅的时候，把长在湖底的水草，用竹篙子卷起，堆在陆地上面，等待次年三四月间，用木筏运载上来，卖给上乡人做肥料。外祖母的田庄颇多，隔年便托人把湖草定着。我同柚子毕竟是街上的孩子，见了载草的筏，比什么玩意儿都欢喜，要是那天中午到筏，那天早饭便没有心去吃。我比柚子固然更性急，然而这回是不能不候她的，有时候得冒火，帮着她拿剪刀同线，免不了把她芹姐的也误带了去。白皑皑的沙滩上，点缀着一堆堆的绿草；大人们赤着脚从木筏上跨上跨下；四五个婀娜的小孩，小狗似的湾着身子四散堆旁；拣粪的大孩子，手里拿着铁铲，也偷个空儿伴在一块。这小孩中的主人，要算我同柚子了，其余都是我两人要来的。这湖草同麻一般长，好像扯细了的棕榈树的叶子，我们拾了起来，系在线上，更用剪刀修成唱戏的胡子。这工作只有柚子做得顶好，做给我的好像更比别人的不同，套数也更多哩。

我小时欢喜吃菜心，——现在也还是这样，据说家里每逢吃菜心的时候，母亲总是念我。四月间园里长一种春菜，茎短而粗，把它割下来，剥去外层的皮，剩下嫩的部分，我们吃〔叫〕菜心；烹调的方法，最好和着豆粑一齐煮。这固然也是蔬菜，却不定人人可以吃得着；

外祖母园里采回的，可说是我一人独享的了，柚子名义上虽也同坐一席。外祖母欢喜上园割菜，太阳落山的时候，总是牵我同柚子一路去。说是割春菜，不但我喜得做猪犭叫，在外祖母也确是一年中最得意的收获；柚子呢，口里虽然说，“你有好的吃了”，仿佛是妒我，看她遇见一棵肥硕的，却又大大的喊起“焱哥！焱哥！”来了。

夏天的晚上，大家端竹榻坐在门口乘凉；倘若有月亮，孩子们便都跑到村东的稻场，——不知不觉也就分起男女的界限来了。女的在场的一角平排坐着，一会儿唱月亮歌；一会儿做望月亮的游戏：从伙伴中挑两个出来，一个站开几步，抬头望月亮，一个拿块瓦片，挨次触着坐着的手，再由那望月亮的猜那瓦片到底是谁捏着，猜着了，归被猜的人出来望，否则仍然是她望。我们男孩站在场中间，最热闹的自然是我，我最欢喜的是同他们比力气，结果却总是我睡在地下。我愤极了，听得那边低语：“看你的焱哥！”接着是柚子的声音：“衣服弄坏了！衣服弄坏了！”

我们一年长大一年了。父亲再也不准我过这没有管束的生活了。我自己也好像渐渐懂得了什么，以前不同妻一路玩耍，不过莫明其妙的怕别人笑话，后来两人住在一家也觉着许多不方便。那年三月，外祖母引我同柚子进城，经过我的族人门口，屋子里走出来一位婶娘，请外祖母进去坐坐，并且指着柚子道：“这是奶奶的孙女儿，我们家的媳妇？”柚子的脸色，此〔比〕时红得像桃子一样，我也笑着不大过意。同年六月，我进县里的小学，柚子听说仍然依着外祖母的日子多。

在这几年的当中，我也时常记起外祖母的村庄，但是，家里的大人都说光阴要爱惜，不准我自由走亲戚；外祖母间几天进城一趟，又找不着别的藉口。有一回因事到姨妈家去，柚子适逢在家，害了几个月的病，起不下床来，我只得在姨妈面前问一声好。后来我同哥哥到省城，在家的机会更少，我的记忆里的柚子也渐渐忘却了。外祖母也在这期间永远同我们分手了，——父亲怕我们在外伤心，事后三四个月才给我们知道。姨妈的家况，不时由家信里带叙一点，却总不外乎叹息。

据说外祖母替姨妈定婚的时候，两头家势都很相衬。姨妈的公公，为人忠厚，又没有一定的职业，不上几年工夫，家产渐渐卖完了。姨妈初去，住着的一所高大房子，却还属自己，——后来也典给别人。外祖母家这时正兴旺，自然不忍心叫姨妈受苦，商量姨妈的公公，请他把姨父分开，欠人的债项，姨父名下也承受一份。从此姨父姨妈两人，由乡村搬到县城，凭了外祖母的资本，开一所染店。我在十二岁以前，完全不知道这些底细，因为住在街上开店，本不能令人想到境遇的不好，而且姨妈铺面很光敞，柚子与两位表兄所穿带的，同我们弟兄又没有什么分别，在外祖母家也是一样的欢喜不过：当时稍为有点想不通的，母亲总是嘱咐我不要在姨妈家里吃饭罢了。姨父晚年多病，店务由姨妈同两表兄主持。两表兄丝毫不染点城市的习气，不过早年来往外祖母家，没有尝过穷人的日子，而且同我一样，以为理想容易成为事实，成日同姨妈计画，只要怎样怎样，便可怎样怎样；因了舅爷的面子，借得很多的资本，于旧店以外，新开几个分店。悲剧也就从此开始了。

那年夏天我由省城学校毕业回家，见了母亲，把以前欠给外祖母的眼泪，统行哭出来了。母亲故作宽解——却也是实情：“外祖母活在，更难堪哩！姨妈这样不幸！”母亲说，两表兄新开各店，生意都没有起色，每年欠人的债息，无力偿还；姨父同两表兄本地不能站脚，跑到外县替人当伙计；柚子呢，她伴着姨妈住在原来店屋里，这店屋是早年租了人家的，屋主而且也就是债主，已经在知事衙门提起诉讼。母亲又极力称赞柚子的驯良，“没有她，这世上恐怕寻不出姨妈哩。”这些话对于我都很奇怪；记起柚子，很想会她一面，却也只想会一面，不再有别的感触。

到家第三天下午，告诉母亲，去看看姨妈；母亲说，不能走前街，因为前门是关着的，须得湾着走后门进去。我记得进后门须经过一大空坦，坦中间有一座坟，这坟便是那屋主家的，饰着很大的半圆形的石碑，姨妈往常总是坐在碑旁阳光射不到的地方，看守晒在坦上各种染就的布。我走到离空坦还有十几步远的塘岸，首先望见的是那碑，再是半开着的木板门，同屋顶上一行行好像被猫踏乱的瓦。忽然间几只泅水的鸭扑的作响，这才看出一个蓝布包着头的女人拄着吊桶在那里兜水，这女人有点像我的姨妈，——她停住了！“不是我的焱儿吗？”“呵，姨妈！”不是我记忆里的姨妈了！颧骨突起，令人疑心是个骷髅。姨妈引我进门，院子里从前用竹竿围着的猪窠，满堆些杂乱的稻草，竿子却还剩下几根；从前放在染房的踩石，也横倒在地上，上面尽粘些污泥。踩石的形状，同旧式银子相仿，用来展压头号的布的，也是我小孩时最感着趣味的宝贝之一：把卷在圆柱形的木头上的布，放在一块平滑的青石当中，踩布的师父，两手支着木梁，两脚踏着踩石尖出的两端，左右摇动；我记得当时看这玩意儿，那师父总装着恐吓的势子，对我说“跌下来了”的话。姨妈的口气，与平时完全两样，一面走一面说着，“只有望我的儿发达！”要在平时，虽然也欢喜称奖我们弟兄上进，言外却总带点发财也不差比做官的意思。我慢慢的开着步子，怕姨妈手里提着东西走不得快，而且也伺望屋子里有没有人出来。屋子里非常静寂，暗黑，只有挨近院子的那一间可以大概望得清白。进了这间，姨妈便把吊桶放下了。这在从前是堆积零细家具的地方；现在有一张木床，床上只缺少了帐子；一张小桌子，上面放着梳头用的木盒；另外是炉子，水缸，同一堆木柴。我心里有点恍惚不定。姨妈似笑似惭，终于哭起来了。我也哭起来了，但又被什么惊醒似的：

“柚……柚子妹妹呢？”

“她……她到……东头……邻舍家里去了。”

我不能够多问。太阳落山的时候，仍然只有我的姨妈从后门口送我出来，不由我回想当年同我父亲对席吃饭的姨父，同我母亲一样被人欢接的姑〔姨〕妈，同我们一样在外祖母面前被人夸好的两位表兄，以及同我在一个小天地里哭着，笑着，争闹着的柚子妹妹。见了那饰着圆碑的坟，而且知道我的外祖母已经也是死了。临了仍然落到柚子，在我脑里还是那羞红了脸的柚子的身上。

那年秋天，我结婚了。我自己姑妈的几位姐儿都来我家，彼此谈笑，高兴得非常，——我的脑里却好像有一点怆恨的影子，不过模糊得几乎看不出罢了。

这是八月十二那一天，外祖母移葬于离家十里远的地方，我同我的母亲，舅爷，以及舅爷的几位哥儿一路送葬。母亲哭个不休，大半是伤心姨妈的境遇。我看着母亲哭，心里自然是不好过，却又有自己的一桩幻想："倘若目及我同芹……欢送孙女儿呢？还是欢迎外孙媳？"晚上我同妻谈及此事，其时半轮月亮，挂在深蓝空中，我苦央着妻打开窗子，起初她还以我不能耐风为辞。我忽然问她，"小孩时为什么那样躲避？倘若同柚子一样，一块儿……"

"柚子…………"

我无意间提起柚子，妻也没气力似的称她一声，接着两人没有言语，好像一对寒蝉。柚子呵！你惊破我们的好梦了。

"现在是不是同姨妈住在一块呢？"我突然问。

"我们婚期前一月，我父亲接她到我家，现在又回那屋里去了。"

"为什么不来我家呢？母亲也曾打发人去接她。"

"她也向我谈过，这里的女伴儿多，没有合身的衣服。"

"我十多年没有会着她哩。"

"做孩子的时候太亲密很了。"

"六月间我曾到她屋里去过，她却不在家。"

“她在东头孙家的日子多，——帮他们缝补衣服。姨妈的粮食，多半还由她赚回哩。”

“她两位嫂嫂呢？”

“各自回娘家去了。柚子同我谈及她们，总是摇头，成日里怨天恨地，还得她来解劝。”

〈“〉我渐渐感着寒意了。推开帐子，由天井射进来的月光，已经移上靠窗的桌子。妻起来把窗关着，随又告诉我，姨妈有意送柚子到婆家去，但公姑先后死了，丈夫在人家店里，刚刚做满了三年学徒，去了也是没有依恃的。

“现在是怎样一个柚子呢？”我背地里时刻这样想。每逢兴高彩烈的同妻话旧，结果总是我不作声，她也只有叹气。我有时拿一本书倒在床上，忽然又摔在一边，张开眼睛望着帐顶；妻这时坐在床前面的椅子上，不时把眼睛离开手里缝着的东西，向我一瞥，后来乘机问道：

“有什么使你烦恼的事呢？请告诉我，不然我也烦恼。”

“我——我想于柚子未到婆家以前，看一看她的丈夫。”

去年寒假，我由北京回家，姨妈的讼事，仍然没有了结，而且姨父已经拘在监狱里了。我想，再是忍无可忍的了，跑到与那屋主很是要好的一位绅士处，请他设法转圜。结果因姨父被拘的原故，债权取消，另外给四十千出屋的费用。这宗款项，姨妈并不顾忌两位嫂嫂，留十五千将来替柚子购办被帐，其余的偿还米店的陈欠，取回当店里的几件棉衣，剩下只有可以籴得五斗米的数目了。

出屋那一天，是一年最末的第二天，我的母亲托我的一位邻人去探看情形，因为习惯的势力，我们亲戚家是不能随意去的。下午，那邻人把姨妈同柚子带到我家来了！这柚子完全不是我记忆里的柚子了，却也不现得如妻所说那样为难人家的女儿；身材很高，颜面也很丰满，见了我，依然带着笑容叫一声“焱哥”。我几乎忘却柚子是为什么到我家来，也不知道到堂屋里去慰问含泪的姨妈；心里好像有所思，口里好像有所讲，却又没有思的，没有讲的。柚子并不同我多讲话，也不同家里任何人多讲话，跟着她的芹姐笔直到房里去。后来母亲向我说，母子两人预备明天回原来乡间的旧居——不是曾经典给人家的那所高大房子，是向一位族人暂借的一间房子，今天快黑了，只得来我家寄宿一夜。

天对于我的姨妈真是残酷极了，我还睡在床上，忽然下起大雨来了！我想，姨妈无论如何不能在我家勾留，因为明夜就是除夕；柚子总一定可以，因为她还是女孩子，孩子得在亲戚家过年，她从前在外祖母家便是好例。但是，起来，看见柚子问妻借钉鞋！我不禁大声诧异：“柚子也回去吗？千万行不得！”妻很窘的向我说，姨妈非要柚子同去不可，来年今日，也许在婆家。我又有什么勇气反抗妻的话呢？

吃过早饭，我眼看着十年久别，一夕重逢的柚子妹妹，跟着她的骷髅似的母亲，在泥泞街上并不回顾我的母亲的泣别，渐渐走不见了。

一九二三，四，二十二，脱稿。

少年阮仁的失踪[1]

今天上午邮差送来一封信，我看完不觉失惊，——我的朋友阮仁逃走了。我且把他的信发表出来。

蕴是附记。

蕴是！我要永远离开你及其他的一切朋友。就是我平素最思慕的家庭，也打算不给他们再见一面。若干年之后，我的父和母已经睡在山谷当中，我的悲伤而憔悴的妻却还活在，而我依然是流离转徙，没

① 载《努力周报》1923年8月12日第65期，署名冯文炳。

有饿死冻死，也许重回故乡，到父母墓前痛哭一番，再同我的妻商量一个最自然最合理的活在这世间的方法。然而这是后话，谁能保证我明天不倒在荒野地上给蛇蚁吃一顿大饱？现在所能够决定的，依着自己的兴趣，除开故乡同北京，想到什么地方就到什么地方罢了。我随身携带的，有个小小的提包，内盛一件夹袄，五件单衣，前些时由家里寄来的六十块洋钱，偿还京寓积欠外，也都放在里面。这钱是预备火车上用的：我很厌恶北方的气候，打算朝南边走；很害怕查票员的凶面孔，首先要购就车票。

你知我最深，爱我最切，我即不以我的去志劝你，却不能不以我的去意告你。

我虽然不是资本家的儿子，只要安分守己住在家里，吃饭穿衣是用不着愁的。我的父母对于我也没有几大的责望，我的身体强壮，便是他们的幸福。然而家庭终不能系住我，苦央着父亲的允许，跑到北京——北京有大学，大学才是适合于我的地方。我生在世间刚满一年的时候，我的父亲很热闹的替我做寿：一张圆桌子放在堂屋当中，满排着世界上各种各色的物件，有糖饼，有布老虎，有写字的笔，还有小鸭似的坚白玩意儿大人称作银子；我在母亲的怀抱里伸着小手，摸了这又摸那。我大约四五岁的时候，看见门口树上的鸦鹊，便也想做个鸦鹊，要飞就飞，能够飞几高就飞几高；除掉生下了鹊儿，便是自己肚子饿了，也要替他们觅捕食物，没有谁能够迫着我做别人吩咐的工作；除掉飞来飞去，飞的疲倦了，或是高兴起来了，要站在树枝上歌唱，没有谁能够迫着我叠下翅膀等候别人。我将是大学里的一员的时候，我的十年来忘掉了的稚梦，统行回复起来了。我的十年来被恶浊空气裹得几乎要闷死的心，重行跳跃起来了。我记得由家动身那一天，向着我的母亲道："再不用罣着儿瘦弱，来年归家，母亲要疑心是墙上挂的安琪儿哩！"唉！梦！梦！同一切的梦一样，张开眼睛什么也没有了。在那里仍然只有痴呆的笑，仍然只有令人看着发抖的脸。我所喜欢的渴望的，一点也不给我，给我的仍然只是些没有人味的怪物。起初我会着每一个朋友，以为他也同我一样受苦，告诉他我是怎样的难过，——他们完全不懂得我的意思，用了漠不相关的神气，作了漠不相关的回答，甚至于站在旁边冷笑我癫狂。你总算能安慰我了。但是你前天的一番话，使我通晚没有睡着，我想来想去，总想不通。我说，"这里为什么也让法律先生鬼混？"你说，"这也是团体；凡属团体都该有法律。"世界上永没有离开法律的团体吗？倘若有，起首的该是谁呢？你说，"天才总该屈就，因为天才毕竟是少数。"为什么因为少数便该屈就呢？不怜惜成天喊叫的叫化子，说是操心酒醉饭饱的相公的原故，你们谁不相信他是欺骗呢？你们谁不踏死成千整万的臭虫，怕咬伤了你们的肌肤呢？你将责备，"你的话未免太残酷了，"这我却没有闲暇分辨，我的话都是从我的心里滚出来的，心里这样想，叫口里不这样说，在我是万万做不到；我自己没有觉到残酷以前，任你怎样说，我总没有法子改变，然而我可以回覆你，残酷也只是我自己受着，对于别人是没有关系的。法律先生不仍就板起面孔站在那儿吗？你们多数不仍就跳出跳进摇得胜旗吗？我呢，火烧在我的心里罢了。我想，倘若有人，就是一个也好，同我一样心里被火烧着，我将拥抱着他，也不讲话，也不流泪，只把我俩的心紧紧贴着，——我们彼此都是热的，感不着烫。这便是我逃走的萌芽了。最后的决定，却在昨天。昨天上午，我下课回来，在那转湾地方茶馆门口站着一个乞丐，头发篷〔蓬〕得像一球猪毛，穿的是一件破烂的蓝单褂，两条腿赤光光的现露出来。他站了一会没有人招呼，门角悬挂的雀笼里一只画眉鸟却唧唧的闹了起来；他把头摇了几摇，随即笑着大踏步走了，嘴里还不住的唱着歌调。我不大听得懂他的声音，好像是说，“我到茶馆，你到饭馆；我翘尾巴，你翘下巴。”我看得出神，满肚子的闷气被幽幽一阵风吹跑了。“没有饭吃，算得什么？我那天不是三餐大饱，可是几时唱得他那一曲歌词呢？”我这样想着，好像有了解决的方法了，——到了晚上，才算真真决定。回寓后，心里着实徘徊，刚灭了这个念头，忽然又起了那个。吃过晚饭，打算一个人到什刹海散步，杨柳树底下也许可以润泽我枯焦的心，树枝上也许有一个雀子告诉我个主意。走到景山旁边，在我前面有一个哭哭啼啼的小孩，他的青布短夹袄，一边盖着右臂，那一边从左腋缴到前腰，我顿时又像久热后下了一阵大雨，不知不觉轻爽好些。他忽然被院墙里几乎要倒坍的亭子上面站着的几只黑老鸹哇哇的叫住了，抬头望着他们。我赶上他时，丰满的两颊，还吊着几滴泪珠，但没有作声；瞧一瞧我，又嗡嗡的干哭起来了。路旁走着一个中年妇人，穿的衣服很不整齐，她把孩子扯住，孩子很惊异的望着她，越发哭起来了：她带着“这可为难”的神气，讲了几句我不懂的话，孩子并不理会，仍然走他的路，她又跟在后面望着他走。我站住了，不再到什刹海去！我的勇气增加了十倍，我的解决方法因之也就确定了！我记得我小的时候，我的村庄东头露天睡着一个乞丐，他又聋又哑，年纪倒很青，我的祖母把他招进家来，叫他就在我家放牛，现在我的祖母死了，他还在我的姑妈家里当长工。我相信我的解决方法最妥当，最安全，至少也能够使我的心里舒服。我相信，我饿了，一定可以想出法子有饭吃；我冻了，一定可以想出法子有衣穿，——倒底采用那一种方法，却要到饿了冻了的时候再定。我将上我从来没有上过的高山，临我从来没有临过的流水。我将遇见种种形状的小孩，他们能够给我许多欢喜；我将遇见种种形状的妇女，尤其是乡村的妇女，我平素暴燥的时候见了她们便平释，骄傲的时候见了她们便和易。我将遇见种种悲哀的情境，这时我就哭；我将遇见种种幸福的情境，这时我就笑。夏天来了，我将睡在路旁大树荫下，让凉风吹过，我在乡里看见挑柴的农夫这样做的时候，我总是羡慕。冬天来了，我将跑到太阳底下跳来跳去，我小的时候常是这样温暖我冰冻的小手，万一这都失败了，我死了，我也决不后悔，因为这死是由我自己的意志寻得的，在我有同样的价值。我为什么还同你们一样，莫明其妙的听课堂的钟声一次一次的响下去呢？但你不要误会，我并不迁怒那敲钟的老头子，我很羡慕他，因为敲钟就是他的生活，在他是很自然很合理的生活。我可怜的是你们，你们这些用了自己的耳朵听那与自己不相干的话，自己的眼睛看那与自己不相干的事，钟一次一次响着，生活的簿子上便一次一次的替你们刻着“死”的痕迹的大多数呵！我不再往下说了。但有一桩使我难过，记起我向我的母亲讲过“来年归家，母亲要疑心是墙上挂的安琪儿”的话了。我且把我的两封家信钞在后面，因为你平素宝爱我的一笔一画。

一

我的妻！我过不惯这里的生活，比过不惯乡里的生活更利害。你将欢喜：“既是这样，何不早日归来？”不，我决不归来。我害怕你们，你们天天愁我瘦弱。我没有得着最自然最合理的活在这世间的方法，怎肥胖得起来？住在家里，叫我到什么地方去找最自然最合理的活在这世间的方法？山上去斫柴吗？田里去拉犁吗？倘若只有我们两人，事情自然容易。疲倦了，亲一亲吻，立刻可以恢复转来；生病了，互相呻吟一声，什么苦痛也可以忘掉；甕子的米完了，箱子的衣服烂了，便是我的气力，羼杂了你的笑声，也不怕做不出来。正如平素所说，甜的固然真是甜，苦的又何尝不是甜。但是这样两亲俱在，怎么办呢？他们允许我俩单独去吗？我们撇开他俩单独去吗？我怕听他们的呻吟，我怕见他们的疲倦了的眼睛！所以我只有一个方法——自己逃走。你问我逃到什么地方吗？这我可不能告诉你，就是我自己现在也不知道。去年我归家时，你不是时常埋怨，“住在一块又相闹，不住在一块又相念”吗？我愿你体会你的名言，我也体会你的名言，而且转送你两句："笑也罢，哭也罢，只要你我心未死。"你不要悲伤，我的爹娘靠你侍候。

二

我的爹娘！儿不能再见爹娘了。儿要到各地方去走一遭，只不到爹娘所在的地方。住京以来没有一天快乐。起初还打算就是这样混下去，仔细一想，觉得这太不稳妥：越住越骄傲，越骄傲越憔悴；越读书越与世人不相容，越与世人不相容越没有饭吃；将来家里的产业因了儿的学费卖完了，岂不眼看着爹娘受饿？所以儿只有采用这个方法——儿个人逃走。爹娘将埋怨，回来岂不是好？儿的回答是，不敢回去，儿不是怕爹娘打骂，儿料想爹娘决不打骂，但儿不敢回去。儿不是曾经害过大病，几乎保不了性命吗？望爹娘当儿那次大病死了，不必悲伤。儿也知道这是不中用的劝解，但儿想不出别的话来。

蕴是！我已经走了。

阮仁。一九二三，五，十。

病人①

下课之后，我回到宿舍，见了他的铺位搬得精光，知道他拒绝我的送车了。

我同他在这间屋子里住了将近一年，讲话却在一个月以前，他从医院归来，我才向他开始。他说，医生说，虽然吐血，并非痨病。然而他渐渐黄瘦下去了。

朋友们当作问好很郑重的问他“这不是玩的！”他好像优游不过，

① 载《努力周报》1923年9月23日第71期，署名冯文炳，文末署：“一九二三，七，十八作于北大西斋。”

答着，“不要紧；”然而他的眼睛张大而发亮，每每于朋友走开之后，抬头觑着挂在墙上的镜子。我微笑而低声的告他，“今天好得多，”他的答语却是“未见得；”便是正在那里收拾药瓶或写家信，也即刻停止，掉转身来，现出“这可当真？”的神气。

当着同住的朋友，他总是说着不久就归家的话。公用的痰盂，在去年初进来，我们彼此连名姓都不知道的时候，便已决议：放在适中地方，不得距离谁更近或更远；现在当然谁也不便推翻，他却暗地嘱咐听差，稍为偏近他那一方。每逢清早听差拿出去泼到〔倒〕，在他似乎索性自己做了主〔为〕爽快，然而他又没有这样宣言，有事喊叫的时候，较别位先生和气而吞缩一点罢了。

没有自己顶要好的朋友住在里面作介绍，想插足于宿舍，颇不是一件容易事。他还只是说着“回去”，同住的一位便当着我们申明，“我已有一个朋友填缺”，随即把那朋友带进来同我们结识，——首先当然要结识他。他同结识一切朋友一样，满脸陪笑；眼睛呢，衬着苍黄的面色，更大而亮。轮到结识我的时候，我说，“你权且不必忙，他是病人。行止不能像我们斩截，而且他的家很远，还得觅伴。”这朋友此〔比〕时也连声称是，随后间几天进来一趟，我很窘，他——病人，仍然总是陪笑。

他决定走的日期了，伴却没有觅着。动身前一晚，候补人这才很安心的走进来打量怎样布置。忽然正在高声嚷着英文读本的声音停住了，走出一位平素最热心于赶机会的英雄，好像不如此不足以表明懊丧与满足的真情，提议明天到市场去买点心，合欢送欢迎而为一会。被迎者极力称谢不敢；他，被送者，没有听见发言，其时我倒在床上，然而我的脑里已经绘出他的图形来了。

果真如他向我所说，记着家里母亲的罣心呢，还是另有不得不回去的原因？在我颇是一个疑问。那天早晨，我帮着他收拾东西，他再三催我上课。他很讲究整洁；吃药罢，也要用精致的杯碟；药瓶排在书架上，很像是医院里陈列的卖品。我却最是疏简；看他把衣服分作寒暑，很平展的垒在箱里，完全没有我动手的必要，所以名义上是帮助，其实是搅扰；然而他好像很乐意我的搅扰。检到皮袍，他忽然住手了，很踌躕似的用了仅能听见的声音："没有晒。""既然预备回去，为什么不晒？"我突然很粗重的这样说，把刚才小心侍候的私心，统行忘却了。随又笑道，"不妨，留着将来放在我的箱里。"从书夹中偶然翻出一张相片的时候，我又很卤莽的喊起来了："好胖！"他也摔开衣服，仔细看了一看："送你罢，还是去年的。"

我极力劝他不要多带行李。他并不明言反对，只是低着头把预备带走的柳条箱同网篮装得满满。我气愤而且埋怨，"你不知道！你是病人！"马上又责备自己的唐突了。他好像也有点奇怪："以前连话也不多讲的人……？"从休息的时候偶然用询问的眼光向我一瞥，可以认识得出来。最后我告诉他，下午有两点钟功课，待我回来，一路到车站。他很冷淡的说着"不必"；我只当是照例的推辞，吃过午饭，同别的朋友一路上课堂。

为什么拒绝我呢？难道不愿吃他们的点心，拒绝我因而好拒绝他们吗？我不知道他们买与不买，买回了，也还有被款待的人在；只是我，见了这搬得精光的铺位，同剩下的几个空药瓶，禁不住怅惘。

我也原是病人呵。没有谁的病比我更久，没有谁尝病的味比我更深：有时如和风拂枯草，便是现在病了，也决不抱怨病不速愈；有时如疾雨打孤鸿，现在本无病，想起来也惟恐病之将至。

我的病状很罕见。起初于颈之右侧突然肿起如栗子那样大小，经过半年，几乎一年，由硬而软，终于破皮而流浓；接着左侧也一样肿起，一样由硬而软而流浓，然而右侧并不因先起而先愈；颈部如此，两腋又继续如此。其时我住在离家千里的地方，以学校功课繁重为辞，放假也不回去。我完全没有想到去医院就诊的事，大约是眼见着患别的疮疤的两个同学都被医院割伤了，因而推测那也是不中用。同学们每以“死”来警告，——不是这样干脆的拿出来罢了，然而我丝毫不感着死的可怕，听了他们的恐怖而迟疑的声调，而且觉得死一定很好，不过人终不能有意去死，病又不能即刻致死。还有几个欢喜说笑的朋友，也一样向我说“死”，词气更为肯定而有趣，令我不得不比他们自己更觉着当笑。其实我危险的实在程度，还远过于他们的猜想，因为我从不告诉他们我的病状。有一位最使我胆怯，便是那与我住在一室的，尝是善意的向我说着这里空气不好，不如自己到校外租一间为合卫生的话；我自然是感谢，然而我又想到这话的反面：住在这里，妨害公共的卫生。我于应付朋友以外，还有一件从没间断的工作：提水洗衬衣。起初原以较普通加倍的价钱托洗衣店去洗，浓绿的痕点，却不因多钱而去净；每逢送来，又免不了连声称谢，在人虽然未见得是必要，在我却觉着非如此不可。有时疲倦难以行走，衬衣仍然不能不洗，——留到明天便有两件。这时候流出的眼泪，真算是不少了，无意间叫出："倘若在家，不由得母亲不洗！"

不知是不幸的消息传到了，还是同平常一样怀念着健壮的儿子，我的父亲来信催促我回家了。我也本不能再坚持下去。这时是六月天气，我随身携带的，一个网篮，一捆被褥。走到轮船码头，喊挑夫代我挑去，——喊一人围拢来四五人，我一面照顾东西，一面同他们争价目。他们大约看出了我的弱点，格外抬高；我自己也有点不可解，仿佛对着他们是不能讲实话的，心里本打算给那些，口里却说出比那些少。他们挤得我像一个囚犯，加之夏布长衫的摩擦，身子简直是被炙铁炙了的。我哭了。他们，挑夫，笑了。我站在跳板，向前更走三步，便是长江。我顿时得到一条脱路了！这路本坦平，只要更坚决一点，弹指间便可以跳出这无情的节节逼人的四围，而消融于没有边际，分不出甜苦，好像慈母的拥抱的当中。呵，慈母！我的慈母在那方！我的眼光顿时又由水面转到天涯了。我要在我的母亲的面前而死，热的眼泪可以滴在冷的皮肉上。我要为我的母亲而延长我的生命。我要免避我的母亲因失去了儿子而发狂，不得不继续生存。

到家前一日，已经走进了故乡的地界，虽然也还在苦痛中挣扎，我的心却不像以前脆弱。那天下午，住在一个相识的饭店里，见面的时候，店主人很惊讶的问我，“先生，消瘦多了！”我此〔比〕时不想到怎样回答这主人，只想到明天怎样初见我的母亲。我极力隐藏我的病状，但同一切的秘密一样愈隐藏而愈易发觉。

“先生不是生瘰疬罢？”

“寻常的疮疤。”我带着不耐烦的神气答着。

“倘若是瘰疬，我们这里有一位外科圣手。”

我好像小孩子看见母亲快来了，于人便是有失礼的地方，也不怕受欺讹，并不理会这番好意；又好像这是故意咒诅我，急于拿别的话支梧过去。我的身子不比受病以来任何时舒服，我的心却比受病以来任何时充实了。

我用尽我的气力倒在我母亲的怀里，当母亲含泪埋怨，为什么至今才归为什么不早日给家里知道。母亲解开我的衬衣，我也数给母亲，这是先起，那是后发。我从此知道我的患处实在疼痛，我的心极力想陈述我是怎样的疼痛，我的眼泪也只用来压过一日中最难抵抗的疼痛，而我在我的家庭，俨然是一个专制君王，哥哥让我，兄弟妹妹怕我，猫不好打猫，狗不好打狗，便是我性如烈火的父亲，见了我也低声下气。

他现在回去了。回去就可以见母亲，那是一定的。然而沿路下车，上船，住客栈，也是一定的。

一九二三，七，十八，脱稿。

浣衣母①

自从李妈的离奇消息传出之后，这条街上，每到散在门口空坦的鸡都回进厨房的一角漆黑的窠里，年老的婆子们，按着平素的交情，自然的聚成许多小堆；诧异，叹惜而又有点愉快的摆着头：“从那里说起！”孩子们也一伙伙围在墙角做他们的游戏；厌倦了或是同伴失和了，跑去抓住妈妈的衣裙，无意的得到妈妈眼睛的横视；倘若还不知退避，头上便是一凿。远远听得嚷起“爸爸”来了，妈妈的聚会不

① 载《努力周报》1923年10月7日第73期，署名冯文炳，文末署：“一九二三，八，二十九作于北大西斋。”

知不觉也就拆散，各瞄着大早出门，现在又拖着鞋子慢步走近家来的老板；骂声孩子不该这样纠累了爸爸，随即从屋子里端出一木盆水，给爸爸洗脚。

倘若出自任何人之口，谁也会骂："仔细！阎王钩舌头！"但是，王妈，从来不轻于讲话，同李妈又是那样亲密。倘若落在任何人身上，谈笑几句也就罢了，反正是少有守到终头的；但是，李妈受尽了全城的尊敬，年纪又是这么高。

李妈今年五十岁。除掉祖父们常说李妈曾经住过高大的瓦屋，大家所知道的，是李妈的茅房；这茅房连〔建〕筑在沙滩上一个土坡，背后是城墙，左是沙滩，右是通到城门的一条大路，前面流着包围县城的小河，河的两岸连着一座石桥。

李妈的李爷，也只有祖父们知道，是一个酒鬼；当李妈还年青，家运刚转到蹇滞的时候，确乎到什么地方做鬼去了，留给李妈的：两个哥儿，一个驼背姑娘，另外便是这间茅房。

李妈利用这天然形势，包洗城里几家太太的衣服。孩子都还小，自己生来又是小姐般的斯文，吃不上三碗就饱了；太太们也不像打发别的粗糙的婆子，逢着送来衣服的时候，总是很客气的留着，非待用过饭，不让回去：所以李妈并没实在感到穷的苦处。朝前望，又满布着欢喜：将来儿子成立……

李妈的异乎同行当的婆子，从她的纸扎的玩具似的一对脚，也可以看得出来，——她的不适宜于这行当的地方，也就在这一点了。太阳落山以前，倘若站在城门旁边，可以看见一个轻巧的中年妇人，提着空篮，一步一伸腰，从街走近城；出了城门，篮子脱下手腕，倚着茅壁呻吟一声，当作换气；随即从茅壁里走出七八岁的姑娘，鸭子似的摆近篮子，拣起来："妈妈！"

李妈虽没有当着人前咒诅她的命运，她的命运不是她做孩子时所猜想的，也绝不存个念头驼背姑娘将来也会如此的，那是很可以明白看得出的了。每天大早起来，首先替驼背姑娘，同自己的母亲以前替自己一样，做那不可间断的工作。驼背姑娘没有李妈少女时爱好，不知道忍住疼痛，动不动喊哭起来。这是李妈恼怒的时候了，用力把剪刀朝地一摔："不知事的丫头！"驼背姑娘被别的孩子的母亲所夸奖而且视为模范的，也就在渐渐现出能够赶得上李妈的成绩，不过她是最驯良的孩子，不知道炫长，——这长处实在也不是她自己所稀罕的了。

男孩子不上十岁，一个个送到城里去做艺徒。照例，艺徒在未满三年以前不准回家，李妈的哥儿却有点不受支配；师父令他下河挑水，别人来往两三趟的工夫，他一趟还不够。人都责备李妈教训不严；但是，做母亲的拿得出几人的威风呢？李妈只有哭了。这时也发点牢骚："酒鬼害我！"驼背姑娘也最伶俐，不奈何哥哥，用心服侍妈妈：李妈趁着太阳还不大利害，下河洗衣，她便像干偷窃的勾当一般，很匆忙的把早饭弄好，——只有她自己以为好罢了；李妈回来她张惶的带笑，站在门口。

“谁弄饭？——你！”

“……”

“糟塌粮食！丫头！”

李妈的愤气，统行吐在驼背姑娘头上了。驼背姑娘再也不能够笑，呜呜咽咽的哭着。她不是怪妈妈，也不是恼哥哥，酒鬼父亲脑里连影子也没有，更说不上怨，她只是呜呜咽咽的哭着。李妈放下衣篮，坐在门槛，又把她拉在怀里，理一理她的因了匆忙而散到额上的头毛。

从茅房东走不远，平铺于城墙与河之间，有一块很大的荒地，高高低低，满是些坟坡。李妈的城外的唯一的邻居，没有李妈容易度日，老板在人家做长工，孩子不知道养到什么时候才止，那受了李妈不少的帮助的王妈，便在荒地的西头。夜晚，王妈门口很是热闹，大孩子固然也做艺徒去了，滚在地下的两三岁的宝贝以及他们的爸爸，不比李妈同驼背姑娘只是冷冷的坐着。驼背姑娘有一种特别本领——低声唱歌，尤其是学妇人们的啼哭；倘若有一个生人从城门经过，不知道她身体上的缺点，一定感着温柔的可爱；——同她认识久了，她也着实可爱。她突然停住歌唱的时候，每每登〔发〕出这样的惊问：“鬼火？”李妈也偏头望着她手指的方向，随即是一声喝：“王妈家的灯光！”

春夏间河水涨发，王妈的老板从城里散工回来，睄一睄李妈茅房有没有罅隙地方；李妈虔心信托他的报告，说是不妨，也就同平常一样睡觉，不过时间稍为延迟一点罢了。流水激着桥柱，打破死一般的静寂，在这静寂的喧嚣当中，偶然听见尖锐而微弱的声音，便是驼背姑娘从梦里惊醒喊叫妈妈；李妈也不像正在酣睡，很迅速的作了清晰的回答；接着是用以抵抗恐怖的断续的谈话：

“明天叫哥哥回来。”

“那也是一样。而且他现在……”

“跑也比我们快哩！”

“好罢，明天再看。”

王妈的小宝贝，白天里总在李妈门口匍匐着；大人们的初意也许是藉此偷一点闲散，而且李妈只有母子两人，吃饭时顺便喂一喂，不是几大的麻烦事；孩子却渐渐养成习惯了，除掉夜晚睡觉，几乎不知道有家。城里太太们的孩子，起初偶然跟着自己的妈妈出城游玩一两趟，后来也舍不得这新辟的自由世界了。驼背姑娘的爱孩子，至少也不差比孩子的母亲；李妈的荷包，从没有空过，也就是专门为着这班小天使，加以善于鉴别糖果的可吃与不可吃，母亲们更是放心。土坡上面，——有时跑到沙滩，赤脚的，头上梳着牛角的，身上穿着彩衣的许许多多的小孩，围着口里不住歌唱，手里编出种种玩具，两条腿好像支不住身体而坐在石头上的小姑娘。将近黄昏，太太们从家里带来米同菜食，说是孩子们成天吵闹，权且也表示一点谢意；李妈此〔比〕时顾不得承受，只是抚摸着孩子：“不要哭，明天再来。”临了，驼背姑娘牵引王妈的孩子回去，顺便也把刚才太太们的礼物转送给王妈。

李妈平安的度过四十岁了。李妈的茅房，再也不专是孩子们的乐地了。

太太们的姑娘，吃过晚饭，偶然也下河洗衣，首先央求李妈在河的上流阳光射不到的地方寻觅最是清流的一角；——洗衣在她们是一种游戏，好像久在樊笼，突然飞进树林的鹊子。洗完了，依着母亲的嘱咐，只能到李妈家休歇。李妈也俨然是见了自己的娇弱的孩子新从繁重的作工回来，拿一把芭扇，急于想挥散那苹果似的额上一两颗汗珠。驼背姑娘这时也确乎是丫头，棒〔捧〕上了茶，又要去看守放在门外的美丽而轻便的衣篮，然而失掉了照顾孩子的活泼和真诚，现出很是不屑的神气。

傍晚，河的对岸以及宽阔的桥柱（石）上，可以看出三五成群的少年，有刚从教师的羁绊下逃脱的，有赶早做完了工作修饰得胜过一切念书相公的。桥下满是偷闲出来洗衣的妇人，（倘若以洗衣为职业，那也同别的工作一样是在上午。）有带孩子的，让他们坐在沙滩上；有的还很是年青。一呼一笑，忽上忽下，仿佛是夕阳快要不见了，林鸟更是歌啭得热闹。李妈这时刚从街上回来，坐在门口，很慈悲的张视他们；他们有了这公共的母亲，越发现得活泼而且近于神圣了。姑娘们回家去便是晚了一点，说声李妈也就抵当得许多责备了。

卖柴的乡人歇下担子在桥头一棵杨柳树下乘凉，时常意外的得到李妈的一大杯凉茶，他们渐渐也带点自己田地里产出的豌豆，芋头之类作报酬。李妈知道他们变卖的钱，除盐同大布外，是不肯花费半文的，间或也买几件时新的点心给他们吃，这在他们感着活在世上最大的欢喜。城里的点心，虽然花不上几个铜子，他们却是从天降下来的一般了。费尽了他们的聪明，想到，皂荚出世的时候，选几串拿来；李妈接着，真个哈哈不住："难得这样肥硕！"

有水有树，夏天自然是最适宜的地方了；冬天又有太阳，老头子晒背，叫化子捉虫，无（一）不在李妈的门口。

李妈的哥儿长大了，酒鬼父亲的模型，也渐渐现得没有一点差讹了。李妈诅骂他们死；一个真于死了，那一个逃到什么地方当兵。

人都归咎李妈：早年不到幼婴堂抱养女孩给孩子做媳妇，有了媳妇是不会流荡的。李妈眼见着王妈快要做奶奶，柴米也（不）像以前缺乏，也深悔自己的失计。但是，高大的瓦屋，消灭于丈夫之手，不也可以希望儿子重行恢复吗？李妈愤恨而怅惘了。驼背姑娘这时很容易得到一顿骂："前世的冤孽！"

李妈很感空虚，然而别人的恐怖，无意间也能够使自己的空虚填实一点了。始而匪的劫掠，继以兵的骚扰，有财产，有家室，以及一切幸福的人们都闹得不能安居，只有李妈同驼背姑娘仍然好好的出入茅房。

守城的兵士，渐渐同李妈认识。驼背姑娘起初躲避他们的亲近，后来也同伴耍小孩一样，真诚而更加同情了。李妈的名字遍知于全营，有两个很带着孩子气的，简直用了妈妈的称呼；从别处讹索来的蔬菜同鱼肉，都拿到李妈家，自己烹煮，客一般的款待李妈；衣服请李妈洗，有点破蔽的地方，又很顽皮的要求缝补；李妈的柴木快要烧完了，趁着李妈不在家，站在桥头勒买几担，李妈回来，很窘的叫怨，他们便一溜烟跑了。李妈用了寂寞的眼光望着他们跑，随又默默的坐在板凳上了。

李妈的不可挽救的命运到了，——驼背姑娘死了。一切事由王妈布置，李妈只是不断的号哭（。）李爷死，不能够记忆，以后是没有这样号哭过的了。

李妈要埋在河边的荒地，王妈嘱人扛到城南十里的官山。李妈情愿独睡，王妈苦赖在一块儿做伴。这小小的死，牵动了全城的吊唁：祖父们从门口，小孩们从壁缝；太太用食点，同行当的婆子用哀词。李妈只是沉沉的想，抬头的勇气，大约也没有了。

李妈算是熟悉“死”的了，然而很少想到自己也会死的事。眼泪干了又有，终于也同平常一样，藏着不用。有时从街上回来，发见短少了几件衣服，便又记起了什么似的，仍是一场哭。太太们对于失物，虽然很难放心下去，落在李妈头上，是不会受苛责的，李妈也便并不十分艰苦一年一年的过下去了。

今年夏天来了一个单身汉，年纪三十岁上下，一向觅着孤婆婆家寄住，背地里时常奇怪李妈的哥儿：有娘不知道孝敬。一日，想到，李妈门口树荫下设茶座，生意必定很好，跑去商量李妈；自然，李妈是无有不行方便的。

人们不是从前的吝惜了，用的是双铜子，每碗掏两枚，值得四十文；水不花本钱，除偿茶叶同柴炭，可以赚米半升。那汉子苦央着李妈不再洗衣服：“到了死的日子还是跪！”李妈也就过着未曾经验的安逸了。然而寂寞！疑心这不是事实：成天闲着。王妈带着孙儿来谈天：“老来的好缘法！”李妈也陪笑，然而不像王妈笑的自然；富人的骄傲，穷人的委随，竞争者的嫉视，失望者的丧气，统行凑合一起。

每天，那汉子提着铜壶忙出忙进。老实说，不是李妈，任凭怎样的仙地，来客也决不若是其拥挤。然而李妈并不现得几大的欢欣，照例招呼一声罢了。晚上，汉子进城备办明天的茶叶，门口错综的桌椅当中，坐着李妈一人；除掉远方的行人到〔从〕桥上彳亍过来，只有杨柳树上的蝉鸣。朝南望去；远远一带山坡，山巅黑簇簇，好像正在操演的兵队，然而李妈知道这是松林；还有层层叠叠被青草覆盖着的地方，比河边荒地更是冷静。

李妈似乎渐渐热闹了，不时也帮着收拾茶碗。对待王妈，自然不是当年的体恤，然而也不是懒洋洋的陪笑，格外现出殷勤——不是向来于百忙中加给一般乡人的殷勤，令人受着不过意，而且感到有点不可猜测的了。

谣言哄动了全城，都说是王妈亲眼撞见的。王妈很不安：“我只私地向三太太讲过，三太太最是爱护李妈的，而且本家！”李妈这几日来往三太太很密，反复说着：“人很好，比大冤家只大四岁。……唉，享不到自己儿的福，靠人的！”三太太失了往日的殷勤，无精打采的答着。李妈也只有无精打采的回去了。

姑娘们美丽而轻便的衣篮，好久没有放在李妈的茅房当前。年青的母亲们，苦拉着孩子吃奶：“城外有老虎，你不怕，我怕！”只有城门口面店的小家伙，同驴子贪恋河边的青草一样，时时刻刻跑到土坡；然而李妈似乎看不见这爬来爬去的小虫，荷包里虽然有铜子，糖果是不再买的了。

那汉子不能不走。李妈在这世界上唯一的希望，是她的逃到什么地方的冤家，倘若他没有吃子弹，倘若他的脾气改过来。

一九二三，八，二十九，脱稿。

半年[1]

我的十八元一月的差事被辞退了，这半年就决计住在家。

去年冬天，我曾这样想：同芹一块儿，多么有趣。现在，我的母亲见了病后的我一天一天的黄瘦下去，恼怒叹息人们不谅解她的孤僻而恬静的儿子，自己对于儿子的隔秋结婚，团聚不上十天便分别了的妻的亲密，却又很窘的加以言外的讽刺；结果，在城南鸡鸣寺里打扫小小的一间屋子，我个人读书。

---

① 载《努力周报》1923年10月21日第75期，署名冯文炳，文末署："一九二三，九，十，作于北大西斋。"

书案的位置于我很合式：窗小而高，墙外是园，光线同湖水一般，绿青青〔清清〕的。阴郁的病态过久了罢，见了白得刺目的太阳，虚弱的心顿时干枯起来，犹之临了同世人应酬，急的想找个窟眼躲藏；倘若在暗淡所在，那便熨贴极了，好像暑天远行，偶然走近一株大树，阵阵凉风吹来。

来寺烧香的很多，原因是菩萨太灵。至于和尚，则素来以不修行着〔著〕称，——在我看，也确有令人生厌的地方。我把门关上，除掉回家吃饭，或到寺前院子里散步，绝少打开。

我读书不怕喧扰，打鼓放炮，于我都很习惯。虽然也笑：迷信；然而不能引起平素的憎恶。最欢喜的，是从门缝里窥望各种形色烧香的妇女；不待走进门，已经有一个记号，令我知道来的不是男子汉，——这并不由于声音的不同，在未拜跪以前，是很少言语的，乃是寺门口满盛冷水的缸里传来的喔喔的响。这缸水是专门为着女香客洗手而备办的。

雨后，烧香的没有了，然而院子里接连有许多姑娘的叫喊。我走出去探望：比平素更是嫩绿的草地当中，散聚着几个拣粪的姑娘，头顶近地，好像吃草的牛羊左手捏一个半球形的柳条盒，右手不住的把草理来理去，……“啊，地母菇！十年没有吃过然而想过的地母菇！”

四五月间，草地上经过大雨，长一种比木耳更小的菇子，大家都说是雷公用铁拳打下的，拣回去煮汤。我小时最爱吃这汤，常是伴着身分与我不相称的女孩，在城外野原，从早拣到午。我没有另拿东西盛着，用衣兜住。回去，不消说，鞋是完全湿的，衣上也染了许多斑点，好像装过丸药的盒子。母亲知道我的脾气，也不加责备，煮来做午饭的菜。记得那时外祖母常在我家，还称奖我，省得两块豆腐的费用哩。

现在，我的稚气又发了，加在这几个姑娘的一伙。她们抬起头来望我，我说，大家一齐拣。我们的职业隔得太远罢，她们并不觉什么嫌疑，依然旁若无人的俯下去，拣了满盒，拿着粪铲走了，我也把报纸包一大包，赶早回去。

我的母亲，自从我进寺读书以后，如一切母亲爱儿子以外，百般的将顺我，——几乎可以说是畏怯，见我自己办菜回来了，而且追起了许多过去的欢喜，自然是高兴的了不得。我近来对于母亲确乎也有点愤意，这回却还是小孩似的：

“不要芹煮——，母亲煮，再尝那样的味儿！”

哈哈！任凭几个十八元，也买不了这样的味儿！这决不是我的牢骚语；十年来，每当雷雨天气，我是怎样的想呵。

有时细雨接连下个不住。望天，好像是一大块肮脏的灰布；本来低洼的泥地，潮湿得被盐卤了一般。和尚在后房睡觉，阴暗的神龛，恍着比萤火更清淡的灯光，雨风吹来，已经是熄了，却又一亮。倘若在外方有这么个境地，我将感着读了好的诗歌而起的舒服；现在，气愤愤的不待母亲指定的时间跑回。走进我自己的卧室，只有长几上的钟滴答滴答的。我退了鞋，横倒在床，心想：“芹最是装狠，拿针黹到母亲后房做，现得并不……”天井外渐渐听见脚步声了，我急忙把眼睛一闭。

“回来了！……也不盖，……”

衣橱轻轻的开着，线毯慢慢的覆盖我的手同下身；我突然又把眼睛一张：

“弄醒了我！”

我极力消出我的气，用我的聪明所想得到的许多强横；然而终于忍不住，笑了。

我们真是别离了又相逢，相逢了又别离，似乎没有比这更多趣的了，然而我总是不平。做孩子时欢喜吃的食物，母亲还记得，只要是在这季节出世，都拣新鲜的买回，——很少用在白天，多半煮来消夜。时日太长，没吃到的都吃到了，重覆的便是鸡蛋。消过夜，有月亮，母亲便走在我前；没有月亮，提着灯笼跟在我侧。路本不远，母亲的话很多，我心里虽然都听见，除了“哼”是没有明晰的回复的。走到寺门，和尚接着母亲问候了一遍；我打开门房〔房门〕，高声的寻着洋火，母亲拿着灯笼的时候，不待我第二声已经进来了。

倘若被风吹伤了，我俨然是加了一番力气，大踏步跑回：“那里像家里有楼板呢，抬头就看见瓦缝！”母亲窘呵。我喜呵。这晚便可以同芹安睡。可恼的芹，灯燃着了，还固意到母亲那里支梧一会；母亲很好，催促着，“问他要东西不。”

一天下午，和尚因事出去了，托付我暂时照顾，我的门也就例外打开。这时天气，穿得着单衫，风幽幽的从窗吹进来，送我馥郁的气息；我拿本诗集，靠着椅子读。忽然间感着深谷的回声似的，不觉头已偏了，竖着耳朵细听。声音渐渐落实了："乖乖儿，不要同你娘斗！"我摔开书去看：院子的这头，站着十二三岁的小孩，头低着，指甲放在嘴里咬；那头是六十岁上下的妇人，缓步走近小孩，见了我，又高声道，"那先生不也是读书吗？人总要读书！"院墙颇高，话声空洞而响亮；我感着秋夜浴月的清澈，摸一摸孩子：

"读书？"

"是呵，娘为他气得哭，——说声上学就跑！"老妇人皱着眉头说。

"不要她管！"

"是呵，信我的话，祖母的话。"

孩子很重的拖着鞋，在老妇人前慢慢走出院了。

我重行拿着书；翻开两叶，又摔在一边，望着窗外用水洗了似的深蓝的天空。和尚回来，我也就回去。

这天是端阳节，家里很忙，打发了这个孩子粽子，那个孩子又来要鸭蛋。我吃过早饭，仍然往寺里去。香炉旁，有一个孩子寻炮壳，——仔细看就是前次被祖母调劝的，炮引没有了，药还藏着未炸发，便一颗颗拣起来。小小的手掌再不能容了，又一颗颗折成半断，在地上扩〔摆〕着圆形；点燃一颗，其余的都嘶的一声放起火花。我帮着他拣，他问我：

"你不散馆？"

"啊，你们散馆。我没有先生，不散。——前回你是逃学罢？"

他含羞的微笑，并不回答。

“你为什么不信娘的话呢？”

他一心低头拣炮。而我还是问：

“你的爷呢？”

“爷，爷死了。”

“死了？什么时候？”

“不知道，死了。”

我不再惊扰他的拣炮了。后来由和尚的话，知道他便是寺的右角小小一间房子的男主人。

院子里照常竖着衣架，我以为普通事，近邻借晒场，从没有留心过。一日，偶然瞥见那老妇人在架旁踱来踱去，我便偷伺秘密似的站在院墙后廊，从圆光〔的〕彩花形的洞隙睄过去。老妇人收折晒在架上的白布被包，坐下草地，返覆展平；随又等候什么，掉头向街。由街走进一个中年妇人，肩膀搭着棉絮，腋下挟的是紫褐色的被面。这妇人很苗条，细小的脚，穿着灰鞋；棉絮铺在地上了，老妇人清检别的零星衣件出去，她一个人屈着身子，手里拿着针线，忽上忽下。太阳渐渐西偏，她的头发渐渐由闪烁转到墨黑；草更现得绿，被更现得白，被面的紫褐映着苍黄的脸，令我远远感到凄凉了。

以前，傍晚我便回家，芹坐在当户的矮凳，便于早一点相觑。我再有别的牵挂了，回家之先要登城，——毕竟是乡镇，沿城可以登览。我的两次晤面的小朋友的屋，后有一块小园，横篱七八步，便是城墙。

灌菜割菜，每次看见的，都是小朋友的祖母；母亲呢，当着由园进屋的门口做针黹，回答婆婆，眼睛才略为一睒。

是风暴之后。我穿着夏布短挂，很有几分凉意，当着正煮午饭的时候，回家添衣。我的小朋友的很少打开的前门这时也打开了，小朋友嗡嗡哭着，母亲很窘的一旁站着：

“上街买盐！”

“我不去，你去！”

我不能止步，只得慢一点走；心想，祖母呢？——祖母的声音果从后喊到前了。

距离我家不远的时候，小朋友又笑嘻嘻的走来我的后面，愈是深的水荡，愈是高兴的踏下去。我说，“鞋子湿了，回去母亲要骂！”不知道是被我说失了体面呢，还是当心母亲的骂，他也就走上没有水的地方了。我告诉他，“要一耍罢，这是我的家；”我是怎样欣慰而悲哀呵，他答着我：“不，母亲等盐。”

这是过去的一个半年的事。现在我在北京，还时常羡念那半年的我，但也不能忘记我的小朋友，以及小朋友的祖母和母亲。

一九二三，九，十，脱稿。

我的邻舍①

我家的前门当街，后门对着在城镇里少有的宽阔的空坦，空坦当中，仅有同我家共壁的两间瓦屋，一间姓石，那一间姓李。两家大门互相对着，于大坦中更范成一块小坦，为我家从后门出进的路。我在省城读书，见了那前面横着操场的营盘门口排立着两个卫兵，不知不觉便联想到那两间房子。

石姓算得老住。我家是从东门迁居的，现在也有十几年。李姓至多不过三年，因为我的记忆里还是那念着“‘戒之哉，宜勉力，’读

① 收入单行本前，未发表。

完《三字经》要肉吃”，鼓励我去向父亲刁难的单身老汉，直到前年暑假，才知道老汉已经死去了，房子也易了主人。

预计着暑假快到了，母亲便买好青松，靠后门竖起一架荫棚。荫棚底下，纵横放着竹榻，吃过早饭，弟兄们躺睡谈天。阿六总是强占那矮榻，——确也矮得精致，我不禁想起清少纳言“凡是细小的都可爱”的话来。母亲醒了午觉，也加在一伙，“阿六，只有你讲话的分儿，仿佛哥哥是外乡长大的，都要你告诉我。”阿六越发现得得意，我也并不感到厌倦，他好像再接不起头来了，我便固意挑剔一句。

阿六突然记起了什么，叮咛一声，“不要坐我榻！”三步当作两步的跑进石家。随即引起比自己更小的孩子，赤膊膊，裤子——自然是开裆的，上卷到膝头，脚也光着，地面大约有点烫，而且铺了好些沙粒，脚板刚踏下，手也弹起来，然而还是要跑；一手捏的是橡皮球，那一手便是我久住都会也不知道名字的一种抽水袋。我顿时有话要向母亲询问，然而六月天皮肉都露出来的小孩，是年来同故乡的肴味一样，想起来就要馋嘴的，好容易陈在我的面前；阿六又是那副旁若无人的气概，指着孩子的手，“不只这些哩，从九江买回的！”我那里还忙得开眼睛和耳朵。

我一面看阿六把袋子放在浴盘里吸水，然后对着堂屋射去，一面拉着那孩子叫他坐下矮榻，但他只顾拍水。我哈的一声大笑了，——他的右手比我们的多一个指头！这在我是第一次眼见，然而并不如平素所想像，以为是一种讨厌的残疾，圆阔得很是有趣。当他把手浸到浴盘忽然又拿起来，那枝指便首先出现，好像脚鱼在那里伸头。母亲这时才也出言：

“名字就叫六指哩，他爷的意见：喊得贱也长得贱。”

我哄六指的手到我的手里，“我替你数萝，不替阿六。”

“一萝穷，

二萝富，

……”

他突然像一条鲵鳅从我的掌里脱逃了。我于是摸他的脚板；他嘶的一声把颈一缩。我又睄见了他的脚搔很长，想替他剪短，——并不另外用剪刀，只用我自己的手甲，我说，“蚂蚁！那，那脚搔里的黑的！”然而他哭了。他也并不让阿六满足，转过背来，“要，我的！”阿六也只得淡淡的递还他袋子。我暗地里埋怨自己，“住在比九江更热闹的码头！”想起阿六刚才说话的神气更觉惭愧了。

我翻着手边杂志的插画，想招引六指再近我的身旁。阿六才也被我提醒，现着得意的颜色，跑来伏在我的兜里，“看，看我哥的画。”忽然同阿六一样大的孩子闯进荫棚来了：“我的球！六指拿我的球！”我更有点稀奇。这孩子没有六指那么肥，然而俏俊，银项圈一半还用红布裹着，从六指手里夺下皮球，六指并不哭，好像不是因了夺而把的，不夺也自然要把，从一瞥见便徐徐的捱进去，可以看得出来。至于那插画，反不惹注意，便是阿六，也摔开一边，引新来的孩子走进自家堂屋里拍球了。

“啊，拍球，我同淑姐也是这样拍球。”

我家初搬到这来，我只有七岁，前几个月母亲便向我讲，“要迁往南门了，就是看把戏的那坦。”相距本只有两条街，自从能够爬路以来，听了锣鼓的响声，总是牵着祖母要去看。祖母一手牵我，一手拿一条高不上五寸的板凳，冬天放在太阳底下，夏天乘杨树的荫。新近又结识了许多伴侣，有月亮的晚上，大家持着木刀跑到坦里学兵操：所以听了母亲的话，便是父亲下乡，免掉了夜课，也没有这样欢喜。一个人路过的时候，一定要停住脚睄一睄房子，“那一个呢？有玻璃窗的总好呵。”有一回问祖母，祖母却说这都是别人的，自己的还得新做。

“那玻璃窗吗？那天在庵里遇见的跟着她妈妈还愿的淑姐，便是这家。”

搬家是一个夏晚，祖母抱猫，我引着狗在前跑。这欢喜可真不比寻常了：间间房有玻璃窗，堂屋明晃晃的悬着玻璃灯，石灰同砖末碾成的地，差玻璃也不顶远。第二天清早打开后门望坦，倘不是那窗户，我直不认是我所羡慕的那两间房子了，“好矮呵。”

前街都是铺店，放学回来，只有后门可以玩耍，伴侣也只有比我大两岁的淑姐。间壁的老汉，好像也在上学，我们刚出来，他才也从外进来，用钥匙开门。老汉最爱激起我同淑姐争强，比如说，“淑姐的爸爸好！淑姐要什么买什么！”我明明知道我的爸爸比淑姐的富，然而应付不了老汉的驳诘。淑姐的衣服总比我的好看，我不能即刻说出，“女孩子爱打扮，淑姐的爸爸又只有淑姐一个人，”虽也明知道其中有原因。然而这是我的夺不去的得意：淑姐不能不要求我到我的堂屋去拍球！好玩呵，冰一般的地上，淑姐好像一条龙，把自己做的球，红线衬着白线的球，翻来翻去。

“母亲！这两个孩子都是淑姐的弟弟吗？”

“啊，还没有告诉你，是的。淑姐——去年出嫁了。……小松！过来，过来认过我的焱哥。”母亲一面说，一面用手招那拍球的孩子，——阿六早把他推到我的面前了。他害羞，还没有站住脚，又拉着阿六一路进去了。

我想起我同淑姐现在都是有妇有夫的大人，倘若再会面，是何等多趣。我又想起当年游灯赛会，都是亲自抱着淑姐的石家叔叔，现在有了小松，又有六指，不觉也为他欢喜，看一看六指，并不像小松带有项圈，却又忍不住笑了。

堂屋里声音搅成一团，不消说，是阿六欺了小松。母亲很窘的喊，“发痧了：还不歇！”小松慢慢走出，好像从河里洗澡起来，满身是汗。我把他夹在兜里，他也并不像是刚才认识的，对我申诉着，“腰高也要我罚酒，讲定是头高。”阿六也抢了出来，一手一个指头拭着两颊，意思是说，小松不爱脸，——眼光突然射到前面去了，“瘌痢婆！瘌痢婆！”

李家门口站着一个女孩。我责备阿六白白的骂人，母亲却笑了：

“小松的媳妇哩。”

“哈哈！告诉我，什么名字？”

阿六忙帮着答道：

“细女，就叫做细女。”

我还是拉着小松，“你不答应，我不放！”我不放，他也就不答应；我放了，他一溜烟跑了。细女站在门槛里伸出头来对我们望，我望她，她又缩进去，——撒满了鸟粪的脑壳已经给我看得明白了。我很为小松不平，“将来岂不是同壶卢一般？”母亲似乎看出了我的心事，“这并不是好不了的，——你们现在不是提倡女子剪发吗？”我笑了。这一层就算解决，面孔也万万配不上小松。

母亲说，李家乡下有田地，本比石家强，不过石叔叔新在正街开店——九江煤油公司的分栈，眼见得快要发财，我的脑里，石叔叔也是一个很可崇拜的人（倘若那老汉不在旁边），衣服穿得阔，商会议戏，极力主张头号的班子，我同淑姐伴在一块儿，极力夸奖我，吩咐淑姐，买糖要与我平分。

“替小松订媳妇，为什么不同玩具一样到热闹码头拣那我们不知道名字的呢？”

一旁谈笑，阿六总是称瘌痢。母亲说不该，瘌痢的妈妈听见了，是不舒服的。然而“细女”，“细女”，在我也很难叫出口，仿佛是一根鸡毛，拿起来怪不称手。我们家人时常因此大笑一阵，母亲几乎要笑出眼泪来。而细女很作怪，我拉小松，小松也只扭扭捏捏；拉她，她却大声喊妈妈。她的妈妈料想不到省城回来的先生，会同孩子们挑衅，从屋子里发出“那个？要死呀！要死呀！”的骂声。有时，她跟着妈妈的背后朝外走，我站在门口，固意咳嗽一声，她以为真个来缠她，很尖锐的叫起来，转到前面搂着妈妈；妈妈掉头一望，然后轻轻把癞疮一拍，“我道是有谁！”

一天清早，我还在睡觉，阿六跑到我的面前，“哥！看洋人，小松家里有洋人！”洋人下乡，我也觉得不是寻常事，然而怎会到小松的家呢？我拿脸盘往厨房打水，听得同母亲讲话的不是本家人的声音，便在间壁房子里站住了。

“只有子鸡说是合式，——肉不吃。”

“几只呢？——来得正好，迟一点就要放笼。”

鸡的叫声，翅腿的劈拍，竹笼的开闭。

“今年抱得晚，过些时长大了，再还奶奶。——天明起床，头还是蓬着。小松的爷，昨晚两点钟才弄清楚，这月是五百块。”

母亲唯唯的答着。话声已经出了后门。

原来是总公司的帐房照例一月月的催款。

三十岁上下的妇人，很胖，粗布衣裳，很整洁；对待我不现得亲热，然而我的母亲是疼我的，父亲又在学务局办事，惯于毒骂别的孩子，也并不骂我；我也本不欢喜她，她在家，我招淑姐，总是站在门口：这便是淑姐的妈妈。现在的淑姐的妈妈自然不像我所描绘的了；我听了刚才的话音——虚夸掩不过张惶，也掉过了当年的心情，仿佛是自己的婶娘一般，要求父亲分给大宗款项，不干这欢迎钦差似的买卖才好。

我出后门，李家的门口站着——，我的感觉好像眼睛的一眨，很快的知道是淑姐的妈妈；大约也是乞借，细女的妈妈送到门外，还正在交语。见了我，很带踌躕的神气，我似乎已经听到了一个声音——“焱”，马上又没有了。过一会是：

“二先生！再真是先生模样了。”

我说，“婶子，不必客气，还是‘焱娃’。”她接着很高兴似的说了许多话，却不是单给我一人听见，意思是：我的洋话，不消说，讲得好；小松，爸爸也想送他读书，将来有一日上省，那才是福气，便是做通师，也比开店强，这位帐房带来的，一个月八十块。

阿六从小松的院子里跑出来，抱歉似的回复我，“就回！就回！”洋人已经上街去了。随着阿六的好像一阵狗，是四五个年纪相仿的男孩，其中只有小松的腰挺得顶直，阿六也很现光彩，不时把脑壳贴近小松，提出自己的或赞成小松的意见；其余的，只要不受排斥，什么也情愿容纳，手里捏着可吃的东西，早就贡献给小松了。细女这时也在坦。小松的原故呢，还是“女”本不是一伙？总之她是孤立——眼光凝视着，嘴里预备“妈妈”，倘若谁敢来欺负。我注意一个人去了，小松不知缘何发恼：

“…………

大菩萨，

小菩萨，

保护瘌疠长头发！”

我实在佩服小松的勇气！我同我的妻，儿时也常在一堆，从没有恶意或善意的表示。细女可哭起来了；结果妈妈走出，看一看是小松，又轻轻把癞疮一拍，“还不过来！”

洋人终于没有看见，说是趁着太阳不大利害，两乘轿抬出城到五祖山看风景去了。

吃饭的时候，阿六才也回来，母亲责备他不洗脸，他对我唠叨，“小松跌破了碗，挨他爷几颗栗子。”

这是去年寒假的事：母亲扇燃炉子，要赶快的给归儿吃一顿肉；我站在母亲身旁，要赶快的知道离家以来的变故，首先讲到，便是石家叔叔于今年秋间永辞人世的话了。

到家，太阳快要落山，母亲恰好同几位婆婆在街旁坐叙，车刚转角，就有人报信，婆婆们都上前迎接，我也一一问好，然而我的欢喜好像学校里踢的足球，吹得紧紧，偶然刺破了一个窟眼。“进门，堂屋没有人，——喊……”坐在车上远远望见城墙的时候我这样想，同时不觉也在笑；——谁耐烦许多意外的招呼呢？那人从后面不是一位姑娘吗？“啊，淑姐！手牵的正是六指！”我又很自然的站住了。声音很多，却没有听见淑姐一句话，我徐徐的瞄她，她也正瞄着我哩。我们小孩子的亲密的生活，以及后来各在一方，随着许多有趣味的回忆而眷念着（至少在我是如此）的心情，统行消融于我们的眼光当中了。淑姐不知道，我即刻改向了六指，六指鼓起他的铜铃似的眼睛紧贴着阿姐。直到母亲问我，“还只吃过早饭罢？”妻也慢慢从后房走来，我才又转到另一世界了。

“是那有那么亮呢？含泪吗？”我听了母亲的话，适才温存我令我释去了疲劳的六指的眼睛，忽然发生疑难了。我背转身来，说是沿路灰尘太重，寻手帕？〔，〕然而那能瞒得过我的聪明的母亲？——

“儿啊，老是这副心肠！——肚子还是空的，不要……”

阿六散学回家（二月里父亲给我写信已经谈到阿六上学的事）一刻也难忍耐，把我带回的网篮扒来扒去；我说，“不要嚷，母亲听了，埋怨你不让阿哥休息。”我拿起《阿丽斯漫游奇境记》同别的几张画报，阿六只管看画；我又拿起丝绳织的帽子，很快的剪在背后，“猜得着吗？比画还要好！”阿六简直飞起来了，那里还顾得及猜。我低声问道：

“同小松是不是一个学校呢？”

“小松？——小松在他伯伯家。”

“啊，——近来看见他没有呢？”

“看见，他时常回来。”

“再看见，回来叫我。”

我翻着《阿丽斯漫游奇境记》，说道，“三十夜我们两个围炉守岁，讲许多许多有趣的故事。”

到家第三天，阿六的先生散馆。淑姐也预备这天同去。母亲说腊月初婆家约定了日期，连着起风又下雪，挨到现在；两口子很和好，家事也很充裕；还是石叔叔害病的时候上街来。淑姐个人的幸运，在我好像用不着母亲的报告，因为我想起她，总是觉得有趣。我正在归程，确乎天天起来有风雪，然而并不以为苦，可以说是甜，希望在前面招引。现在，更要感谢了，俨然又在风雪里走，希望中添了那一瞄的淑姐。但是，淑姐的父亲呵即刻想到了淑姐的母亲呵即刻又想到了。这母亲本不如父亲印在我的脑里可爱，想到了随即排遣不开，却要算她了。

我刚刚洗完脸，阿六飞奔到我的面前，“小松在坦里！（”）我牵着阿六走出去，靠墙有一乘轿，——这也是我多年没有看见的，粗蓝布围着长方形的木架，好像是专门为着姑娘们做的，（本也算姑娘坐的多）比我还要矮一平拳。轿杠的两头，三四个小孩忙着肩膀和手，想把轿扛起，然而轿动也不动一动。里面坐的是小松；我抽开帘子，“认识我吗？”“认识，”他很快的答应着。其余的孩子都围拢来，很羡慕小松似的，——带眼镜的先生同他攀谈。阿六，不消说，更是得意。小松也立刻下了轿，仿佛是一个人坐着，是很可羞的；他比阿六长得高，衣服却又太长，要在平常，我以为是固意穿出来惹人笑，因为这样装饰格外现得皙白可爱。我替他抹一抹吊在嘴边的鼻涕：

“怎不同阿六到我家玩呢？”

阿六连忙插嘴：

“他晚上才回来。”

“白天总在伯伯家吗？”

“是的，伯伯家上学，伯伯家吃饭。”

小松的伯伯是城里有名的嫖客，一向在正街开南货店。兄弟间很不和好，尤其是妯娌；两家只有淑姐一个孩子的时候，伯母似乎还比伯伯疼爱淑姐的利害，因为淑姐那时把糕饼当作瓦片一般的贱，我问她是那有这么多，她说，一会见伯母，袋子就塞得满满。正月间游龙灯的时候，淑姐的父亲把淑姐抱上柜台，自己便走了，（我也借光站在上面）伯母立刻出来，从柜台里搂着淑姐，淑姐的头毛挤得蓬乱了，便慢慢用手梳理。淑姐的妈妈添了小松了，——母亲说——伯伯同小松倒很有缘法，无论到那里都要携着一路去；伯母与自己妈妈间的嫌怨，反更深了一层，“不要小松去！带坏了我的儿！”便是妈妈迁怒于伯伯的说话。

伯母已经是五十岁的婆婆了，商量承继的事，也很愿意要小松，小松的父亲死后，曾经例外的亲临小松家一躺〔趟〕。小松的妈妈，却要让下么娃，（便是六指，父亲死后，不愿意旁人这样称呼，自己首先改喊么娃。）么娃还没有订媳妇，承继在伯伯底下，做媒的也就多些。但是，那方再三拘执，这边也就不便过于坚持了：勉强拿得去，不喜欢，有什么好处。而且这也使爸爸睡在土里心安：一个大点儿子，妇人家照顾不了，跟着伯伯，只要不太蠢，读书是一定的。

小松时常挨打，因为他不大听妈妈的话。妈妈嘱咐他不要再喊伯伯，他老是喊伯伯；吃饭算是不偷偷跑回的了，睡觉，便打死他他也不去。“这样好像长了刺的，怎么能讨人家的欢喜呢？一年长到这么高，衣服都小得不合式，爸爸的拿来改做，又糟塌了材料，——放亲热一点，也许人家不阻拦伯伯，一年多做一两套。”妈妈平常这样说。

渗透了我的心灵的零零碎碎的报告，叫我见了小松只管从头到脚细细的端详，竟忘记了打断他们的游戏，待到让他们再来，他们又都没有以前的精神，一个一个的跑散了。而我还是纠着小松：

“跟我去看画么？我有好多画。”

“不，妈妈就喊吃饭，——今天送阿姐，抬轿的上街转头就吃。”

我的母亲把我同阿六换〔唤〕回了。

吃过早饭，我们家人团着方桌，叙谈的便是淑姐回家的事，——后门口传来“冯奶”“冯奶”的声音了，这便是淑姐辞行。母亲和妻都迎上前去；我迟疑了一会，“去呢不去？”忖着快要上轿了，假装喊叫阿六站在离轿十四五步的地方。淑姐穿的是大红缎子裙，绿湖绉棉袄，依依不舍的贴着么娃的脸，说些什么。小松伸起脖子望着阿姐，仿佛是不认识一般。妈妈裹着包头，喊么娃不要牵着阿姐。送客，我的母亲和妻之外，是细女的妈妈，手牵着细女，还有一位同我年纪相仿的姑娘，大约是妻时常告诉我的细女的姐姐，名叫贞姐。话要算我的母亲的最多；轿夫催着上轿的时候，妻才也跑上前挽住么娃，么娃哇的一声惊到半天云里去了，——妈妈姐姐，也各自揩着眼角。阿六呆呆的站在我的面前；至于我自己，怀着难得再见的私心，而且映了一辐〔幅〕严肃的图画，令我终身不忘。淑姐倘若瞥见了，也有时忆起这一晨近在咫尺而没有闲暇留意到的故人罢。

妈妈抱住么娃，请大家进屋；我的母亲想是不待请的；细女的妈妈似乎是托词有事，牵着细女回自己的家。细女带一顶牛角帽，癞疮好了没有，不得而知，我的看不起的心情却大大改变了，眼巴巴的望着她母子两个的后影。阿六又拉小松一路跑去玩；妻同那姑娘肩摩肩的谈话；我只好单独告退了。

我同妻站在后门口等候母亲。那姑娘果是贞姐，从小许了妻的一位本家，明年就要出嫁，女婿早年过了门。

“你们乡下不配有这样的媳妇！”

“好的都是我乡下的。你们街上只配癞痨！”

“那么，你也是癞痨了（！）”

妻笑了。

“近来贞姐可糟踏贵本家没有呢？”

“中秋节还同妈妈大吵一场哩。那边买些糕点，亲自用篮子送来，她趁妈妈不看见，撕成细片！妈妈骂她不懂事，‘种田的难道就不是人？’”

“她妈妈从前不也说睄不起这位令婿吗？”

母亲回来了。号哭的声音突然惊住我握着母亲的手的欢喜了！哭女儿，哭女儿的爸爸。

新年过了三天，我第一次打开后门望望——小松两弟兄也正在他门口，帽子，鞋子，马褂，都鲜艳夺目，赛过了我家同李家新贴的红纸对联。哥哥交道弟弟放洋枪；我捱近去：

“六——么娃也会吗？”

小松立刻帮着装子弹，立刻是火柴一般的光响，——这便是到我写这篇文章为止，小松，么娃给我最后的印像了。

一九二三，十二，七，脱稿。

初恋[1]

我那时是“高等官小学堂”的学生，在乡里算是不容易攀上的资格，然而还是跟着祖母跑东跑西，——这自然是由于祖母的疼爱，而我“年少登科”，也很可以明白的看出了。

我一见他〔她〕就爱；祖母说“银姐”，就喊“银姐”；银姐也立刻含笑答应，笑的时候，一边一个酒窝。

银姐的母亲是有钱的寡妇，照年纪，还不能赔〔陪〕着祖母进菩

---

① 载《现代评论》周刊1925年4月3日第1卷第17期，署名冯文炳，文末署：“一九二二，十二，十，作。”“一九二二”应为“一九二三”之误。

萨，正因为这原故，她进菩萨总要赔〔陪〕着祖母。头一次见我，摸摸我的脑壳，“好孩子！谁家的女婿呢？”我不是碍着祖母的面子，直要唾她不懂事：“年纪虽小，先生总是一样！”待到见了银姐，才暗自侥幸：“喜得没有出口！”

我们住在一个城圈子里，我又特别得了堂长的允许下课回来睡觉，所以同银姐时常有会面的机会。

一天，我去银姐家请祖母，祖母正在那里吃午饭，观音娘娘的生期，刚刚由庵里转头。祖母问，父亲打发我来呢，还是母亲？我说，天后宫的尼姑收月米，母亲不知道往年的例。

“这算什么了不得的事呢，叫我！”

我暗自得计，坐在银姐对面的椅子上。银姐的母亲连忙吩咐银姐把刚才带回的云片糕给我，拿回去分弟弟。我慢慢的伸手接着，银姐的手缓缓的离开我，那手腕简直同塘里挖起来的嫩藕一般。

银姐的母亲往天井取浴盘，我装着瞧一瞧街的势子走出去，听得泼水的声响又走进来，银姐的母亲正在同祖母咕嗫：“人家蠢笨的，那知道这些躲避！”我几乎忍不住笑了，同时也探得了她们的确实的意见：阿焱还是一个娃娃。

早饭之后，我跑进银姐的家，银姐一个人靠着堂屋里八只手，脚踏莲花的画像前面的长几做针黹。我好像真个不知道：

“我的祖母在不在这里呢？”

“同妈妈在后房谈话。”银姐很和气的答着。

话正谈得高兴，祖母车转头：“啊，今天是礼拜。”银姐的母亲也偏头呼喊一声：“银儿，引哥儿到后院打桑葚。”

后院有一棵桑树，红的葚，紫的葚，天上星那样丛密着。银姐拿起晾衣的竹竿一下一下的打，身子便随着竿子一下一下的湾；硼硼的落在地上，银姐的眼睛矍矍的忙个不开：

“拣！焱哥哥！”

只有“焱哥哥”到我的耳朵更清脆，更回旋，仿佛今天才被人这样称呼着。

我蹲下去拣那大而紫的了。“用什么装呢？”一手牵着长衫的一角…………

“行不得！涂坏了衣服！”

荷包里掏出小小的白手帕递过我了。

中元节是我最忙的日子，邻舍同附近的同族都来请我写包袱。现在，又添了银姐一家了。远远望见我来，银姐的母亲笑嘻嘻的站在门口迎接着，(她对于我好像真是疼爱，我也渐渐不当她是泛泛的婆子。)仿佛经过相公的手，鬼拿去也更值钱些。墨同砚池都是银姐平素用来画花样的；笔，我自己早带在荷包；说声“水”，盛过香粉的玻璃瓶，早放在我的面前了。

“好一个水瓶！送给我不呢？”

“多着哩，只怕哥儿不要。”银姐的母亲忙帮着答应。随又坐在椅子上拍鞋灰：“上街有事，就回。”

“哈哈！这屋子里将只有我同银姐两个了！”

屋子里只有我同银姐两个了，银姐而且就在我的身旁，写好了的包袱她搬过去，没有写的又搬过来。我不知怎的打不开眼睛，仿佛太阳光对着我射！而且不是坐在地下，是浮在天上！挣扎着偏头一觑，正觑在银姐的面庞！——这面庞呵，——我呵，我是一只鸟，越飞越小，小到只有一颗黑点，看不见了，消融于大空之中了…………

我照着簿子写下去，平素在学堂里竞争第一，也没有今天这样起劲，并不完全因为银姐的原故，包袱封裹得十分匀净，（大约也是银姐的工作罢）笔也是一枝新的，还只替自己家同一位堂婶子写过，——那时嫌太新，不合式。写到：

故显考……冥中受用

孝女…………化袱上荐

我迟疑了：我的祖父是父亲名字荐，我的死去了的堂叔是堂兄名字荐，都是“孝男”，那里有什么“孝女”呢？——其实……“故曾祖”，“故祖”底下，又何尝不是……“孝曾孙女”，“孝孙女”？

我写给我的祖父，总私自照规定的数目多写几个，现在便也探一探银姐的意见：

“再是写给你的爸爸了。”

银姐突然把腰一伸，双手按住正在搬过来的一堆：

“哪，——簿子上是什么记号呢？”

“八。”

“十二罢。”

银姐的母亲已经走进门来了。买回半斤密〔蜜〕枣，两斤蛋糕，撒开铺在我的面前。银姐立刻是一杯茶，也掏枚蜜枣放在自己的口里：

“妈妈，来罢！不吃，焱哥哥也不吃。”

有月亮的晚上，我同银姐，还杂着别的女孩，聚在银姐的门口玩。她们以为我会讲洋话，见了星也是问，见了蝙蝠也是问，“这叫什么呢？”其实我记得清楚的，只不过 wife，girl，……之类，然而也不能不勉强答应，反正她们是一个不懂。各人的母亲唤回各人的女儿了，剩下的只有我同银姐，（银姐的母亲知道在自己门口；我跟祖母来，自然也跟祖母去。）我的脚指才舒舒的踏地，不然，真要钩断了：“还不滚！”银姐坐在石阶的上级，我站在比银姐低一级；银姐望天河，我望银姐的下巴。我想说一句话，说到口边却又吞进去了。

“七月初八那一日，我大早起来望鸦鹊，果然有一只集在桑树……”

“羽毛蓬乱些不呢？”

“就是看这哩。倒不见得。”

“银姐！……”

“怎么？”

“我——我们两个斗嘴……”

“呸！下流！”

我羞到没有地方躲藏了。

这回我牵着祖母回家，心里憧憧不安：“该不告诉妈妈罢？”——倘在平时，“赶快！赶快把今天过完，就是明天！”

这已经是十年的间隔了：我结婚后第一次回乡，会见的祖母，只有设在堂屋里的灵位；“奶奶病愈勿念”，乃是家人对于千里外的爱孙的瞒词。妻告诉我，一位五十岁的婆婆，比姑妈还要哭的利害，哭完了又来看新娘，跟着的是一位嫂嫂模样的姐儿，拿了放在几上的我的相片，“这是焱哥哥吗？”

“啊…………”

一九二三，十二，十，脱稿。

阿妹[①]

阿妹的死，到现在已经是四年前的事了，今天忽然又浮上心头，排遣不开。

冬天的早晨，天还没有亮，我同三弟就醒了瞌睡，三弟用指头在我的脚胫上画字，我从这头默着画数猜，阿妹也在隔一道壁的被笼里画眉般的叫唱：“几个哥哥呢？三个。几个姐姐呢？姐姐在人家。自己呢？自己只有一个。”母亲搂着阿妹舐，我们从这边也听得清楚。阿妹又同母亲合唱：“爹爹，奶痛头生子；爷和娘痛断肠儿。”我起

① 收入单行本前，未发表。

床总早些，衣还没有扣好，一声不响的蹲在母亲的床头，轻轻的敲着床柱；母亲道，“猫呀！”阿妹紧缩在母亲的怀里，眼光灼灼的望着被，——这时我已伸起头来，瞧见了我，又笑闭眼睛向母亲一贴，怕我撕养〔痒〕。

阿妹的降生，是民国元年六月三十日；名字就叫做莲。那时我的外祖母还健在；母亲已经是四十五岁的婆婆了，一向又多病，挣扎着承担一份家务，——父亲同两叔叔没有分家，直到阿妹五岁的时候。听说是女孩，外祖母急急忙忙跑上街来，坐在母亲的床沿，说着已经托付收鸡蛋的石奶奶在离城不远的地方探听了一个木匠家要抱养孩子做媳妇的话。母亲也满口称是，不过声音没有外祖母那样宏大，——怎宏大得起来呢？我慌了，两只眼睛亮晶晶的望着外祖母；外祖母也就看出了我的心事，“那边的爹爹说也是教蒙书的哩！”我的妹妹要做木匠的媳妇，自然是使我伤心的重要原因，然而穿衣吃饭不同我在一块，就是皇帝家宰相家，我也以为比我受苦，何况教蒙书，——至多不过同我的先生一样，而且说是爹爹，则爸爸可想而知了。外祖母把我当了一个大人，我的抗议将要影响于她的计画似的，极力同我诘难，最后很气忿的说一句，“那么，阿母是劳不得的，尿片请你洗！”我也连忙答应，“洗！洗！”

这天晚上我上床睡觉，有好大一会没有闭眼。这木匠我好像很熟，曾经到过他的村庄；在一块很大的野原——原上有坟，坟头有嵌着二龙抢珠的石碑——放着许多许多的牛，牧童就是阿妹，起初阿妹是背着我来的方向坐在石碑下抠土，一面还用很细很细的声音唱歌，听见我的衣服的擦擦，掉转头来看，一看是我，赶忙跑来伏在我的兜里，放声大哭，告诉我，褂子是姐姐在家不要的纱绿布做的，木头上刨下的皮，她用来卷喇叭，姑姑打她，说她不拿到灶里当柴烧。我说，“我引你回去，不要哭，”然而我自己……

“焱儿！焱儿！妈妈在这里！”

我的枕头都湿了。

其实我只要推论一下，外祖母的计画是万万不行的：爸爸在学务局办事，怎能同木匠做亲家呢？有饭吃的把女儿给人家抱养，没有饭吃的将怎样呢？外祖母没有瞧见母亲怀里的阿妹罢了，第三天抱出来拜送子娘娘，那由得外祖母不爱呢？

然而我同阿妹都因此吃了不少的亏。我有什么向母亲吵，母亲发恼，“还说你洗片！”我也就不作声了。阿妹有什么向母亲吵，母亲发恼，“当初该信家婆的话，送把木匠！”阿妹也就惧怕了。

我的祖父不大疼爱我的母亲，母亲生下来的孩子，也都不及婶娘的见爱。比阿妹大两岁的，有三婶娘的阿八，小一岁的有阿九，每天清早起来，祖父给阿八，阿九买油条，正午买包子；一回一人虽只一个，三百六十日却不少一回。阿妹呢，仿佛没有这么一个孩子，——说因为女儿罢，二婶娘的阿菊，比无论那一个孩子也看得贵，现在是十五岁的姑娘了，买包子总要照定额加倍。阿妹有时起得早，无意走出大门，卖油条的老吴正在递给阿八同阿九，告诉祖父道，（祖父的眼睛模糊得看不清人）“阿莲也站在这里哩。”阿妹连忙含笑答应，“我不欢喜带油气的杂粮。”随又低头走进门了。

祖父欢喜抱孩子游街，右手抱了一个，左手还要牵。吃过早饭，阿妹同阿八，阿九在院子里玩，把沙子瓦片聚拢一堆做饭；做得懒做的时候，祖父自然而然的好像是规定的功课走了出来，怀抱里不消说是阿九，牵着的便是阿八。阿妹拍拍垃圾，歌唱一般的说得十分好听，“爹爹呵，抱〔把〕阿九抱到城外，城外有野猫。”祖父倘若给一个回答：“是呵，阿九怪吵人的！”阿妹真不知怎样高兴哩。阿妹这时只不过四岁。

驯良的阿妹，那有同阿八，阿九开衅的事呢？然而同阿八吵架，祖父说，“阿八是忠厚的，一定是阿莲不是！”同阿九吵架，祖父又说，“阿九是弟弟，便是抓了一下，阿莲也该让！”阿妹只得含一包眼泪走到母亲那里去，见了母亲便呜呜咽咽哭起来了。母亲问清了原因，“这算什么了不得的事呢？值得哭！”阿妹的眼泪是再多没有的，哭起来了不容易叫她不哭，自己也知道不哭的好，然而还是一滴一滴往下吊；母亲眉毛眼睛皱成一团，手指着堂屋，意思是说，“爹爹听见了，又埋怨阿母娇养！”

我第一次从省城回乡过年，阿妹也第一次离开母亲到外祖母家去了。到家第二天，我要去引回阿妹；母亲说，“也好，给家婆看看，在外方还长得好些。”阿妹见了我，不知怎的又是哭！瓜子模样的眼睛，皱裂的两颊红得像点了胭脂一般，至今犹映在我脑里。外祖母连忙拉在怀，用手替她揩眼泪，“乖乖儿，那有这样呆呢？阿哥回了，多么欢喜的事！”接着又告诉我，“这个孩子也不合伴，那个孩子也不合伴，终日只跟着我，我到菜园，也到菜园。”当天下午，我同阿妹回家，外祖母也一路上坝，拿着包好了的染红的鸡蛋，说是各房舅母送把阿莲的，快要下坝了，才递交我，“阿莲呵，拜年再同阿哥来”，抚着阿妹不肯放。阿妹前走，我跟着慢慢的跑；转过树丛就是大路了，掉头一望，外祖母还站在那里，见了我们望，又把手向前一招。由外祖母家上街，三里路还不足，我闭眼也摸索得到。我同哥哥姐姐，从小都是赶也赶不回，阿妹只住过这一趟。后来母亲哭外祖母，总连带着哭阿妹，“一个真心的奶奶，儿呵，你知道去亲近罢。”

阿妹从周岁便患耳漏，随后也信了乡间医生的许多方药，都不曾见效。父亲每天令三弟写一张大字，到了晚上，阿妹就把这天的字纸要了来，交给母亲替她绞耳脓。阿哥们说，“滚开罢！怪臭的！”她偏偏捱拢来；倘若是外人，你便再请她，她也不去。

在阿妹自己看来，七年的人世，感到大大的苦恼，就在这耳朵。至于“死”，——奇怪，阿妹很小很小的时候，就知道这件事，——仿佛，确实如此，很欣然的去接近，倘若他来。母亲有时同她谈笑：

“阿莲，算命先生说你打不过三，六，九。”

“打不过无非是死。”

“死了你不怕吗？”

“怕什么呢。”

“你一个人睡在山上，下雨下雪都是这样睡。”

阿妹愕然无以对了。

有一天晚上，我们大家坐在母亲房里，我开始道：

“阿莲，省城有洋人，什么病也会诊，带你去诊耳朵好不好呢？”

女孩子那里会上省呢？聪明的阿妹，自然知道是说来开玩笑的，然而母亲装着很郑重的神气：

“只要诊得好，就去。爸爸是肯把钱的。”

“怎么睡觉呢？”三弟说。

“就同焱哥。”阿妹突然大声的说。

我们大家哈哈的大笑，阿妹羞得伏在母亲兜里咬衣服了。

阿妹呵，阿哥想到这里，真不知怎样哭哩。

谈到我自己，唉，六岁的时候，一病几乎不起，父亲正是壮年，终日替公家办事，母亲一个人，忙了厨房，又跑到房来守着我。现在阿妹的死，总括一句，又是为了我的原故了。

五年的中学光阴，三年半是病，最后的春秋两季，完全住在家。母亲的忧愁，似乎还不及父亲。父亲的正言厉色，谁也怕敢亲近；见了我，声音变小了，而且微笑着。母亲牵着阿妹从外回来，“人都说阿莲一天一天的憔悴了哩，”父亲那里能够听见呢？母亲说说也就算了。阿妹的眼泪，比从前更多，动不动就哭，又怕父亲发恼，便总说腹痛，——倘若真是腹痛，为什么哭完了痛也完了呢？我的父亲向来不打我们，我们使得他恼，从脸色可以看得出来，好像天上布满了乌云；——自然，这比打还利害，打了我们哭，哭了什么也没有了，关在心里害怕，是多么难过。父亲的恼，并不问我们有理无理；自己不顺畅，我们一点触犯，便是炮燃了引，立刻爆发。一天，母亲呼唤阿妹吃午饭，阿妹为了什么正在那里哭；母亲说，（母亲也是怕父亲的）“阿莲那孩子又是腹痛！”父亲一心扒饭，我的脚指钩断了：“阿莲，不哭了罢！”阿妹慢慢走来了，眼角虽然很红，眼泪是没有的，我便安心的吃。阿妹扒不上两口，又在吊眼泪！我首先睄见，——父亲也立刻睄见了！阿妹瞄一瞄父亲，不哭却大哭。父亲把筷子一挞，拉阿妹到院子里毒热的太阳底下，阿妹简直是剥了皮的虾蟆，晒得只管跳。末了还是二姑母从婶娘那边来牵过去。

阿妹失掉了从前的活泼，那是很明显的。母亲问，“不舒服吗？”她却说不出那里不舒服；“怎不同阿八，阿九一路去玩呢？”她又很窘的答应，“不要玩也要我玩！”是正午，母亲把藤椅搬到堂屋，叫我就在那里躺着，比较的凉快。我忽然想吃梨子了，母亲一时喊不出人来去买，两眼望着阿妹，阿妹不现得欢笑，但也不辞烦，从母亲掌里接下铜子。我以为一手拿一个，再轻便没有的事，便也让阿妹去了。阿妹穿一件背褡，母亲还给一把芭扇遮太阳；去走后门——后门到街近些，回来却是进前门，正对我躺着的方向，刚进门槛的时候，那只脚格外踏得重，扇子也从头上垂下来。梨子递过我，吁吁的坐在竹榻，要哭不哭，很是难过的神气。母亲埋怨，“谁叫你近不走走远呢？”阿妹的眼泪经这样一催，不住的往下滚了，而且盛气的嚷着，“后门坦里都是太阳！前街靠墙走，不晒人些！”

阿妹这时，明明是痨病初萌，见了太阳，五心烦燥了。

阿妹渐渐好睡。母亲吃完饭，到客房来陪我坐，“阿莲那孩子又去睡了罢？”走去看，果然倒在床上。母亲埋怨，“刚刚吃过饭！再叫腹痛，是没有人管的！”阿妹并不答应。母亲轻轻用手打她，突然很惊讶的一声，“这孩子的脚是那有这么光！肿了吗？……乖乖儿，起来！”阿妹这才得了申诉似的慢慢翻着身子，让母亲摸她的脚。

父亲引来了医生给我看脉，母亲牵着阿妹向父亲道，（“）阿莲怕也要请先生睄睄。”父亲眉毛一皱，“真真多事！”“可不是玩的！看她的脚！”母亲又很窘的说。医生反做了调人，“看看不妨，”父亲也就不作声了。我们当时都把这位医生当作救星，其实阿妹的病一天沉重一天，未必不是吃坏了他的药。他说阿妹是疟疾；母亲说，“不错，时常也说冷的。”七岁的阿妹，自然是任人摆布，而且很有几分高兴；药端在她的面前，一口气吞下去，并不同我一样，还要母亲守着喝干净。傍晚，我们都在院子里乘凉，父亲提两包药回来，我看了很觉得父亲可怜，妒忌似的觑着阿妹，“这也赶伴儿！”阿妹把头向我一偏，又是要哭的神气，“就只替你诊！”待到母亲说她，“多么伶俐的孩子，玩笑也不知道”，果然低头吊了两颗眼泪了。

憔悴的阿妹，渐渐肿得像刮过了毛又粗又亮的猪儿一般；然而我并不以为这样就会死的，晚上睡觉，心想，“明天清早起来，总细小的多。”父亲趁着阿妹一个人躺在床上的时候，跑进房来探望；母亲差不多终日守在旁边，——现在有了嫂子照料厨房的事了。阿妹的食量并不减少，天气又非常热，所以也间或走到客房坐坐。我看了阿妹从门槛这边跨到那边，转过身来不出声的哭；哭了，自己的患处也更加疼痛，虽也勉强镇静下去，然而瞒不过父亲，吃饭的时候，一面吃，一面对着我端详。

那天间壁祠堂做雷公会，打鼓放炮，把阿八，阿九都招进去了。阿妹向来就不大赶热闹，现在那里还想到出去玩的事？然而父亲再三要母亲引阿妹去。父亲的意思，我是知道的，走动一下，血脉也许流通些。我望着阿妹走也走不动的样子，暗地里又在哭，——却没有想到阿妹走到大门口突然尖锐的喊叫起来了！门槛再也跨不过去，母亲说抱，刚刚搂着，又叫身子疼。这是阿妹最后一次到大门口了。

母亲到了不得了的时候，总是虔心信托菩萨，叮咛阿妹一声，“儿呵，我去求斗姥娘娘，一定会好的！”便一个人匆匆走出城。父亲也想他的救济方法去了。哥哥虽然放假回家，恰巧同嫂嫂回到嫂嫂的娘家。留在家里陪阿妹的，只有三弟同我。阿妹的眼睛老是闭着，听了堂屋的脚步声才张开，张到顶大也只是一条缝。

“妈妈还不回！”

“要什么呢？我给你拿。”三弟伏在床沿说。

“不要什么。”阿妹又很平和的答着。

父亲进房来了。我从向着天井的那门走出去，站在堂屋里哭。三弟也由后廊折进来，一面用手揩眼泪。

母亲回头了。

菩萨的药还在炉子上煎，阿妹并不等候，永远永远的同我们分别了。过三天，要在平常，就是我们替她做生的日期。

人们哄哄的把阿妹扛走了。屋子里非常寂静，地下一块块残剩的石灰，印着横的直的许多草鞋的痕迹。父亲四处找我，我站在后院劈柴堆的旁边；找着了，又唤三弟一齐跟着二姑母到二姑母家去，——二姑母就住在北门。二姑母留我们吃午饭，我偷偷的跑了，三弟随后也追了来。我们站在城墙根的空坦上，我说：

“黄昏时分，要给妹妹送乳，你到篾匠店买一个竹筒，随便请那一位婶子，只要有，挤一点乳盛着，我们再湾到舅母家去，请舅母叫人纽一捆稻草做烟把，然后上山。”

“现在回家去不呢？”

我已望见沿城的巷子里走来一个人，“那不是泉哥吗？”果然是阿姐得了消息打发泉哥上街来了。我同三弟好像阿妹再生一样的欢喜着，欢喜得哭了。三弟牵着泉哥回家。我们有话再可以向泉哥讲；父亲再也可以躺在椅子上歇一歇；接连三夜，阿妹在山上吃的，喝的，照亮的，也都是泉哥一手安置的了。

头几天，父亲比母亲更现得失神；到后来，母亲却几乎入魔了：见了阿九拉着，见了阿九的更小的妹妹也拉着，“你知道阿莲到那里去了不呢？”意思是，小孩子无意间的话，可以泄露出阿妹的灵魂究竟何在。阿九说，“在山上，我引伯母去。”阿九的妹妹连话也听不懂，瞪着眼睛只摆头。洗衣婆婆的女孩每天下午送衣来，母亲又抱在怀里不肯放；阿妹的衣服，一件一件的给她穿，有一件丝布绵袍，阿妹只穿着过一个新年，也清检出来，说交给那孩子穿来拜年；三弟埋怨，“这不比那破衲的！拜年！中秋还没有过哩！”

阿妹死后第四十九日，父亲一早起来买半块纸钱，吃过饭，话也不讲，带着三弟一路往山上去。回来，我问三弟，在山顶呢，还是在山中间？三弟说，在山顶的顶上，站在那里，望得见城墙，间壁祠堂的垛子，也可以望得清楚。还告诉我，他点燃了纸钱跪下去作揖，父亲说用不着作揖，作揖也不必跪。又说，他哭，父亲不哭，只说着“阿莲呵，保佑你的焱哥病好”的话，——我全身冷得打颤了。

我至今未到阿妹的坟前，听说母亲嘱泉哥搬了一块砖立在坟头，上面的镌字是三弟写的。

一九二三，十二，十八，脱稿。

火神庙的和尚[1]

金喜现在已经是六十岁的和尚了，王四爹的眼睛里恐怕还是那赤脚癞头一日要挑二十四担水灌园的沙弥哩，——这位老爹，三十年前就不大看得清楚人。

金喜第一次在街上出现，就是拄一根棍子站在王四爹门口，给王四爹的狗拣那裤子遮掩不到的地方咬去了一块肉，王四爹可怜他，才

① 载《语丝》周刊1925年3月16日第18期，署名冯文炳。文后附记："我近来还没有发表文章的意思，但是朋友们既已经给我开了头，还是来发表。这篇东西同我平素的面貌好像不相同，但根本上总该还是我的。又排印多少免不了错误，在我几乎是一桩痛苦，——这也就是不发表的原因之一罢。一九二五年，三，六附记。"

把他荐到火神庙做徒弟。

冬天，吃过早饭，王四爹照常牵一大群孙子走来庙门口晒太阳，几十步以外就喊金喜，金喜也啊的一声跑将出迎接。金喜见了王四爹，小到同王四爹的孙子一般小了：“爹爹，孩儿的面庞一点也看不见吗？”可惜王四爹实在是看不见，金喜的嘴巴笑张得塞得下一个拳头。

王四爹有时倒在椅子上睡午觉，小猴儿们抓胡子的抓胡子，牵长褂角的牵长褂角，非把老爹吵得站起来，不肯放手；站起来了，猴儿们就算不再吵，王四爹自己也是要走的了。金喜从楼上硼憧硼憧的下来，一个孩子塞一掌五香糖豆，这却喜得王四爹看不见，不然，孩子会哭，金喜的面子也要扫一层光：豆子霉得长了许多的绿斑斑！——王四爹不怕他的孙子吃下去坏肚子吗？然而金喜总不能不说是一番苦心：从正月初一起，有人上庙许愿，买给菩萨面前的贡果，都一碟一碟的攒积在罐头。

金喜上街割肉，一年也有三回，都是割给王四爹煨汤的。要在别个，一定免不了屠户的盘问：“和尚吃荤呵！”——屠户也并非关心风化，这样一恐吓，可以多搭几块骨头罢了。然而金喜，谁也敬重他的修行，把钱交货，提在手上撞过正街。

王四爹是决不让金喜空篮转头的：端午，中秋装些糯米粑；年节，粑不算，还要包一大包炒米。金喜万万想不到这许多的回礼，而且照他的意见，这在来世都是偿还不清的债，——拿回到窗户底下睄了一睄，却又等耐不得平素煮饭的时分了。大米饭，一餐五海碗；粑，今天完了明天没有，节省一点也要十二个。炒米无论如何不肯尝，像那盛着五香糖豆的罐头，楼上共是三四罐，一罐便是炒米。

霉雨时节，腰背酸疼，金喜一个人躺睡在床上；虽也明知道吃了当年挑水的亏，然而不敢这样想，这样想便是追怨师父，罪过。楼上唧吱唧吱的响；“老鼠！又是老鼠！小女那个贱东西，整日不在家，白白的买鱼它吃！”庙里有一匹女猫，——这也是金喜的一番苦心，女猫下儿，邻舍的，尤其是王四爹的猫不见了，捉一匹去，多么方便，——名字叫做小女，吃饭，除了菩萨她当先，肚子满了又出去，不是找男猫，便是探听猫儿在那一家给他们哺乳。金喜闭着眼睛翻来翻去，最后还是翻起来踏上楼看一看。果然，罐头都没有以前密合。伸手摸炒米，“浅了好些哩！”搂下楼来，橱柜里拿出升筒量着，“足足要少半升！”一面量，一面抓一把到嘴，——这天中午便用不着煮饭，咀嚼着如同破絮一般的炒米，就算少了，也有四升半，另外还有泥壶里一满壶茶。

终日伴着金喜的，菩萨之外只有小宝——金喜的狗。小宝也并不是不出去逛，听了金喜的一声唤，立刻又摇头摆尾的窜到金喜的面前。庙门口时常聚着许多狗打架，小宝也羼在里面，然而他老是吠出金喜来帮忙。金喜向着别的狗掷一块石头，同时也给小宝一顿骂；倘若是小宝嗅着别的狗的尾巴，那便先掷小宝，再把被嗅的狗仔细一端详，随后遇见了，就拣起石头来掷，不准拢到庙的近旁。有时正在煮饭，听见门口打狗的喧闹，以为又是那油榨房放牛的小家伙在欺小宝，然而非得滤完了米不能够出来，——出来却是小宝同那一匹狗在那里屁股捱屁股！一群放学的孩子，有的拍掌喝采，有的拿着竹篙当着两个屁股中间斫。小宝见了金喜，越是吠得利害，然而金喜那里还来帮忙，从孩子的手上接过竹篙，——两个屁股却已分开一溜烟跑了。

六月天，个个狗生虱，小宝蓬得像狮子一样的毛发虽也稀疏了不少，然而光泽，这就因为小宝也天天洗澡。出庙是坦，临坦是城墙，墙那边横着一条小河。太阳西斜到树梢了，金喜穿一双草鞋，捏一把芭扇；小宝飞奔在前面，颈上的铜铃，叮当叮当的，一跑跑到河沿，金喜还落后好远，便又跑转头来。金喜站在河中间，对着岸上的小宝招；小宝前两只脚伏地，后两只随着尾巴不移地的跳，金喜催一声快，已经跳下了水，仅仅现出来一个黑脑壳。金喜把芭扇插在背后的裤腰，〈一〉从荷包里掏出篦子，一下一下的替小宝梳：小宝偶然一动弹，喷得金喜满脸是水，金喜喝他一声，再动便是一巴掌。

金喜自己也洗完了澡，端条板凳坐在门口乘凉；小宝尾巴垫着后腿，伸出舌头来吁吁的喘气。那油榨房的牛都在沿着城根吃草；放牛的是两个十四五岁的顽皮孩子，刚刚从城门洞的石条上醒了瞌睡，预备牵牛回家，见了小宝，迎面就是一块石头。金喜很叹惜似的骂道，“老板请了你们，没有不倒霉的！牛老放在一个地方，那里有这些草吃？”其中一个，一面解散缠在牛头上的索，一面唱山歌：“和尚头，光流流，烧开水，泡和尚的头。”接着又喊，“师父不要见怪，我是说我的这个癞头。”那一个确乎光得一根头毛也没有。金喜依然是关在心里叹惜，小宝却已气愤愤的打上阵了。

金喜自己每天也要进四次香。第一次是贡水给菩萨洗脸；二次三次，早午贡饭；最后一次，便是现在这黄昏时分请菩萨睡觉。像这六月炎天，皂布道袍，袖子拋到地下，也一个个扣子扣好；袜却不穿，因为师父曾经教过他，赤脚可以见佛。有时正在作揖，邻近的婆子从门口喊道，“师父！我的鸡窜到你的菜园没有？——怎的，今天上埘少了一只！”金喜好像没有听见似的，跪了又爬起来，爬起来又跪；脱下了袍子，才盛气的啐她一顿，（“）进香也比别的！打岔！”

天上是许多星；夜风吹布草气息，夹着些微的湿意；野坂里虾蟆的叫声，如同水泡翻腾腾的，分不清这个和那个的界线；城门洞横着四五张竹榻，都是做工的伙计特为来赶凉快。只有金喜，拜了菩萨就关在家给蚊子咬，然而到现在已经是二十年的习惯了。

二十年前，正是这样一个晚上，还添了一轮月亮，不过没有小宝。坦，望去好像是一大块青苔，金喜坐在上面，脑壳湾到膝头——幽幽几阵风吹得入睡了。忽然一仰，眼睛也就一张开，——“那不是两个人吗？”是的，一个面着城墙，黑头白身，还正在讲话，女人的声音！（那）一个似乎是赤膊，下身也是白的。金喜明白了，左望不是，右望也不是；抬头，一片青天，点缀着几朵浮云，——好大的镜子呵！一，两，不是他们的倒像吗？金喜头上也有一朵哩。月亮已经射不过屋顶，坐的又是矮凳，远远看来，一只没有归窠的狗，然而金喜以为他将惊动他们了，伏到地上同草一样高才好。白的动了，——远了，——消融于月色之中了……

“就算他们不知道是我，我不已经看见了他们吗？……十年的修行！……坏种！那里不准你们到！到庙门口！”

金喜三十年接不了一个徒弟。两枝一斤的蜡烛，前后化费了四五对，菩萨面前红光闪闪的替他们落发，待到缝了满身新衣，（来的时候只有一身皮）人走了，大菩萨脚下的小铜菩萨也跟着一齐失踪。一天，王四爹很怜恤的说道，“年几现在也不小，——倘若有一个不测，难道靠小宝报信不成？请个老头子做做伴儿。”这一段话，正中了金喜的心坎；自己好久就像有话要向王四爹讲，讲到别的事件头上又忘记了。

“还是爹爹替孩儿想得周到。文公祠的老张听说辞退了，把他请来，他横竖是闲着，料也只要一碗饭吃。”

第二天下午老张进庙了，六十八岁的胡子，识得一满肚子字，带来的一床被，一口篾箱，箱子里几件换洗衣服同四五本歌本。

金喜为了“字”，曾经吃苦不少。庙里平素的进款，全在乎抽签；签上从一到百的号码，当年烦了王四爹的大相公坐教了三天，自己又一天一天的实习下去，可以说是一见便知了，然而乡下的妇人接了签还要请师父念；不会念，在金喜固然不算是失了体面，二十文大钱却来得慢的多了。现在，有了老张，不请他，他也要高声的诵给你听，金喜真不知怎样的欢喜。

金喜的旧例：那天的进款超过一百五十，那天中午饱吃一顿豆腐。火神不比城隍主宰，东岳大帝广于招来，金喜每月吃豆腐的机会，靠的也就只有朔望两日了。添了老张，发签自然更快，抽签的却不见更多，要想两个肚子都饱，豆腐里面不得不和着白菜——，白菜只用拿刀到菜园去割。热气勃勃的一大钵端在桌上，金喜一手是匙，一手是筋〔筯〕，围抱着好像一个箩圈，占去了桌子的一半，“张爹，请！”剩下的只有汤了，还没有看见老张请，金喜这才偏头一瞥：眼睛望钵，嘴唇打皱，两只手不住的贴着裤子只管抓！

“张爹！你怎的？——长疮吗？”

老张不长疮，金喜那能够一个人吃一钵豆腐？豆腐已经完了，却又虑到长了疮不会做事，——老张在文公祠革职，原因就是不会做事。

老张的不会做事，一天一天的现露出来了。桶子的米，比以前浅得更快；房子好像也更小，动不动鼻子撞鼻子；——另外有什么好处呢？

金喜天光起床，——老张还正在被笼里抓痒——打开大门，暗黑的佛殿，除了神座，立刻都涂上一层白光；覆〔要〕在平时，首先是把天井里的炮壳打扫得干净，然后烧一壶开水，自己洗了脸，端一杯贡菩萨，——现在，从门口到厨房，从厨房到菜园，焦闷得脑壳也在痒，声音却勉强舒徐着：

“张爹，卖菜的一个个都进了城门。”

“这么早那就有人买？”

“这么早！——你倒底起来不起来？”

“啊，我，起来了。”

“起来，怎么不出来呢？”

其实金喜索性自己动手的好，——那一件又不是自己重新动手呢？扫地，简直是在地上写“飞白”；烧柴，金喜预备两餐的，一餐还不够；挑水回来，扁担没有放手，裤子已经扯起来了。

然而老张的长处依然不能埋没。这是四月天气，乡下人忙，庙里却最清闲。老张坐在灶门口石条上，十个指甲像是宰了牲口一般，鲜血点点的；忽然想起替代的方法了，手把裤子一擦，打开篾箱，拿出一本歌本，又坐下石条，用了与年纪不相称的响亮的声音慢慢往下唱。金喜正在栽午觉，睡眼朦胧的：

“张爹！有人抽签哪？”

“抽签！——几时抽了这么多的签？”

“你念什么呢？”

“歌本。”

“啊，歌本。——拿到这边来，我也听听。”

老张没有唱，也不是起身往金喜那边去，不转眼的对着歌本的封面看；慢慢说一句：

“这个——你不欢喜。”

“醒醒瞌睡。”

接着又没有听见老张的声音。金喜的瞌睡飞跑了，盛气的窜到灶门口：

“我识不得字，——难道懂也不懂吗？”

老张就是怕的金喜懂；他唱的是一本《杀子报》，箱子里的也都不合式，曾经有一本《韩湘子》，给文公祠的和尚留着了。

金喜接二连三的说了许多愤话，老张恼了，手指着画像：

“你看！你看！寡妇偷和尚，自己的儿子也不要！”

中秋前三天，东城大火。没有烧的人家不用说，烧了的也还要上庙安神；有的自己带香烛，有的把钱折算。老张经手的，都记在簿子上，当晚报给金喜听；金喜也暗自盘计，算是没有瞒昧的情事。这回上街割肉，比平素多割半斤，酒也打了四两，拿回来伸在老张的面前：

“张爹，老年人皮枯，煨点汤喝喝。——这个，我也来得一杯。”说着指着酒壶。

老张的疮早已好了；然而抓，依然不能免，白的粉末代替鲜红的血罢了。汤还煨在炉子上，似乎已经奏了效，——不然，是那有这么多的涎呢？

喝完了酒，两人兴高彩烈的谈到三更。上床的时候，金喜再三嘱咐，“要仔细园里的壶卢！街上的风俗，八月十五夜偷菜，名之曰‘摸秋’，是不能算贼的。”老张连声称是，“那怕他是孙悟空，也没有这大的本领！”

金喜毕竟放心不下，越睡越醒。老张不知怎的，反大抓而特抓，“难道汤都屙到粪缸里去了不成？”然而一闭眼，立刻呼呼的打起鼾来了。金喜在这边听得清清楚楚，“张爹”喊了几十声，然而掩不过鼾声的大。最后，小宝从天井里答应；接着是板门的打开，园墙石块的倒坍。金喜使尽生平的气力昂头一叱咤！园外回了一阵笑，“好大！真真大！”

庙前，庙后，慢的，快的许多脚步，一齐作响，——渐渐静寂了，只有金喜的耳朵里还在回旋，好像一块石头摔在塘里，憧的一声之后，水面不住的起皱。金喜咕噜咕噜的捱到架下，——预备做种的几个大的，一个也不给留着！金喜顿时好像跌下了深坑，忽然又气愤的掉转身，回到屋子里问谁赔偿似的。什么绊住脚了！一踢，一个大壶卢！——难道是有意遗漏，留待明年再摸吗？又白，又圆！金喜简直不相信是真的，抬头望一望月亮。

金喜一手抱壶卢，一手拚命的把板门一关。老张这时也打开了眼睛：

“谁呀？”

中秋夜的一顿肉，便是老张在火神庙最后的一顿饭了。

然而金喜的故事，也就结束在这一个壶卢。

这一个壶卢，金喜拿来做三桩用处：煮了一钵，留了一包种子，壶卢壳切成两个瓢。这两个瓢一直晒到十月，然后抱上楼收检，一面踏楼梯，一面骂老张，骂摸秋的王八蛋。

骂声已经是在楼门口，——楼梯脚下突然又是谁哼呢？

没有饭吃，小女勤快的多，这里那里喵喵的叫。忠心的小宝，望见王四爹来，癫狂似的抓着王四爹的长褂，直到进了庙门。

王四爹的孙子搂着壶卢瓢出去玩。金喜抬上了床，王四爹看不清瞳子的眼睛里吊出许多眼泪。金喜的嘴还在微微的动，仿佛是说：

“孩儿能够报答爹爹的，爹爹也给了孩儿。”

一九二三，十二，二十八脱稿。

鹧鸪①

醒来听不见桨声，从篷里伸头一望，原来东方已经发白，四五株杨柳包围两间茅舍的船埠立在眼前了。

到家还有十五里的旱程，我跟在挑夫后面循着田塍走，两旁水田里四散着隔夜挑来的秧捆，农人也正从村里走下田来，——突然惊住我的，是远远传来的鹧鸪的声音了！我在都会地方住了近十年，每到乡间种田的季节，便想念起鹧鸪。

① 载《现代评论》周刊1925年2月14日第1卷第10期，署名冯文炳，文末署“十三年九月”。

我还没有动身的时候，接到弟弟的来信，说近年年岁丰收，县城里举行赛会，最后一句是，“各亲戚都派代表来家。”到家，首先迎着我的是母亲同弟弟，我坐下竹榻，母亲拿着芭扇站在我的身旁，我纠住弟弟坐在我前：

“怎么一个代表也不见呢？”

弟弟发气似的：“回去了不久哩！”接着数一大串，没有一个不是姐妹的称呼，有的我仅知道名字，有的在我还是那同我拍球踢毽子的对手，现在据说也是插花傅粉大人模样。弟弟又告诉我会是赛得怎样的热闹，我暗地里笑，而且仿佛是羡念一种诗境“这都是我当年见过的！”但我又好像寻觅什么而记忆不起，感到一点空虚，突然问道：

“柚子姐姐来了没有呢？”

“柚子姐姐——正在做新娘哩！”

我不作声。弟弟莫明其妙的瞪着眼睛对我看。母亲催我到自己的卧室去躺着休息。

我刚刚跨过门槛，芹已经站在长几旁边对了我的眼光一笑，我也一笑，而我在路上准备的许多话却一句也说不出来了。芹让下她做针黹的矮竹椅叫我坐，我也就挽住她的手坐着，这时无意间瞥到的是粉壁上悬挂的我自己画的四块画屏…………

“这是从那里说起！”

经了芹再三的摸抚，我才知道我是在吊眼泪，接着是白的绢帕拂到我的面上了。

“妻呵，刚才弟弟告诉我柚子妹妹正在做新娘。”

“是呵，做新娘，你缘何突如其来的发呆呢？”

“你该还记得！”我手指着壁。

“我不比你记得许多！——老是这样起头，要说的话多着哩！”

芹湾着身子娇媚的把嘴鼓着，我也抬头相觑，不觉间她的唇落在我的——我微笑了：

“‘快活快活！’我适才在路上……”

我突然又觉得心伤，母亲也把芹唤去给我备早饭了。

去年冬天我曾回家一趟，母亲要我下乡给姨妈看看，而我也实在的想会一会我的柚子妹妹；姨妈是寄住在他〔她〕的族人家的，我走进堂屋，张望了一会，听得里面纺线的车喔喔的响，左边渐渐走出一个四十岁上下的婆婆，我迎上前去，“请问，我的姨妈……”这婆婆瞠目不知所对，而我已望见从右角的板门探出了一只头来！我猛然一奋发，堂屋的静寂也立刻打破了：

“焱儿！原来是我的焱儿！”

“哈哈！妈妈清早打喷嚏，我就知道是有客来！”柚子妹妹出来笑成一团。

“车呢？——唉唉，这是你妈妈耽心我开不起车脚，亏了我的儿，怎么走！”

纺线的就是我的姨妈。纺车脚下一条短凳，凳上是姑娘们用的柳条盒，用了红帕子盖着。姨妈一面欢笑，一面用衣角揩眼泪，——这是我所习见的脾气；然而柚子似乎是哭过了不久的：依然孩子似的天真烂熳的笑，却又很不自在，当我无意的瞥见她的眼角。

姨妈说我来得正好，旅居在数千里外，归来不是容易事，而自己身体的羸弱也正是朝不保夕。又说，柚子平常总是念芹……

“那么，怎不上街去呢？”我突然问。

姨妈手指着柳条盒：

“她忙得连饭也不吃哩！”

柚子端了一把椅子给我坐过之后，本站在姨妈身旁，一手支着腰，一手抚着姨妈的肩膀，这时转过身把盒子拿起坐下矮凳咕噜着：

“你不打搅，早就绣完了哩！”

“真真是孩子气！你问焱哥哥我说的是不是，刚才还要……”

我一见柚子打开了盒子，知道柚子是快要出嫁了；对于姨妈“那里用不着这些装饰玩意儿，把这钱用来缝几件大布衣裳”的话，反觉得姨妈太是唠叨，加在柚子的一伙了。

最后姨妈说：

“芹姐房里悬挂的什么画儿，总是说好。”

“那容易，我一定为妹妹画得更好。”

回到家来，我心里打算，颜料要顶上的，纸不用用绢，可惜须得到外方才有，不然此刻呵冻写成，岂不早安了妹妹的心？我也一一告诉了芹，芹见我为柚子不平，笑道，“你当年笑我的哩，——其实我的倒有许多是柚子出的花样，比如那枕头上的两个柿子同如意。[①]”接着又说，“这画也实在可爱——，那鹅被芦草衬得格外好看，那腊梅，那篱芭〔笆〕下的鸡，……再画自然又是新鲜样儿。”

我躺在床上，这种种都浮上心来。我这回的归家，固然不专为柚子妹妹的画，有了画也实在使得我一路上更觉高兴，而谁知竟因了姨妈病笃要目睹柚子妹妹的婚事而提前了嫁期。“现在送去不呢？相隔虽只半年，怕未必还是那纺车脚下棒〔捧〕着柳条盒同妈妈争闹的姑娘的心情罢？”我吃过饭打开网篮清检带回的东西这样想。

晚上我们家人在院子里乘凉，钟楼上报三更，母亲才催我们去睡。我同芹常相恼悔，新婚夜匆匆混过了，以后要于久别后的团聚，在灯前月下仔细道离情；现在走进房来，忖着大家已经就睡，静静的走到阶沿，对着天井坐着。阶下一方砖地，满长青苔，两钵玉簪花在中间放着，依稀的星光可以辨出白的花来，不时一阵风吹送馥郁气息。天上的星，我越看越从密，觉得很是不可思议。我们的话，比蟋蟀的叫声还低，芹的声音的清脆以及流水一般的说了又说，也实在赶得上蟋蟀。同时我们也在笑，不过只有各人自己才能够觉察罢了。我问道：

“我们第一次交谈，你记得吗？”

“你倒还不及我们姑娘！”

① “如意”是一种玉器。梅俗，出嫁的姑娘在枕头上绣些花样，义取双关；两个柿子同如意，是说“事事如意”。——作者原注。

“柚……”

“不谈这个罢。”

记得正是这初夏，我同柚子都住在外祖母的家里。大人们忙庄稼去了，柚子，芹对坐在后房做针黹，各人的装线的盒子里还放着一本《女儿经》，互相挑选着背诵。房面前是篱墙围着的一方空坦，出坦便是河坝，我们从坂里回来，总是沿坝朝这里进。吃了早饭，我跟外祖母去看插秧，——在坝的中段一棵枫树下，把锄头粪铲的柄垫着坐，插秧的人不时也上来喝茶，用泥罐装着的茶三四罐，都是外祖母亲自提来的，喝完了又回去提。

坝的尽头有一家粑店，是专门卖给过路的人吃的，间或也送到外祖母的村庄来——说是外祖母的村庄，其实就是外祖母罢了。我坐在坝上，渐渐失了最初的高兴，一个一个爬在腿上的黑蚂蚁都拿来打死出气，外祖母也就看出来了，笑道，“你看，那边！”我掉转头，卖粑的婆婆顶着粑篮走来了！我才又醒了瞌睡一般，翻起身张开眼望着那婆子走来的方向。秧田里也在笑：“今天奶奶是赏我们的，哥儿没有分！”然而我知道这是戏弄我的，他们不吃这个，——一对粑还塞不了他们的嘴。

我围着粑篮吃，外祖母另拿两份递我：“送给你柚子妹妹……”说着停住了，然而我已经懂得，接着向家里跑。河里咕咚咕咚，偏头望，一队鸭子在泅水，——走近篱墙才看见芹正站在门口，卒然道，“这是你的，”芹笑接着，我却羞红了脸了。柚子也捏着针黹哈哈的笑出房门来了。

我实在不好意思抬头望柚子，柚子立刻不笑了，把针穿在褂子上，接下粑来，——这时芹走进她妈妈那边去了，柚子倚着篱墙吃粑，我拾些小石头朝河里掷，隔岸的鹧鸪叫，我也学着叫：

“‘快活快活！’”

柚子笑道：

“是呼焱哥哩！听：‘焱哥快活！’”

我仿佛这是非报复不可的：

“是呼柚子：‘柚子快活！’”

…………

从后廊传来母亲的咳嗽，我们的暂时默默才又搅动了。我伸手合在芹的上面，彼此都有点冷意，依然静静的走进房门，灯光下映出我们的面相，觉得为什么分成了两个，更不知世界上除我们外还有人了。

一九二四年九月作。

竹林的故事①

出城一条河，过河西走，坝脚下有一簇竹林，竹林里露出一重茅屋，茅屋两边都是菜园：十二年前，他们的主人是一个很和气的汉子，大家呼他老程。

那时我们是专门请一位先生在祠堂里讲《了凡纲鉴》，为得拣到

① 载《语丝》周刊1925年2月16日第14期，署名冯文炳。文后附《赘语》：“近来有一二友人说，我的文章很容易知道是我的，意思是，方面不广。我承认，但并不想改，因为别方面的东西我也能够写，但写的时候自己就没有兴趣，独有这一类兴趣非常大。波特来尔题作《窗户》的那首诗，厨川白村拿来作赏鉴的解释，我却以为是我创作时的最好的说明了。不过在中国的读者看来，怕难得有我自己所得到的快乐，因此有一个朋友加我一个称号：‘寡妇养孤儿’。一个母亲生下来的，当然容易认识，那么，方面不广似乎也就没有法了。一月十七日。”

这菜园来割菜，因而结识了老程，老程有一个小姑娘，非常的害羞而又爱笑，我们以后就藉了割菜来逗她玩笑。我们起初不知道她的名字，问她，她笑而不答，有一回见了老程呼“阿三”，我才挽住她的手：“哈哈，三姑娘！”我们从此就呼她三姑娘。从名字看来，三姑娘应该还有姊妹或兄弟，然而我们除掉她的爸爸同妈妈，实在没有看见别的谁。

一天我们的先生不在家，我们大家聚在门口掷瓦片，老程家的捏着香纸走我们的面前过去，不一刻又望见她转来，——不笔直的循走原路，勉强带笑的湾近我们：“先生！替我看看这签。”我们围着念菩萨的绝句，问道，“你求的是什么呢？”她对我们诉一大串，我们才知道她的阿三头上本来还有两个姑娘，而现在只要让她有这一个，不再三朝两病的就好了。

老程除了种菜，也还打鱼卖。四五月间，霪雨之后，河里满河山水，他照例拿着摇网走到河边的一个草墩上，——这墩也就是老程家的洗衣裳的地方，因为太阳射不到这来，一边一棵树交荫着成一座天然的凉棚。水涨了，搓衣的石头沉在河底，剩现绿团团的坡，刚刚高过水面，老程老〔好〕像乘着划船一般站在上面把摇网朝水里兜来兜去；倘若兜着了，那就不移地的转过身倒在挖就了的荡里，——三姑娘的小小的手掌，这时跟着她的欢跃的叫声热闹起来，一直等到碰跳碰跳好容易给捉住了，才又坐下草地望着爸爸。

流水潺潺，摇网从水里探起，一滴滴的水点打在水上，浸在水当中的枝条也冲击着查查作响。三姑娘渐渐把爸爸站在那里都忘掉了，只是不住的抠土，嘴里还低声的歌唱；头毛低到眼边，才把脑壳一扬，不觉也就瞥到那滔滔水流上的一堆白沫，顿时兴奋起来，然而立刻不见了，偏头又给树叶子遮住了，——使得眼光回复到爸爸的身上，是突然一声“阿呀！”这回是一尾大鱼！而妈妈也沿坝走来，说盐钵里的盐怕还够不了一餐饭。

老程由街转头，茅屋顶上正在冒烟，叱咤一声，躲在园里吃菜的猪飞奔的跑，——三姑娘也就出来了，老程从荷包里掏出一把大红头绳：“阿三，这个打辮好吗？”三姑娘抢在手上，一面还接下酒壶，奔向灶角里去。“留到端午扎艾呵，别糟塌了！”妈妈这样答应着，随即把酒壶伸到灶孔烫。三姑娘到房里去了一会又出来，见了妈妈抽筷子，便赶快拿出杯子——家里只有这一个，老是归三姑娘照管——站〔点〕着脚（尖）送在桌上；然而老程终于还要是〔是要〕亲自朝中间挪一挪，然后又取出壶来。“爸爸喝酒，我吃豆腐干！”老程实在用不着下酒的菜，对着三姑娘慢慢的喝了。

三姑娘八岁的时候，就能够代替妈妈洗衣。然而绿团团的坡上，从此也不见老程的踪迹了，——这只要看竹林的那边河坝倾斜成一块平坦的上面，高耸着一个不毛的同教书先生（自然不是我们的先生）用的戒方一般模样的土堆，堆前竖着三四根只有杪梢还没有斩去的枝桠吊着被雨粘住的纸幡残片的竹竿，就可以知道是什么意义。

老程家的已经是四十岁的婆婆，就在平常，穿的衣服也都是青蓝大布，现在不过系鞋的带子也不用那水红颜色的罢了，所以并不现得十分异样。独有三姑娘的黑地绿花鞋的尖头蒙上一层白布，虽然更现得好看，却叫人看了也同三姑娘自己一样懒懒的没有话可说了。

然而那也并非是长久的情形。母子都是那样勤敏，家事的兴旺，正如这块小天地，春天来了，林里的竹子，园里的菜，都一天一天的绿得可爱。老程的死却正相反，一天比一天淡漠起来，只有鹞鹰在屋头上打圈子，妈妈呼喊女儿道，“去，去看坦里放的鸡娃”，三姑娘才走到竹林那边，知道这里睡的是爸爸了。到后来，青草铺平了一切，连曾经有个爸爸这件事实几乎也没有了。

正二月间城里赛龙灯，大街小巷，真是人山人海。最多的还要算邻近各村上的女人，她们像一阵旋风，大大小小牵成一串从这街冲到那街，街上的汉子也藉这个机会撞一撞她们的奶。然而能够看得见三姑娘同三姑娘的妈妈吗？不，一回也没有看见！锣鼓喧天，惊不了她母子两个，正如惊不了栖在竹林的雀子。鸡上埘的时候，比这里更西也是住在坝下的堂嫂子们顺便也邀请一声“三姐”，三姑娘总是微笑的推辞。妈妈则极力鼓励着一路去，三姑娘送客到坝上，也跟着出来，看到底攀缠着走了不；然而别人的渐渐走得远了，自己的不还是影子一般的依在身边吗？

三姑娘的拒绝，本是很自然的，妈妈的神情反而有点莫明其妙了！用询问的眼光朝妈妈脸上一睄，——却也正在睄过来，于是又掉头望着嫂子们走去的方向：

“有什么可看？成群打阵，好像是发了疯的！”

这话本来想使妈妈热闹起来，而妈妈依然是无精打采沉着面孔。河里没有水，平沙一片，现得这坝从远远看来是蜿蜒着一条蛇，站在上面的人，更小到同一颗黑子了。由这里望过去，半圆形的城门，也低斜得快要同地面合成了一起；木桥俨然是画中见过的，而往来蠕动都在沙滩；在坝上分明数得清楚，及至到了沙滩，一转眼就失了心目中的标记，只觉得一簇簇的仿佛是远山上的树林罢了。至于哃哃的喧声，却比站在近旁更能入耳，虽然听不着说的是什么，听者的心早被他牵引了去了。竹林里也同平常一样，雀子在奏他们的晚歌，然而对于听惯了的人只能够增加静寂。

打破这静寂的终于还是妈妈：

“阿三！我就是死了也不怕猫跳！你老这样守着我，到底……”

妈妈不作声，三姑娘抱歉似的不安，突然来了这埋怨，刚才的事倒好像给一阵风赶跑了，增长了一番力气娇恼着：

“到底！这也什么到底不到底！我不欢喜玩！”

三姑娘同妈妈间的争吵，其原因都坐在自己的过于乖巧，比如每天清早起来，把房里的家具抹得干净，妈妈却说，“乡户人家呵，要这样？”偶然一出门做客，只对着镜子把散在额上的头毛梳理一梳理，妈妈却硬从盒子里拿出一枝花来。现在站在坝上，眶子里的眼泪快要迸出来了，妈妈才不作声。这时节难为的是妈妈了，皱着眉头不转睛的望，而三姑娘老不抬头！待到点燃了案上的灯，才知道已经走进了茅屋，这其间的时刻竟是在梦中过去了。

灯光下也立刻照见了三姑娘，拿一束稻草，一菜篮适才饭后同妈妈在园里割回的白菜，坐下板凳三棵捆成一把。

“妈妈，这比以前大得多了！两棵怕就有一斤。”

妈妈那想到屋里还放着明天早晨要卖的菜呢？三姑娘本不依恃妈妈的帮忙，妈妈终于不出声的叹一口气伴着三姑娘捆了。

三姑娘不上街看灯，然而当年背在爸爸的背上是看过了多少次的，所以听了敲在城里响在城外的锣鼓，都能够在记忆中画出是怎样的情境来。“再是上东门，再是在衙门口领赏，……”忖着声音所来的地方自言自语的这样猜。妈妈正在做嫂子的时候，也是一样的欢喜赶热闹，那情境也许比三姑娘更记得清白，然而对于三姑娘的仿佛亲临一般的高兴，只是无意的吐出来几声“是”，——这几乎要使得三姑娘稀奇得伸起腰来了：“刚才还催我去玩哩！”

三姑娘实在是站起来了，一二三四的点着把数，然后又一把把的摆在菜篮，以便于明天一大早挑上街去卖。

见了三姑娘活泼泼的肩上一担菜，一定要奇怪，昨夜晚为什么那样没出息，不在火烛之下现一现那黑然而美的瓜子模样的面庞的呢？不，——倘若奇怪，只有自己的妈妈。人一见了三姑娘挑菜，就只有三姑娘同三姑娘的菜，其余的什么也不记得，因为耽误了一刻，三姑娘的菜就买不到手；三姑娘的白菜原是这样好，隔夜没有浸水，煮起来比别人的多，吃起来比别人的甜了。

我在祠堂里足足住了六年之久，三姑娘最后留给我的印象，也就在卖菜这一件事。

三姑娘这时已经是十二三岁的姑娘，因为是暑天，穿的是竹布单衣，颜色淡得同月色一般，——这自然是旧的了，然而倘若是新的，怕没有这样合式，不过这也不能够说定，因为我们从没有看见三姑娘穿过新衣：总之三姑娘是好看罢了。三姑娘在我们的眼睛里同我们的先生一样熟，所不同的，我们一望见先生就往里跑，望见三姑娘都不知不觉的站在那里笑。然而三姑娘是这样淑静，愈走近我们，我们的热闹便愈是消灭下去，等到我们从她的篮里拣起菜来，又从自己的荷包里掏出了铜子，简直是犯了罪孽似的觉得这太对不起三姑娘了。而三姑娘始终是很习惯的，接下铜子又把菜篮肩上。

一天三姑娘是卖青椒。这时青椒出世还不久，我们大家商议买四两来煮鱼吃，——鲜青椒煮鲜鱼，是再好吃没有的。三姑娘在用秤称，我们都高兴的了不得，有的说买鲫鱼，有的说鲫鱼还不及鳊鱼。其中有一位是最会说笑的，向着三姑娘道：

“三姑娘，你多称一两，回头我们的饭熟了，你也来吃，好不好呢？”

三姑娘笑了：

“吃先生们的一餐饭使不得？难道就要我出东西？”

我们大家也都笑了；不提防三姑娘果然从篮子里抓起一把掷在原来称就了的堆里。

“三姑娘是不吃我们的饭的，妈妈在家里等吃饭。我们没有什么谢三姑娘，只望三姑娘将来碰一个好姑爷。”

我这样说。然而三姑娘也就赶跑了。

从此我没有见到三姑娘。到今年，我远道回来过清明，阴雾〔云〕天气，打算去郊外看烧香，走到坝上，远远望见竹林，我的记忆又好像一塘春水，被微风吹起波皱了。正在徘徊，从竹林上坝的小径，走来两个妇人，一个站住了，前面的一个且走且回应，而我即刻认定了是三姑娘！

“我的三姐，就有这样忙，端午中秋接不来，为得先人来了饭也不吃！”

那妇人的话也分明听到。

再没有别的声息：三姑娘的鞋踏着沙土。我急于要走过竹林看看，然而也暂时面对流水，让三姑娘低头过去。

一九二四年十月作。

河上柳①

陈老爹向来是最热闹没有的，逢着人便从盘古说到如今，然而这半年，老是蹲在柳树脚下，朝对面的青山望，仿佛船家探望天气一般。问他，“老爹，不舒服了罢？”他又连忙点头，笑着对你打招呼。这原因很容易明白，就是，衙门口的禁令，连木头戏也在禁止之列了，他老爹再没有法子赚钱买酒，而酒店里的陈欠，又一天一天的催。

清早起来，太阳仿佛是一盏红灯，射到桥这边一棵围抱不住的杨

① 载《莽原》周刊1925年5月8日第3期，署名冯文炳，文末署：“一九二五，四，二十三。”

柳，同时惹得你看见的，是“东方朔日暖”“柳下惠风和”褪了色的红纸上的十个大字，——这就是陈老爹的茅棚。这红纸自然是一年一换了；而那字，当年亏了卖春联的王茂才特地替老爹选定。——老爹得意极了，于照例四十文大钱加成一条绳串，另外还同上“会贤馆”，席上则茂才公满口的“古之贤人也”。

陈老爹也想到典卖他全副的彩衣同锣鼓，免得酒店的小家伙来捣麻烦，然而天下终当有太平之日——老爹又哼哼的踱出茅棚了。

“真真反变！连木头戏——”

这时老爹不知不觉转到隔岸坝上“路遇居”的泥黄山头，“姜太公在此，诸神回避”，不出声的念给自己听，——也许只是念，并不听。其实老爹所看见的，模模糊糊一条红纸而已，不过“姜太公”也同“柳下惠”一样，在此有年罢了。

太公真个立刻活现了。

陈老爹的姜太公同郭令公是一副脑壳，——我们在“祈福”时所见的，自然，连声音也是一般，而我们见了令公，并不想到太公。现在浮在老爹眼睛里的，是箱子里的太公了，——老爹也并不想到令公。

老爹突然注视水面。

太阳正射屋顶，水上柳荫，随波荡漾。初夏天气，河清而浅，老爹直看到沙里去了，但看不出什么来，然而这才听见鸦鹊噪了，树枝倒映，一层层分外浓深。

老爹用了平素的声调昂头唱：

“八十三岁遇——”

劲太大了，本是蹲着的，跌坐下去，而刚才的心事同声音一路斩截的失掉了。那鸦鹊正笔直的瞥见，绿叶青天，使得眉毛不住的起皱，渐渐的不能耐了，拱着腰，双手抱定膝头。

“三天没有酒，我要斫掉我的杨柳——”

说到这里，老爹又昂一昂头：

“不，你跟我活到九十九，箱子里我还有木头。”

接着是平常的夏午，除了潺潺水流，都消灭在老爹的一双闭眼。

老爹的心里渐渐又滋长起杨柳来了，然而并非是这屏着声息蓬蓬立在上面蔽荫老爹的杨柳，——到现在有了许多许多的岁月。

漆黑的夜里，老爹背着锣鼓回来，一走一窜的唱：

“驼子妈妈不等我上床了，

桥头上一柱灯笼，

驼子妈妈给我照亮了。”

灯笼就挂在柳树，是老爹有一回险些跌到桥底下去了，驼子妈妈乃于逢朔的这趟生意，早办一枝烛，忖着时分，点起来朝枝头上挂。

从此老爹更尽量的喝，驼子妈妈手植的杨柳，也不再只是受怨，——这以前，一月两遭生意，缺欠不得，否则是黑老鸹清早不该叫，“不是你的杨柳，老鸹那里会来呢？”

杨柳一年茂盛一年，——那灯笼，老爹不是常说，可怜的妈妈最后还要嘱咐，带去而又记得点回吗？

清明时节，家家插柳，住在镇上的，傍晚都走来攀折，老爹坐在门槛：

“密叶就好，不伤那大——”

人散夜静，老爹自己也折一枝下来，明天早起，把桌子抹得干净，一枝撇成两份，捱着妈妈的灵屋放。

老鸹自然时常有的，但生意十分顺遂，木锁却被人偷开了几次，——不消说是归家晚了。

最使得老爹伤心的，要算那回的大水。

梅雨连绵，河水快要平岸，老爹正在灶里烧柴，远远沙岸倒坍，不觉抬起头来，张口细听，只能〔听〕得吼吼的是水声，但又疑心耳朵在作怪；雨住的当儿，踏着木屐，沿茅棚周围四看，——沙地被雨打得紧结，柳根凸出，甚是分明，一直盘到岸石的缝里去了。

“还是妈妈想得——”

老爹伸一伸腰，环抱着臂，而眼睛，同天云低处的青山一样，浸在霭里了。

这晚比平常更难熟睡，愈到中夜，愈是清醒，清醒得害怕了！——坝上警锣响，——屋背后脚步声，——

“陈老爹！赶快！快！”

地保敲门。

第二天，老爹住在祠堂。土坡企眺，一片汪洋，绿茸茸的好像一丛芦草，老爹知道是柳叶：

“我的——”

“嘛～～～～～～～～～”

“老爹！——好睡呵？——今天呢？——老板骂我，说我是混玩一趟！”

下午。老爹从镇上引一个木匠回来。

霹雳一声，杨柳倒了，——老爹直望到天上去了，仿佛向来没有见过这样宽敞的青空。而那褪了色的红纸，顿时也鲜明不少。

一九二五，四，二十三，作。

去乡①

——S的遗稿——

病里作客，渐渐有点不能耐了，于是想到回家。吃了老母的几天茶饭，我的心算是从来没有这样温暖过了，但那米是借来的，分明的偷偷听到，于是我又去作客。

母亲的心事我是知道的：“三岁上丧了父亲，这副倔强脾气！”然而除了坐在桌子旁边，望着我一粒一粒的把饭吃完，可能说一句阻挡的话吗？

“儿呵，病——”我的伞却已经拿在手上，一步一步的跨出门槛了。

---

① 载《语丝》周刊1925年8月3日第38期，署名冯文炳。

我没有同我的邻舍打招呼。儿时差不多不分寒暑昼夜伴着那般哥儿姐儿在上面游戏的稻场，也未曾博得我眼睛的一瞥。而我打算掉头，掉头看一看母亲含眶未发的——怕接着就印在我的足迹了罢？——我那里又有这大的力气呢？

这样，我已经出了我的村庄，在荒冢累累的野原上走。

我真是飘飘欲仙，仿佛身子是没有重量的。而又有点悚然，——青天绿草，这才照见了可怕的憔悴！陡然一阵咳嗽，颤抖而微细的声音，跟着眼光远及于天际，——“后面在喊我哩！”…………

我感到的是怎样亲切之感呵，——立刻消失于泪海之中了，——这时我还未掉头。

远远草坡上，正是白发的——

我顿时觉得要转去，而我的声音不能为我传报，亮晶晶双眼，却明明映着那挥挥的手了。

“母亲呵，你的系念，照护儿的前程。”

我已经到了码头。

围住我的，四五个舟子，我不知道怎样回答才好；无目的的伸头四顾，快要开櫓的一只，舱首是女——

“S 先生！上京吗？”

我凄惨的笑了。

“萍姑娘！——回家？——几时来的？月半？——啊，中元上坟。”

有谁在问她似的，她回向舱里，咕嗫着。

“一个人吗？”我问。

“不，我的弟弟。”

“上船好久了罢？”

“口茶的工夫。”

朋友，你曾经受过旅路的寂寞么？想一想我这时的欢喜！虽然并不意识着，已足够使我挺挺立住，觉到我的存在了。同时我的前进是充满热力的，而又非毅然决然的同半个钟头以前一样以为是要走路，只抖着精神在预备，——冲口而出的：

“姑娘先走罢，N 镇再会。”

待到自己也听见了，船头已经驶过去，仿佛一声要把天喊破，其实是瘦伶伶的立在港岸。

终于是要走的，何况舟子不住的敦促，——我的心也不是完全的没有凭藉罢？“N 镇再会”，不单单留在耳朵响着？一眼望去，广阔得叫人害怕，而不也可以不望？只要你紧紧的睡，张开眼睛不就是——

“开头呵，先生！”

我独坐在船舱，视线与水天相齐，望去蜻蜓一般的平伏着四五只，想认记一只出来，而分不清那是在前，那是在后，——我的孤单总算是牵连住了，舟子一声，“那位姐姐是先生的亲戚吗？”我才掉转身，抬一抬眼光，再是答：

“邻居。”

看出了这两个声音并不比摇橹那样不费气力罢，舟子不再问我，而我这才听见橹声了，慢慢的问他：

“赶得到那头的午饭不呢？”

“顺风倒快哩。像这——怕要太阳落山。”

我不自觉的朝他凝视着，我的奄奄一息不能伴着他的橹声而延续的凝视着，截然的又掉过去，自己听见了，——齐滴在衣衫，自然，也瞒不过他，世间上有什么比憔悴的面庞所含住的眼泪更为晶莹呢？

水面已经宽阔了许多，前乎我们的，也趁这当儿参差在湖上，——舟子呵，你们是靠着鹰也似的攫搏的眼光并不互相告诉的循着自己的路径吗？

洋洋湖水渐渐成了一片绿，不消说，是芦柴。船只也渐渐的少——隐没了，我就一只一只的跟着踪迹，左右流视，这却搅起了喜悦，仿佛儿时看水鸟蘸水，——最后一转，什么也不见！——绿丛里望见了孤帆！——“不，那里也是哩！”——这明明乘风而来了。

“难道欢喜者伴来的都是欢喜？——几时再载着我的笑容奔向——”

那白发，那挥挥的手，突然又浮在我的眼前了。而脱芦而出的，迎面飞来，船头上坐着一人，解开胸襟纳凉，——挽起一条水线，过去了，宏亮的话声，却还留有余响。

“你们当中，有以我的故乡当作旅舍的吗？我想是没有的。”

自然，我并不能掉头，然而我望见了他们的前程：水的尽头是山，山是青的，天也是青的，在山的尽头，——不，中间还有云，白的云，三岁时候，玩的糖寿星，一个一个的摆在那架上，指着母亲要买，正是那样；两岸又望得见村里，低在地上只不过一球黑林，在冒烟……

“嗤～～～～～～～～”

这一声——船已经进了芦柴，——似乎又停住了，因为不再响。仔细听，虽然响，是风。我于是掉头——

舟子果然蹲在船板，寻觅什么。

“先生，我认识您。”

“你——你认识我？！你怎么认识？！”

我真是咬住了我的牙关，发出这声驳诘，——其实比话声还快的掷过去的眼光，已经为我释然了。

“不上十天工夫，我不是从那头载先生回来吗？是不是？要像那天——那天先生正赶到家吃饭罢？是不是？”

他一面说，一面又低下头寻找，随就对我坐住。

我好容易吐一吐气，得了转变我的眼睛的地方了。

那是他的烟筒。自然，他并不是拿出来做认识我的见证，——他何从知道，我曾经默默的赏识过，的确是这样一个红得发亮的古老的竹根。

这，我立刻也以为可喜，——只是一暂呵。

“为什么总是回来才——”

我没有说完，他在一口气吸下去。

“什么？先生。”

“没有什么。”

他依然是吸。

“母亲呵，你想探一探儿的消息吗？最好是来访他，他收进了儿的笑，儿的——”

我伸头到舱外，站在船头朝来处——怎的，阴沉沉的！不见青山，不见白云，简直同刚才——不过心里知道那里不是我的去向，另外那扬帆骄傲的指示我也有跟我而来的罢了。

我只得又来搜视芦柴。原来并非连成一片，一丛丛有带水之隔，——那里也在吹烟哩！……

“是——”我要昂头叱咤了，茫茫草莽，喊出我的萍姑娘来回答！这个勇气我是有的，萍姑娘也决不抱怨我唐突，——谁不可怜我呢？

于是我又掉头，用询问的眼光看舟子，而他放下烟筒：

“走，先生。”

“我是说，那里不也有人吃——”

“是的，这就叫做‘中路停’，我们来往，多要歇息一会的。”

“请你问一问，看是不是——”

“啊，不是，我们只听了声音就知道。载那位姐姐的是我的侄儿，好孩子，茶烟什么都不来。”

“唉，我的舟子，你那粗糙而皱摺的面额，一天又一天，一年又一年，藏住了天时人事多少？”——其实我没有出声。

他慢慢的一句：

“先生，您睡一睡罢。”

我呜呜咽咽哭起来了！——我怎忍耐得住呢？——我更何须忍耐呢？

“睡吗？不！平素我坐船老是睡，此岸紧接彼岸，今天，老翁呵，我要为你倾吐，——我受载了许多人世的哀愁，他就成了鲜红的花，开在我的心上，我的血一天一天的被他吸干了，所以现在——”

“先生，您——”

“老翁，这我更难受了，你不要——我为什么最后还来赚你的眼泪呢？我是一个孤儿，在这世界上天天计算我的行止的，只有我的母亲，最近的十年当中，我挨她住过七天，就是——”

“是的。”

“老人的眼泪是要把我的心都湮了的，请——我真算是福气，最后又遇见了我的萍姑娘，那位姐姐，她比我大一岁，小孩时我们常伴在一块。早年她跟她的男人在C城开锡店，你知道，我们乡里是有许多人跑到C城寻生意的。还有她的母亲，现在是不在了，最是赏识我的聪明，简直比自己的姑娘还爱。我只身住在京城，我的脾气坏，也没有爱过什么女子，可是我时常想起我的萍姑娘，想起她的笑，她的话音，她的——我就为她祝福，——我老是这样的，捧着一副虔心，寄念天下诸般孤弱。”

“先生，您还是年少——”

我们突然好像落在深坑了！——失却芦柴的合奏，前面又是汪洋。

我再讲不下去，他也歇一歇手，揩抹着脸，——此时我向着船头躺卧，——静听橹声断续。

不消说，我终于睡着了。

N镇是县境极西边界，去C城也有半日的水程。我们决定就在这晚走夜船，——其实我只是唯唯而已，萍姑娘又坚留我同坐一只。萍姑娘的心事，我是知道的：虽说是初秋天气，夜深露重，毕竟要比陆上为冷，——我的行装，除了一个手提的小包还有什么呢？

吃过饭，我们在久于相识的饭店主人执住的豆一般的灯光之下，一步一提心的踏上船了。

我最后下舱，舱板好像一片白，——萍姑娘打开她的被囊来垫坐了。我靠船尾这一头，萍姑娘的弟弟紧挨萍姑娘，偏斜的对我。

"漆黑的！"

小人儿用了细小的声音发出他的愁闷，回答的却从我的背后：

"'十九二十边，月出二更天'，——一会就亮的。"

这明明是很生疏的送到我的耳鼓，而我的心动弹了，仿佛有意来告我：又在开头！

"萍姑娘，难道我们不欢喜吗？我记得你曾经要我叫你一声姐姐，我不叫；我叫，你笑——"我转到这样的思想，——萍姑娘抚摩她的弟弟：

“睡一睡好不呢？靠我兜里。——明天清早不就到了吗？”

接着我们两个谈话，——饭店里只即时即地的讲几句，因为我不愿把我这样形貌惊扰萍姑娘的平安，并不坐在一块。我说，“我的母亲知道姑娘来了，一定要留姑娘安住几天的。”萍姑娘抱歉的笑，“我就是忘记不了奶奶！——家里实在不能耽误一天，烧了香，顺便在舅家歇了两夜。先生这一提——”模糊当中，似乎是把衣角牵到脸上。我呢，本有点生气，要急促的拦住，结果依然慢慢一句：

“姑娘，不那样称呼罢。”

“阿弟就跟姑娘过日子吗？”萍姑娘没有话回了，我又问。

“是的，就在店里做学徒，——阿母丢下他，只有五岁。”

我是想从萍姑娘得到什么的，现在萍姑娘的话，萍姑娘的笑，都给我听见了，反而使得我在搜寻，从我的并未干枯的脑海远远的一角。

笑上我的脸，儿时的机智活泼真个回复了：

“姑娘！你记得吗？我——我愿我是那样——”

唉唉，勉强终于是不行，我怎能再那样沿门送欢喜呢？

我立刻又省悟，我还是没有讲完的好，因为——朋友，让我补给你听么？

那时萍姑娘住在我家右手，我们是十二三岁的小孩。村里一位哥哥结婚，我去看新娘，萍姑娘同别的姐儿们已经先我而在了。这位哥哥是游荡子，新娘同我们只隔一条河，平素我常在她家玩，据说是非常忧愁的，而且染了痨瘵。我走进新房，萍姑娘抢笑道，“S！ S！

你惹得新娘笑，就算你有本事！”我自然是高兴的了不得了，捱近新娘，揭开她的面幕：

“原来是我的姐姐！——姐姐，给我笑一笑罢？”

我讨得了笑，一房大笑。

十年当中，首先进了死之国的，是这位姐姐了，母亲告诉我。

“我愿我是那样健壮，像小的时候。”我改变话。

“是的，奶奶才欢喜哩！”

萍姑娘不是熟悉我病的消悉〔息〕吗？这口气！——小人儿的鼾声引动了我。

我们大概走了不少了罢，——那码头的喧嚣曾经腾涌在我们的周围，这才觉出了。

并不同白天一样，由湾港渐渐走进湖，这是一条内港，更深，保持着相等的宽阔。我没有存心瞻眺，而舱篷遮盖不了眼睛：岸上的草，田里的禾稼，连成一簇黑，水底则单单映出草来，星在其中闪动；远远平坂，也点点的发亮，告诉我那里有人烟；时隐时现的是萤火，仿佛分外同我相识，在侦探我，他的光使我疑到泪——

泪，成了幕，——我以外不见了，想挤出去，我把眼闭着，——落到萍姑娘的被上了，我用指头点印，想永远留一个伤痕。

“唉，我要紧紧的闭！我们不是一刻一刻的在移进吗？景色何曾为我们改变？”我枕在倚着的横木，想。

我吃惊了，猛抬头，躲避似的缩在一角，望着与我适才相反的方向，是明明白白现露出来的萍姑娘！

那面庞，凄凉而有异彩，——月呵，你涂上了我的姑娘罢。那半边呢？姑娘，给我一个完全罢！我别无所有，带了他——同我的母亲的泪，跟我到坟墓里去，也算是——难道你不情愿吗？我想，你什么也甘心的，只要不冲突了命运之神，只要你这一做，在你的故人是添一滴血。掉过来罢，姑娘！那边只是空虚，就是给月亮照在水里，也还得我才看见这是你的影子哩！

其实我当时是极力的屏住声息，怕他泄了我吞含未吐的一声“姐姐。”

小人儿突然辗转，我低头，另是一副惨白而圆小，——萍姑娘已经掉过来了，然而给与我的是蓬松黑发，——两面紧对着。

“姑娘，你的那弟弟是呼呼睡。”

这话我是说了。

“是的，他不再醒的。”

小人儿轻轻的被移到被上；包袱里又拿出了一件衣服，在覆盖着。

“S 哥，你也睡一睡好。”

这是萍姑娘第二次在船上称呼我了。

“我想看一看月亮。”我答。

我移身伏在船边，与萍姑娘适成对角。

夜是静的，但萍姑娘决不会分别，潺潺水声里杂了一点——自然，这并不是指那摇橹。

我吟唱了：

“水是尽尽的流，

尽尽的流，——

谁能寻得出你的踪迹呢，

我的泪？”

我是那样唱，叫萍姑娘懂不清我的字句，我的意义，——这怕也是徒然的费力罢，月亮不会代我解释吗？

朋友，这月是怎样的明呵，我的皮肉照得没有了！水天真是一色，不见星，——有，水底的天，一，两……不见萤火，岸上的草，田里是芝麻罢，却都晶莹着；还有杨柳，低低的，满载露珠。而这些似乎并不是孤立：是织在梦一般的网，这网是不可思议的伸张，青青的是山罢，也包在当中，——终于冲破了，犬吠！船尾又一声：

“露不小，先生，姑娘，受得起吗？我还有篷，两头也搭起来好不呢？”

我几乎忘记了，我们之外，更看〔有〕舟子，他——给我们听到的，连这实在只有两句。

“姑娘还是在望吗？”我不专向谁的答着，转进舱来，正合——我的姑娘呵！

“S 哥，你睡一睡的好，叫船家搭块篷遮风，——我耐得住的。”

“搭起来怪闷，这样睡可以。”

我横躺在阴影之下了。

这港我曾经走过不少的次数，却还未留心他的方向，现在我计算计算月的起落，希望我这里老是阴影，——倘若照到我的面上，萍姑娘不害怕我是骷髅吗?

我那能熟睡下去呢?一呼一吸，疑心吹动了萍姑娘淡绿的衣裙。——既然答应了是睡，除了静静的听，似乎又没有别的方法了。

“姑娘呵，不怪我好哭，高秋冷月，那里有这样一声笛呢?——你的清脆的咳嗽!”

月——暧哟，我没有算到，船是要转湾的!我只得把眼闭住。

什么盖住了我的手，我的——我挣扎，——眼开了。

萍姑娘端端正正摄进了月下的我的面庞,留下——是她的被包罢。

我们听到鸡叫，听到C城第一足音，一直到上岸，萍姑娘说:

“S哥，一路家去。”

我说:

“多谢姑娘，我去住旅馆。”

（一九二五年六月）

桃園
廢名著

桃园

古城书社1928年2月初版，开明书店1928年10月再版、1930年10月三版、1933年6月四版“普及本”。收短篇小说10篇。开明版书末有岂明《桃园跋》(据手迹影印)，目录为《跋（周作人先生）》。据古城版排印并附开明版“跋”。

张先生与张太太[1]

张太太现在算是“带来”了，——带来云者，意思是归张先生带到北京来。但按之实际，乃太太的公公送太太来的。

张先生在北京某大学当教授。

张太太的本意倒情愿就在乡里过下去，而左邻右舍姑娘婆婆都是喜欢问：“你怎么不跟你的张先生一路去呢？”张太太的回答是：“交了春就去。北京不比我们这里，很冷。”“就去”，所以就来了。

① 载《语丝》周刊1927年3月25日第124期，署名废名，文末署：“一九二七，三，八。”

太太的公公却又别有心事：北京婊子多，他的少爷还很年青。

这位老太爷其实是多心，张先生是一个笃行谨守之士。

张太太生得很好看。姑娘婆婆们那么问她，一半也就因为她好看。张先生自己，教课之余，也时常想起他的太太，——他死心踏地的承认他的太太是好看。屡次在上海《时报》画报上看见许多明星，就想到他的太太没有照片。伴之而生的是惘然，——这个惘然，自然不是惘然于没有，要有，很容易，家乡所在的地方，虽然不是大镇市，但算得一个镇，照像馆是有的。他惘然于他的太太不能有照片，因为太太一双小脚。

人世间倘有伤心的事，张太太的小脚对于张先生真是伤心。

照像可以照半身，张先生自然会知道，他所看见的明星，多半是半身，因为半身，格外“美”——译张先生之 beautiful。去年暑假回乡，张先生坐在火车上，还自己对自己发笑：“怪不得张雨帅有时候要亲自入关，有许多事真非亲身出马不可。”立刻又换了一个思想：“张雨帅也是姓张，哈哈，——章孤桐称章太炎为吾家太炎——是吾家？是吾兄？记不清白，——章，张，一个音。”…………

总之张先生去年回家，决心要引他的太太去照一张半身像片。

但张先生竟因此同张太太起了冲突。

张太太有一个三岁的女儿，——这句话欠通，女儿岂是张太太一人的？但这且不管。张先生那天夜里对太太提议：

“明天我引你去照像，照一个半身像。”

说时只有自己觉得自己可怜。

张太太是一个聪明人，从小就称为淑女，不过识不得字。答话只轻轻的一句：

“我也多时说照哩。”

说时很自惭，觉得对不起张先生。女儿金儿夹在怀里。

“我说我同金儿两人共照一张好，金儿坐在我脚下。”太太慢慢的又说。

“不，金儿要照另外照一张，小孩子就照全身。”

中间颇经了好大的工夫，总之张太太现在是发恼：

“我不照！当我死了！”

“…………”

“我再也不要我的金儿裹脚！”

这句话并没有说出，只是这么想。大概人总是不大肯示弱的。然而张太太眼泪汪汪流。

可惜金儿不多时死了。

张太太也无时无刻不是想把脚大起来的，——我忽然联想到芥川龙之介的《鼻子》，不过那是想缩小。但张太太知道决不能大。

张太太到了北京。

到京的第二天，吃过午饭，张太太想洗脚，——这简直比一路上上火车搭轮船还要令她为难！她记起张先生曾经对她说过，“北方的女人不洗，”但这不成问题，她是南方人，而且她此刻要洗的是“脚”。

张先生自从接到老太爷的信说某月某日送媳妇来，就雇定了一个妈子，这妈子正是张太太乡间所谓的“洋船脚”。张太太自恨不如这一个妈子！洋船脚还可以想办法修理。妈子伺候太太非常的周到，不能知道太太要洗脚。太太知道炉子上有的是热水，比在家里连洗脸也怕多舀了一点方便得多！但张太太很为难。一直到张先生回来，说：

“唉，你太老实，你只要喊一声王妈就得了。”

张先生后悔这个“得了”不该说，太太还只昨天到，怎么会懂得“得了”？太太倒懂得，张先生虽是京话，而是乡音。

张太太的洗脚水终于还是张先生喊来的。

张太太是电灯之下洗脚，她说不要亮，公公靠在隔壁客房里沙发之上，开言道：

“你这个孩子，还是同在家一样舍不得，这里舍不得什么呢？”

这一说，张先生同张太太在这一边噤若寒蝉了，两眼对两眼。

张太太的鞋带子还没有解散。

张先生的卧房分作两间，一间睡觉，一间放脸盆洗脸，此刻就是张太太洗脚的地方。张先生踱到睡觉那一间去了，张太太赶快解散洗，可怜，汗流夹背，——她怕她的张先生又走进来。张先生在大学教课，尝是提起近代小说上的Psychologic analysis，所以很懂得——总之张先生没有进到那间去，床面前踱来踱去，他几乎要哭，他的太太使得他难过。

不过两个钟头的光景是睡觉的时候。

张先生很想他的太太解开脚布睡，更明白的说，赤脚睡。

张太太到底是乡下人，而且不能看小说，她不能懂得她的张先生，不然她一定自己首先解开脚，（最好是洗脚之后不再裹，上床去睡）她感谢张先生感谢得要哭，只要她能够做得到的事什么也做。

张先生拥被而坐，开口：

“我说你今天把脚布解开睡。”

“那不好。”张太太在脱鞋，轻轻一句。

立刻又都是噤若寒蝉。

张太太此时倘若阎王叫她死，她决然是死，她觉得她到了不可挽回的地步了。她知道她的话是属于“不”那一面，而张先生又再无言语！答应是而且解了，马上可以钻到被里去，也算是听了张先生的话，两人都欢欢喜喜的！

张先生也在那里深深的感到失望的痛苦。他的失望的痛苦比看破了人生无意义还要利害。他觉得他完全是一个 Pessimist。

两点钟以前，太太脚洗完了，他踱到自己的书房去，瞥了一瞥书桌上镜子嵌着的罗丹的 The Bather——这是艺术品，张先生在他的下意识里面也承认。进去而又走出，因为他要驱掉 The Bather，只有自己走开。他不愿他的太太与 The Bather 联在一起，那就叫做不懂得艺术。果然，The Bather 驱掉了，“讨厌的是裹脚布！”想。有了裹脚布，张先生与张太太之间有了一层间隔，虽然是局部的，总是间隔。

他觉得他是一个 Pessimist，渐渐连“觉得”也没有了，近于“死”。

太太睡下去了，张先生不自觉的 touch 一下，——张先生真要哭，他是一个胜利者！

约莫有了一刻钟，张太太脱了鞋，坐在床沿，手抚着，眼泪滴着，都在脚布之上，——自然，那里还有声音？最后五分钟，一层一层的解，正同唱戏的刺穿了肚子，肠子一节一节的拖出来一般模样。

第三天张先生同张太太逛市场。

其实这也是张先生自己提议，张太太则曰不出去。老太爷从旁道：

“怎么说不出去呢？出去也看一看。”

张先生立时又想：“父亲，你引去看一看也好。”立时这句老话油然而生：“丑媳妇总要见公婆的面。”老太爷同太太都站在他的面前，——丑字实在不能用在太太的面孔之上。张先生在心底里叹气。

张太太逛市场，等于逛北京全城，左顾右盼，——她的脚简直是为来逛市场用的，慢慢的看。张先生从来没有这样“waste time”！他何须乎那么慢慢的走，慢慢的看呢？——慢慢的走，是的，慢慢的看，不然，张先生是视而不见。

最使得张太太惊喜，同时也带一点鄙夷的，是男男女女之中的一个女人。“梳那么一个头！”太太心里笑，找不出名字来称呼这么一个头。张先生完全用乡音凑近太太的耳朵道：

“这就是旗人婆子。”

太太会意。

旗人婆子已经走到张太太〈前〉的面前了，——旗人婆子也没有裹脚！

旗人婆子的脚好比一把刀，拿起尖锋对张太太，说她刚才不该笑她。

张先生走进中西药房了，太太自然也跟着进去。张先生指着玻璃架上的一个瓶子叫店伙拿。

张太太知道这是药铺，他们乡里也有卖洋药的。她很欢喜。公公昨天对她的张先生道：

“你有点咳嗽，既不信中医，买鱼肝油吃一吃。”

张先生同在家一样信服老太爷的话，何况是买鱼肝油，补剂，所以张太太很欢喜。

张先生识得字，用不着说话，两瓶共付七毛。店伙拿绳子捆。

“回见。”店伙送出门。

张先生点头。

不识字的人有时也尝得大欢喜。药瓶上面粘了纸单，既有定价，亦有说明，横着三个四号字是“放脚水”。

市场的照像馆又引起了张太太的隐痛，同时也就引起了张先生的隐痛。张先生笑容可掬的指着叫太太看，太太也就笑容可掬的——

“看见了。”

那么一个大镜框子嵌着怎不会看见呢？张太太伸起脖子来仔细的看，她从来没有看见这么一个好看的女人！这女人总一定是“天足”——这两个字她的张先生说过不只一次，但天足看不见，给那戏台上一般的衣服遮住了。张太太的眼前顿时也现出一线的光明，——这光明正如风暴夜的电光，立刻又格外黑暗！穿这样的衣服去照象〔像〕她做不到。张先生一声：

“这就是梅兰芳。”

太太点头。但这倒不比“得了”能够懂得。总之梅兰芳一定是一个有名的女人。

张先生同张太太回寓，老太爷把接到了不过一会儿的一封信交给张先生看。老太爷原拆开看过，道：

“聚餐会来的。”

老太爷虽然这么说，也同媳妇不懂得梅兰芳一样不懂得聚餐会。

张先生接在手上看——

启者本月二十六日（星期六）下午六钟本会同人假座

来今雨轩欢迎周郁文先生及其夫人新自欧回届时务请

拨冗贲临此上

张祖书先生

聚餐会谨订

张先生不禁惘然。

（一九二七年三月）

文学者①

学园公寓——自然是学生的公寓，而且是大学生，有自命将来做一个文学家者，有自命为数学家者，种类繁多，等而下之，则是自认没有多大的奢望，只想当一个律师。

秦达材是文学家之一，不过对于他，将来二字要取消，已经是，因为他做了很多的诗，一大半都发表了，批评家说是水平线上之作。

秦达材仰在藤椅上抽烟卷。他想起了一个诗题，抽一抽烟再写。

① 载《语丝》周刊 1927 年 4 月 16 日第 127 期，署名废名，文末署："一九二七，四，一。"

那边将来的数学家也在那里歌咏，达材听去是——

春光好比少年时，少年须爱惜。

达材摆头，那个家伙到底是学数学的，唱这中学生唱的歌，平凡的歌。但无论如何这歌给了达材一个“烟士披里纯”，不然他决不会丢开烟卷立刻去动笔。

达材的诗也是咏春的，他刚刚从公园里游了回来。题目写下来是：

春之王宫

写了题目，他计画一计画，怎样描写一个少女，这少女是怎样美，这春之王宫……

达材的房门推开了！他把稿纸一把抓了！——一看却是程厚坤。

“迟不来，早不来，我的诗兴来了你也来了。”

“你总是诗，我就看不起诗。”

“要个个同你一样就好！——开口也是柴霍甫，闭口也是柴霍甫！”

程厚坤是秦达材的同志，不过他喜欢做小说，而且早已是文学士。

“我这几天倒是看莫泊三。”程厚坤坐下了，说。

“喂，你今天晚上不要出去，我到你家去，借一本书。”

“我有什么书你借呢？”

“我想把那篇东西拿来看看，我曾经看过两遍，——高尔该的一篇小说。”

“你怎么想到看小说？”

“那篇东西倒还有点意思，——《他的情人》。”

“哈哈哈！哈哈哈！”

程厚坤这么笑，笑得拍起掌来了。

“你这才是有鬼！仔细笑死了！”达材愕然。

“哈哈哈！”

程厚坤更站起来笑，瞧着达材的脸上笑。

“我说这几天怎么没有见你出来，原来——铁利沙！”程厚坤瞧着达材的脸只管点头。

达材知道再是镇静也不中用的了，他自己早已走漏了消息。

“在那一间屋子里？指把我瞧瞧，让我来估定一估定。”程厚坤用了很细的声音说。

“此刻出去了。”

秦达材同程厚坤，同志又同乡，非常亲密。一个礼拜以前，学园公寓新来了一位女主顾，达材跑到厚坤家去，道：“我告诉你一个好消息，我们公寓里现在有了‘密司’！”厚坤那时正在执笔，连忙丢下：“真的吗？”“不是真的那是假的？只可惜，可惜丑得要死，丑得叫人怕。”“那你就不要说！”厚坤又掉过头去执笔。“然而，然而，聊胜于无。”达材见厚坤一心写，自己只有走了。直到此刻两人会面。

“明天我再来看，现在我两人一路到中央公园去逛逛，——礼拜日做什么诗呢！”

“我刚在那里回来，——你不信，我把我摘回的丁香花把你看。”

“再去又何妨，我买票，——说不定此一去铁利沙也在那里！”

“回来了！回来了！”

达材立时颇像一个乌龟，两只手那么一探，细声的说，笑。

这是因为皮鞋响。学园公寓穿皮鞋的虽然不只一个，来客即如程厚坤也是穿皮鞋，但这个皮鞋的声音达材有了经验。

程厚坤的观察力很敏锐，他已经瞥见窗纸上有一个破洞，一只眼睛已经填满了那一个破洞。

达材却想到门外去看一看，门外去看一看厚坤，看窗纸那边到底看不看得见，——这是实验。他每次从这破洞向外窥望的时候，总有点害怕，——外边看见了他！“密司”的眼睛明明是朝这里看！尤其增加了他的害怕是昨夜，昨夜睡觉之先，他站在门口，看见“密司”站在她的房内，大概是伸懒腰，影子映在窗纸上！

达材没有出去。出去又怕有有意出来的嫌疑。

厚坤掉过身来，完全是乌龟的样子，两只手抬得挨近了两个耳朵，两只脚半蹲着，闭在肚子里笑——

“亏你，亏你还要谈！——铁利沙未必真是这个样子！”

达材顿时有几分懊丧，——同时也可以说安稳了许多，原因是一个：他的对面住的“密司”。昨天他也自己宽慰了自己一番，不过他不以为是宽慰自己，是愤“她”：中国的女人连铁利沙也不配做！铁利沙是如何的大胆，如何的求爱，固意去找人写信！“中国革命一定不能成功！”说出口的却是这样一句。

“你晓得她姓什么叫什么不呢？”厚坤又恢复原状，问。

“那从何而晓得呢？”

“你问一问伙计。”

厚坤简直是站在侧边说风凉话！女人的名姓怎么好问伙计？如可问，达材早问了。他大前天就用尽了心思把自己介绍过去，——说来抵得一首情诗，那时“密司”站在她的门口，邮差送信进寓，喊秦达材，达材出房道，“我的。”并且说，“有秦白华的信也送到这来，秦白华就是我。”达材在报纸上发表诗，都是署名秦白华。

“不管她是什么，我们就叫她叫‘铁里渣’。”

“……”

达材不知怎的又有点愤！

“你说你到中央公园去，你去罢！我要做我的事，不要在这里胡闹！”

“干吗发恼？老程并不同你吃醋，——哈哈哈。”

“混帐！混帐！滚！滚！”

“哈哈哈，——老程要替你写一篇小说。”厚坤又瞧着达材的脸点头。

“你再说我就是一拳！”

奇怪，达材的眼睛颇晶晶然！而厚坤毕竟是柴霍甫之徒，富有同情，慢慢又就位，道：

“真的，不要吵，吵得别人屋子里不能用功。”

达材也坐下了他的藤椅，擦一根洋火，抽烟。厚坤是不抽烟的，所以也无所用其客气。

“你这几天接到家信没有？”

“谁接到？打他妈的什么鸟仗，害得老子一个多月没有接到信！”

“目下还不要紧，你还有钱用，过些时钱用完了，那才真是他妈的，我不又〔又不〕能借——”

“伙计！伙计！”

“铁里渣”却无缘无故的喊伙计！

“声音倒还不错。”

厚坤又轻轻的说，笑，站起来，——眼睛又填了破洞。

“声音倒还不错”，厚坤这几个字在达材的脑子里旋转了一周。达材初次同这位“密司”认识，不是面孔，正是这声音。“女人的声音总好听，”昨天还是这么想，虽然好听的程度不免减少了几分。有时不惟不减少，反而更加力量，——这不是“客观的”，是“主观的”，达材自己也是这样说。因为那时“密司”的房子里没有灯，然而咳嗽，当然是睡在床上呵，睡在床上，安得而不更加力量？达材感到他真是不得了，也就在这时候；白天里还多少羼了一点好奇的份子进去，望一望自然是好，不望也过得去。这个咳嗽——不只是一个咳嗽！达材更想，何以故呢？恰恰当达材在灯下开口读诗，读 Shelley 的诗！倘如此，为什么当着邮差面前介绍“秦白华”又似乎没有听清楚就撤身进去了呢？老不见她的眼睛向这边瞧！从破洞里去窥她，她则瞧！叫达材害怕。达材真是“卑之毋甚当〔高〕论，”那么一个丑货！他甚至于把自己屈服到这样：她上茅房倒痰盂——这痰盂里一定是尿！他想倘若这时他正坐在茅房里那才好。而且“尿”字联想到“喝”字，——虽然不敢说秦白华喝尿，“喝”这一回事确想到了。男女同厕，自然最妙不过，多有“邂逅”的机会——最初只是这个意思，形成这两个字，颇有几秒钟的时间——但在可怜的中国，那能谈到这一层？…………

厚坤此一瞧，算是瞧清楚了，掉过身来，不笑，只微带笑容，细声对达材道：

“‘相君之背’，确实要得，姿势很不错。”

“无论如何比你的老婆强！”

“你这才牵扯得岂有此理！就是如今的法律也没有听说株及九族！”

“好好，我道歉，——你仔细看她的脚，走路，姿势更好。”

“高底鞋我不喜欢，——如今的女人真是莫明其妙，高底鞋！”

“很有点天真烂漫，清早起来喊伙计打水，我看她并没有穿袜，拖鞋走出来。”

“铁里渣”在学园公寓门口买花生吃！

程厚坤回家。

达材想了一想，去送厚坤？——已经走到了门口。

达材如入五里雾中，手足无所措，——当然只有望着厚坤喊：

“喂，——今天晚上我到你家来。”

喊出了“喂”，实在接不下去，幸而有那一句。

“你来！你来！我替你把那本书找出来！”

达材只得又进去。

这回她实在瞧了他，在那里站着剥花生。他也实在看见了她瞧他。

以后不知怎样，达材进房的时候是摆头。

（一九二七年四月）

晌午①

赵先生今天简直不舒服。

赵先生是属于快乐派的。他有爱人，有钱，一切都得意，又有天生的一副快乐脾气，喜欢说笑。所有赵先生的朋友，无论聚谈或宴会，赵先生不在场则不乐。赵先生总是那样善说善笑，笑得利害的时候眼睛里带出眼泪来了。倘若你是一个生客，凑巧也羼在一堆，你将很抱歉似的，以为赵先生笑得可怜。

① 载《语丝》周刊1927年6月18日第136期，署名废名，文末署："一九二七，六，十。"

赵先生的不舒服无人能够看得出，他的太太，或者说爱人，也看不出。赵先生的样子比平常更是活泼一些了。两人都是刚刚睡了午觉起来，穿着拖鞋。赵先生上身更只是一件短袖的汗衫，以他那样的尖下巴，长腿子，屋子里这头跳到那头，叫人想起了一个猴子。这间屋子同卧房相连，是赵先生的客房，来了客，赵太太马上可以搴起帘子钻到卧房里去。陈设很简单，而且颇肮髒，地板上堆了许多香蕉壳。铺了台布的长方桌摊着一份《光报》，今天的，每天大早照例是看完报再洗脸，但还没有检开。

赵先生跳到门槛外对着一棵槐树行深呼吸，因为树阴遮了太阳，空气很是凉爽。太太歪坐在一把藤椅上，望着赵先生笑道：

“你这又是打什么拳？”

赵先生正在两膀下垂，尽量的出尽气，所以并不答。忽然掉过身来，伸着指头对太太一指——

“昨儿晚上，我不过是要改个样儿，你就扭手扭脚的！”

太太顿时愕然，以为得罪了赵先生。赵先生的话是来得那么快，很像指责的神气。

“哈哈哈。”

赵先生觉得可笑，笑得把长腿子湾下去了，两个巴掌顺着漆〔膝〕头一拍。

“嗳哟！嗳哟！”

巴掌拍痛了。虽然是“嗳哟”，也还是笑，不过歪了嘴。

太太依然没有十分懂清楚赵先生的话同她所谓的“打拳”是差不多的意思，但心里释然了，知道是不外乎开玩笑的。

“我这句话有出处，看你记不记得？”

赵先生这样问，很高兴，半天的不舒服仿佛一时都给谁拿去了。太太也高兴于她自己的不懂，连忙摆头——

“不记得。”

“我的‘凤姐’并不扭手扭脚！”

赵先生说着朝太太面前一窜，双手插到太太的裤筒子里去。太太是那么样坐，两个腿子交叉的向着上跷。

“不要乱动，你把你的出处说出来我听。”

赵先生道：

“你说你从前就读过三遍，怎么这一句话也不记得？这是贾琏同王熙凤的话！——再记得吗？”

太太还是摆头，笑。赵先生又拿起他的巴掌叫太太瞧。

“实在打疼了，你看。”

“谁叫你自己打自己？”太太笑着把赵先生的一只手按在自己的颊上摩抚一摩抚。

太太走到卧房去了。赵先生坐下了椅子，自己又觉得是不舒服。

赵先生拿起烟卷抽。其实他是不抽烟的，烟摆在那里招待客。所以他这一抽是无意识的动作。烟都从鼻孔里喉咙里滚出来了，赵先生半闭了眼睛望着它滚。这样也就奏了效，说得上是舒服。徒徒只有一个不舒服之感，同烟一样，轻轻的，飘飘然，不要得到落地，——赵先生努力想如此。不舒服却又要进一步追问自己："为什么这样不舒服呢？真正岂有此理！"则真有点讨厌。唉，何以遣此有涯之生？……

赵先生突然是这样一叫：

"下贱的东西！陈振声不是我的好朋友吗？"

其实并没有听见赵先生的声音。

那么，赵先生明明知道他的不舒服之故了？然而到底不肖〔肯〕相信。不相信还是不舒服。

赵先生终于来试验一下——试验二字恐怕不十分正确，——同抽烟一样也归到无意识的动作呢？又嫌远于事实，因为这一动作，下巴凑近桌子斜了眼睛瞧那一张报，连这一次是第三次了。

眼光是不费丝毫之力落在这一个电报上面——

本报K专电陈振声任公安局长

赵先生舒服得很。刚才的不舒服不见得还是那样，所以舒服得很。那么赵先生的不舒服完全与"陈振声任公安局长"无关了，于是乎再瞧！偏了脑壳瞧……

陈振声三个字简直不像！公安局长是警察厅长！

这时赵太太又走到跟前，拍一拍赵先生的肩膀道：

"你翻出来我看！"

“干吗？”

赵先生未免吃了一惊，抬头，接过太太双手递给他的两本书。这应该一见就知道的，亚东本的《红楼梦》，放在赵先生赵太太的床头好久好久，（赵先生平常不喜欢人家的太太怀抱里抱着叭儿狗，他同他的太太的相当的心爱物只是《红楼梦》）但赵先生对着书脊上的三个金字认了一认，而且念：

“红楼梦。”

“那句话我翻一半天没有翻着，你翻。”

赵先生就没精打采的翻，翻而已。太太的下巴搭住赵先生的肩膀，身子半弓着。

“嗳哟，怪热的！……”

太太也嗳哟起来了！赵太〔先〕生那么一叹，同时肩膀也朝那边一挪，太太不防鼻子撞上了桌角。

赵先生不觉站起，书捧在手上，眉毛打皱。太太低着脑壳自己抚摩自己。

“今天真是有鬼！”赵先生说。

“伤了没有？”赵先生又说。

“没有什么。”

太太抬了头，柔和的笑一笑。

两人再各坐下了一把椅子。

“革命革得自家做起官来了！这样革命革得成功吗？我不相信！”

赵先生突然这样正言厉色。

“你说谁？”

太太的声音很轻。

“你不认识，我的一个朋友，陈振声！前年他到北京来，总是寻我揩油，陪他上馆子。”

“做什么官？在那里？”

“无问之必要。”

但连忙又补足——

“K 公安局长。”

“那里的公安局长等于这里的警察厅长，是不是？”

“是。”

赵太太已经动了她的一点愤气，并没有听清楚赵先生的“是”。但她实知道那里的公安局长就等于这里的警察厅长。她愤于世界上有这样的官，专门禁止书籍出版！立刻又是喜，而且问：

“是你的朋友，——你就把《性生活》拿到那里去再版，那当然不会禁止。”

赵先生没有答，对着太太瞧上一眼。眼珠子没有转，脑子则受了电气一般自己觉得是震动了。这里的警察厅长不能使赵先生愤，——赵先生简直原谅他！说他是赵先生的朋友都可以。《性生活》——就是这《性生活》替赵先生赚了许多钱，赵先生宁可不再版！太太那样说，简直是打了赵先生一巴掌！

赵先生不舒服得利害。利害而却比早半天容易受得多，因为此刻全个身子都被不舒服镇住了，面对面的认识了，坐在椅子上，稳稳的。

“唉，革命——做官！”

这个确是替国家前途耽忧。因此赵先生的良心也着实得了安慰，完全舒服了。

聪明的太太看出了赵先生的耽忧，解劝道：

“官总要人做。你有时候太偏激。”

“你这话倒也对，——我不做，他们也不做，世上就只有豆腐‘干’！”

于是两人同时一笑。

太太慢慢又说：

“喂，我说你倘若把《性生活》上面那些插画都取消，或者不致于禁止。我想就是那许多的裸体画惹得他们注意。”

赵先生一时没有答，《红楼梦》就在手边，翻着，——翻着而已。

（一九二七年六月）

石勒的杀人[1]

我们镇上有一个八十岁的老和尚，——算来是二十年前的事，现在他是否还健在，我没有回乡，不得而知。他最喜欢招我去听他讲故事，说他当初是一个长毛，后来怎样出家，一共打了几年几年仗，盾牌是怎样怎样的拿法。有一回他对我讲石勒的杀人，说是他在营盘里听见弟兄们讲的，今天我就借了我的笔述说他的话。

一少年，洛阳人，眼看当代一般士大夫都不中用，又不讲脸，他终日只是骑马射箭，上山打老虎。说是打老虎，回来却总是挟一匹两

① 载《语丝》周刊1927年4月1日第125期，署名废名，文末署："一九二七，三，十六。"

匹死兔。他看见了兔在草林里跑，别的事情便都忘记了，一心非打死兔不可。因此他得了一个射兔李广的称呼。人家这样叫他，多半还是笑他，笑他只会射兔，他自己倒默默的承受。可怜的兔伤了他的心，是因为王衍，王衍自比狡兔有三窟，这里失败了，可以到那里去。

一天他上东门玩，看见一个胡人平白的霹雳一叫，他就知道这胡人是一个了不起的人物。那时王衍也在那里走路，他是认得王衍的，虽然王衍认不得他。王衍对那胡人瞧了又瞧，随又走了。这胡人是石勒。他叫石勒赶快跑，否则要遭王衍的毒手。不过他没有告诉石勒要加害他的人是王衍。

这人后来投在石勒的部下当兵，帮了石勒许多忙，石勒对于他言听计从。石勒不肯违反他的意旨，不给他以高官显职，所以终其身是一个无名偏卒。我们在下文不好怎样称呼他，且称之曰洛阳人。

这天石勒把王衍这般人都活捉来了。

捉王衍的就是洛阳人。

王衍是从死人堆里捉出来的。他看了逃无可逃，钻到一堆死尸里去。晋家十几万将士都为石勒的箭所射死。洛阳人抓出王衍，见他衣服上染了许多血，眼睛一瞋，道：

“你怎么会有血？——溅死人的血！”

并无别话，带着走。

洛阳人以为王衍哭总会哭的——现在快要死了不哭吗？以他千悲万愤凝成的眼光回看一回看。

王衍想说话。

王衍的眼泪或者还当得洛阳人一看，英雄与奴才专就眼泪说，不能分出怎样的明暗。一看他是想说话，洛阳人的脑壳掉上前去，比盘马湾弓还要来得斩截。

日近黄昏，石勒的营幕战马啸得利害，洛阳人的眉毛也可以杀得人死！

王衍等等绑在一块。洛阳人去会石勒，见面共一声——

“杀！”

“杀是杀，将军要怎样杀？”洛阳人问。

“杀得痛快就是一刀！”

“将军呵，我们中国，多少仁人志士死在刀下，不能用刀。”

“那么山上有老虎，给老虎吃！”

“倘若这老虎有一日中了我们的箭，我们的箭也依然染了他们的血，箭不能用。”

石勒眉毛一皱，——放逐到漠外去冻死他？立刻知道这不对，汉朝有名的苏武，胡人谁个不晓？而且容易伤洛阳人的心！

“饿死他！”

“唉唉，将军不知道伯夷，叔齐吗？那是饿死的！这样，饿死两个字读起来没有力量了。”

“投在水里湮死他！”

“将军越发说差了，屈原是投水而死！这样，河鱼不分贤不肖，只晓得是吃‘人’！——人类有孤独者，要看重屈原的‘独’字。”

“这叫我怎么办呢？我们有‘要用草鞋底杀’的话，但那到底是气愤不过的说法，——哈，有了，有了，你就把你刚才所说的这些人告诉那般东西，叫他们羞死！好吗？——喂喂，你哭什么呢？——这是怎么一回事？我从来没有看见你哭！”

“将军呵，他们都知道，……从古如斯……人的悲哀……”

“什么悲哀！我自有办法，去！”

王衍等等见了石勒，双膝跪下——

“大王……”

石勒霹雳一叫。

洛阳人在旁边号咷大哭——

“这都是我的国人！”

就在这当儿，一排墙倒下去了，洛阳人的话无人听清白。

从此石勒的营盘里不见洛阳人。

老和尚说到这里更加一句：现在史书上载石勒排墙杀王衍，是因为爱惜他，不忍加以锋刃，完全与石勒的为人不相称。

（一九二七年三月）

追悼会①

北山在那里做他的小说，猛然记起今天是三一八，笔停了，他似乎应该赴追悼会？——真的，他要赴追悼会。

“时光过得好快呵。”三一八使得他觉得时光过得快。何以故呢？就因为停笔，正在不写不行的时候停笔。去年三一八——不是三一八，是三一八的后两天，总而言之是三一八，他也是这样停了笔，停笔去送葬。时光过了一年。

① 载《语丝》周刊1927年5月7日第130期，署名病火。文后附记：“这是一月以前的旧稿。这两天我对于我的无论什么文章都讨厌，我也没有话说。我生平没有做过敷衍的事，今天我还得写字，我实是敷衍！呸！ 中华民国四月二十——倒填两日，〈二〉十八！ 当一个日记。”

会场上还没有什么人，死者的像片挂起来了。北山看见了是挂起来了，然而没有看像片。天是下着很大的雪。开会既还有待，北山到雪地里走走。他不冷，雪很好玩，他就在雪地里玩，活泼泼的想，——说实话，他实在是活泼泼的，一点也不像赴追悼会的样子。

“雪呵，雪呵，你下罢，下得大大的，我总比你狠，你不能叫我不站在这里，你下得叫我的身上没有热，那我算是被你压服了。”

北山今年不知在那里弄得了一件外套，敢于这样夸口。

会场上人添了好多，北山又走进去，迎面一个朋友道：

“北山，你来了？我们今天请你演说。”

分明是来了，然而要问“你来了？”北山好笑。演说则他做梦也梦不见这两个字。

“那不行，那不行。”北山连忙答。

“一定，一定。”

朋友也就走了。

北山不知道到底要不要他演说，万一真个要，同刚才对雪说话一样，随便说说就是。北山做小学生的时候很得意的登过一两回演台。

秩序单上有主席报告开会一条，果然，一个人走到台正中间桌子面前报告。北山坐在台下两三百个人当中听。北山没有看雪那么样的活泼了，不知是否怕把他拉上台去演说。他心里确在那里想，写出来就是演词——

“我的声音很小，要大家听我说话，实在对不起。但是，我们今天要声音吗？只要血！请看这些死者——”

北山这时看了一看像片。自然，北山是坐在台下仰头看，而他俨然是在台上掉头看，又掉过来——

“他们的声音在那里？我们能够对之而不面赤吗？这就是他们的血现在我们的面上……”

北山真个满身发热，没有想，想不下去。台上报告的是什么自然更只有让它是什么。渐渐又冷静下去了，讨厌主席的报告。“放屁放屁！赶快滚下来！”心里骂。报告的还是报告：

“……所以我们一方面哀悼，一方面还要努力……”

其实北山是若听见，若不听见。但他狠命的骂，“放屁！放屁！”

板凳上长了刺，北山坐不下去，这边一看，那边一看，两三百个人差不多被他看完了。有几个面孔是他平素所痛骂的“王八蛋”，——他骂也总是骂给他自己听，有时一面走路，一面嘴在那里动。一见这几个面孔，许许多多黑脑壳当中只见他们有面孔，格外讨厌，骂：“我不相信你们这般东西配追悼死人！”

北山接着是很利害的苦痛，他痛于自己的薄弱渺小；被骂者的灵魂此刻是飞在追悼会之上，未必不在那里照临北山，照临北山的薄渺弱小……总之北山有时也相信“性善”之说，这时就喊：“苦呵，苦呵，苦的我北山呵。”

台上说话的掉了一个人，——主席什么时候下了主席之席？既然掉了一个人，北山听——

“刚才主席报告的……”

“放屁放屁！”北山简直恼得要冲破屋顶，同时又叹一声气，“不该来！”坐在家里写小说，难道就不配是北山？难道北山碰见了死者的鬼魂有什么抱歉不成？不知道是经了这么一想还是恼得利害了继续不下去，山北〔北山〕冷静了好多。台上没有掉人，北山心里晓得，眼睛倒没有清清楚楚的去看。

北山仿佛此刻才走进会场——这是怎么说呢？他来的时候也就挂在那里的几幅哀联，他这才看见了。从最末一联最末一句看——

愧我难为后死人

“放屁放屁！”不知怎的又恼。恼犹未了，更瞥一句——

君等为国牺牲

“嗳哟，我要上台去演说！”北山咬着牙齿一叹。心里说，写出来就是——

“我不怕得罪大家，我请大家原谅我，我心以为痛切的话我不得不对大家说，这许多对子要拉下来才是我们开的追悼会！”

北山脚在那里擦，想一跃跑上台。“嗳哟，这怕是我自己的不是！”立刻又这么一叹。“演说的大概只能说这样的话，做对子的也大概只能做这样的对子。因了哀而想说，因了哀而想写，想说想写便忘记了哀，想说想写就是了。……自以为写得好，得意，而且要挂给人家看，这时追悼会大概就变了展览会。……这原是很自然的呵。”

北山笑了，笑自己，自己刚才的演词也都无谓，喜得没有上台。

死者的同乡上台报告：

“我不会说话，我知道他，S烈士，是很用功的，如果不死于难，将来一定……”

北山不知怎的突然离开座位溜了，也不管人家要他演说或不要他演说。

雪地里他吐了一口好气。走在路上，想，回去可以重新写一篇小说，题目就是追悼会，纪实，——“这个题目？”这个题目触动了他什么。

他确乎另有一个追悼之感，但不能明白的意识出来追悼什么。“追悼北山？”他笑。是的，似乎不完全是。

（一九二七年三月）

审判①

司法官对于这个犯人简直没有办法，无聊，做这样的法官有什么意思呢？案情是这么重大，说不定今天或明天，脑壳就得割掉，而他，脑壳所有者，简直是开玩笑。譬如睹〔赌〕钱，我虽可以操必胜之权，但到底要睹〔赌〕一睹〔赌〕呵，你则办定了那么大的数目，一点也不在乎，一五一十的输给我，不是输，是数给我，我倒不如同一个悭吝者睹〔赌〕一个铜钱来得起劲。

① 载《语丝》周刊 1927 年 4 月 16 日第 127 期，题为“是小说”，署名病火，文末署：“一九二七，四，十。”文前按语：“手民谨案：我们开始排这篇稿子，一看却没有题目，只有一个括弧，里面括了‘小说’二字，大概是小说，所以我们就加上那三个字做题目，想来编辑先生不责我们大胆。”

“什么名字？”

“名字就是纪帜。”

“干什么事的？”

“倘干了别的好事，我就不站在你法官的面前呵。干的事就是革命。”

“革命是你犯罪——”

“我革命就是为来犯罪。”

“你于士农工商之中——”

“一个礼拜以前，我坐洋车到学校去上课——”

“是当教员还是做学生？”

“从洋车上跌下来了，脑壳裂了一个大口。”

“这些话不是你所要答的。”

“法官，这于我的犯罪很有关系。”

法官明知道犯人并不是一个疯子，也不是有意来装疯。

“于你的犯罪很有关系？——你说！”

“脑壳裂了一个大口。洋车夫趁我还是倒在地下没有爬起来，一溜烟跑了。其实他不跑，我也不同他扯皮，反正已经跌破了，是不是？这可见我不配做一个革命党呵，哈哈哈。我是一个科学家，真的科学家。但我这并不是想法官减轻我的罪，我现在是革命党，昨天拿起手枪在这禁城里乱放，实在是我做领袖。……一个礼拜以前，我是科学家。我爬起来，摸一摸脑壳，满手是血，我知道不得了，脑壳跌破了，一看，不见我的洋车夫，——法官，你忍耐一下，听我说下去，这实在于我的犯罪很有关系，好比这春天的树，你看它绿得茂盛罢，但去年冬天括大风下大雪时候的树，切不要忽略看过，缺少了那一天，甚至缺少了那一刻，也许它现在不能够这么绿。……我双手捧住我的脑壳，想起我的洋车夫真有趣，溜了。我又想起我的一个朋友，他为了坐洋车曾经写过一篇小说。他的洋车夫是撞跌了过路人，但他的洋车夫不但不跑，他很可以跑，而他却要把那跌倒了的人扶起来，直到警察都来了。所以我的这位朋友忽而变为托尔斯泰之徒，对人类抱了希望。法官，我的事情是真的，我的朋友也是真的。嗳呀，这不像供词，像 lecture，对不起，对不起。脑壳跌破了怎么办呢？只有到医院里去呵，于是我到医院去。医院的大夫倒使得我发恼，因为他看着我流血叫疼——我不是说他应该怜恤我，我不喜欢这样意思的字，这个我可以找出许多证据来，好比莎士比亚的 *King Lear* 这出戏，里面一个装疯的 Edgar，我很爱，出在他的口里竟有 pity 一字，我却读得不免扫兴。嗳呀，话又说远了。大夫使得我发恼，因为他说要照号数来，我是一百几十号，差不多是最末一号。我也只得等呵。大夫说我的脑壳非缝不可，令我大吃一惊，——同皮匠缝鞋一样的缝，不疼死人吗？我也只得让他缝呵，还要我签一个字。我以为我到底不是一只鞋，缝总得上麻药，谁知道用不着上麻药，在医院里这样的创伤简直不能算做一件事。法官，我就遵着吩咐那么躺下去，像一只猪，心里害怕，‘疼呵，疼呵，’等候他一针一针的缝。一面我又想，以《游戏》著名的日本的森鸥外，倘到了这地位，不知是否也还是游戏？——这都是我所要说的话，请法官一句一句的记下来。”

“自然都要记下来。但你为什么加入革命党呢，敢于在这禁城里暴动？”

“法官，你还不明白吗？就是为了缝脑壳。没有这一回事，我恐怕不致于丢了科学家来做革命党，来犯罪。我离开跌破我的脑壳那块地方的时候，我还想，倘若我雇了一个小心的洋车夫，我的脑壳就不致于跌破，现在想起来，天下事真有趣，——法官，不知怎的，我忽然记起了惟物史观四个字，但这决不是我加入革命党的原因，虽然我也相信惟物史观。我始终只喜欢科学家这个名字，万一掉一个，说是艺术家也可以。”

“你同张三是一起吗？”

“我以为这一层用不着我提起，——法官不记得吗，你们枪毙张三，就是一个礼拜以前的事，枪毙他的时候，正是我在医院里缝脑壳的时候。但是张三不认识我，我颇知道他。我从医院里出来，看见卖报的小孩大声喊‘号外！’叫我花四个铜子看好消息，我一看，唔，人杀了一个人。——哈哈哈，法官，什么时候枪毙我呢？一粒子弹钻进去，我想决没有什么疼，我不晓得我心里害不害怕：‘疼呵，疼呵’。总之，一粒子弹，我就鞠一个躬。这一鞠躬，人们说我是对张三鞠的，我也不否认。我这样的人反正无论干什么事都没有什么大意思，所以决说不上牺牲二字。但是，法官，我对于你也很抱歉，——

你大概还得长久长久的做法官下去罢。我也算是在法官的案卷当中备了一个案。”

“总之你自认是昨天暴动的主犯——”

“是的，——我很想法官赶快执行才好，因为我这样的人倒享惯了自由。在这里虽然也无人能使我不自由，但我也要身体的自由。老是关着审判总不行。”

法官想：犯人大概以“死”也为身体的自由。

（一九二七年四月）

浪子的笔记①

我亲眼看见老三进妓院，亲眼看见她当领家，看见她垂死的时候躺在床上。我知道老三的一生。

罗丹的“老妓”，很可以替我减省笔墨，老三在最后两年差不多是那个样子。不过这仅仅是就颜色的凋谢，乳房的打皱——总之就外形说。其实，老三，一个活人，决不如罗丹的雕刻是有生命。艺术家的作品毕竟是艺术家所创造出来的。

① 载《语丝》周刊1927年4月30日第129期，署名废名，文末署：“一九二七，四，二三。”

有一回我在老三那里买一份报看，见有“模特儿”这个名词，告诉小莺，（老三这时被她称为阿姨）解释她听，说，“比方要画一个裸体女人，就请一个女人裸体站在旁边做样子……”“真的吗？”小莺很是纳罕，眼睛现出她少有的光泽。老三却骂她，“真的你就去给人家做样子，瞒了我得一包银子！”我这才想起了罗丹的雕刻。

老三以一个漂亮女孩子进到妓院，大概是十四岁。那时我总是可怜她，因为她视我为唯一听她诉衷情的人，说她的阿姨怎样鞭她，她宁可死。我听了很是气愤，并且代她设想：

“你真不如死的好！我们乡下自缢的女人多哩。这样你可以害得你的阿姨去坐牢！”

她却又对我嗤的一声笑——

“亏你打这个好主意，叫人死。”

我原也不过是十六七岁的孩子，还很稀奇似的问她：

“你的娘老子怎么让你来干这个事呢？”

“欠人的债不能还，所以把我带到这〔里〕来卖了。”

“到这个地方来不要好多盘费吗？坐火车，坐轮船。”

她又是对我嗤的一声笑。

“你们将来老了怎么办呢？”

“老了给你做老婆。”

记得一个秋天的晚上，她私自来找我，对我哭，要我救她。我依然很固执的，以为救她只有死。我说我决不是舍不得我的什么不给她，要我同她一路死都行。

“你只要照那个夹袍子做一件我就是救我。”

她真是呜呜咽咽的哭。她穿的一件红缎子夹袍给烟火烧坏了一角，领家妈妈知道了非鞭死她不可。我依照她的话救她。她到底是挨了一顿重打；领家妈妈见了她穿着崭新的红缎子袍子是怎样伤心呵，虽然这笔款子出自我的荷包，但归到缎子店的掌柜去了，数目实在不小。

这一类的事记不胜记，总之垂〔垂〕老的老三，似乎应该就是罗丹的“老妓”，哀伤于过去，看一看现在。

老三脱离她的领家独立，也是我依照她的话救她，情形记不清白了。让我数一数——老三后来做了三个人的领家，小惊〔莺〕则是第四个。人家称呼死的老三每每是这样称呼：“小莺的阿姨。”

小莺的来历我完全知道。这个我记得清清楚楚。

老三快三十岁了，然而还是做妓女。一天的深夜，全个院子多半睡了觉，一个很是漂亮的，名叫长圆，比老三年青得多，推开老三的房门进来。进来了又想出去，意思是房里有客不大好。其实她未进门以前并不是不晓得我在里面。老三道：

“不要紧，你坐。”

长圆就坐在床沿。

他们两人用了乡音谈话，我不懂。我猜得出，先是谈我，再谈长圆的领家。我虽是一个浪子，住着这样的地方，但我实是爱女人。我可以自解的，我不来，他们也一样的活在这里。我称我这样的行为为

“苦肉计”，因为我到底是痛苦，不啻自己鞭打自己。老三自然更不用说，躺在我的怀里。长圆坐在我的面前，是夏天罢，没有穿袜，单褂半披着。我真不好意思，而我又轮着眼睛看，一面不由己的想——

“世间上的女人，你们宝藏你们的童贞，你们都到这（里）来看罢。”

第二天清早，我们还没有起床，间壁一个老女人叫嚣，接着是手巴掌声响。老三道：

“长圆挨打。”

长圆哭。

“那个老家伙也不怕她的手打得疼。”老三用了很细的声音凑近我说。

接着不是手响，竹竿子响。

老三当初说她的领家鞭她，我没有见过，见过这是第一次。

接连几天，我的脑里赶不掉长圆，很想会见她。但会见两次就没有看见。这两次我总觉得她有点不好意思对我，说得上是害羞。长圆呵，你留给我的是一个害羞的影子。

长圆终于离开这个院子了，我问老三，老三告诉我。

“搬到那里去了呢？”

“生小孩子去了。”老三连忙说，笑。

“不要开玩笑。”

“真的，已经已有了三个月，——那个家伙随随便便的，闹出了这么一回事！”

这时我渐渐没有多的钱了，同老三渐渐也来往得疏些。过了三年，老三是“阿姨”。一天我到她那里去玩，她抱一个小孩子我看，叫我猜是男孩子还是女孩子。我实在不高兴猜，然而也答：

“我只听见你们叫丫头，我不晓得是男孩子是女孩子。”

“那么我把丫头养大给你做小老婆。”

我骂她一声“呸！”

她说：

“你不记得长圆吗？这就是长圆的孩子。”

我好大一会没有做声，慢慢问她：

“长圆现在在那里呢？做什么事呢？”

“除了当婊子还有什么事做。”

长圆的孩子就是小莺。

老三现在有点讨厌我，但我依然时常到她这（里）来玩。

小莺背地里总是对我讲她的阿姨，简直同老三当年是一样的口吻，所不同者，她把我当了一个亲戚。老三也不避我，当我的面前打小莺，骂小莺。

是五月的天气，成天里雨下个不住，我们三个人坐在一间屋子里。老三我看她是很不高兴的呵，只是抓痒，同叫化子捉虱一般，从裤腰里伸手进去，咬着牙齿抓。

“嗳哟，嗳哟，拿刀来把这块肉割下来！”

我不禁为她伤心，除了痒，恐怕她不以为她的身体也是血肉。

小莺上身只紧紧的穿着一件背褡，——这在我是见惯了的，我却不因见惯了而不觉得她是这样裸身。我看一看小莺，又看一看老三。小莺正是年青的老三。这小小一间屋子就摆出了老三的一生。这是我的记忆。老三自己呢，她无所谓老，无所谓年青，老也是她的年青，年青也是她的老。她确老了，她不比小莺怕热，所以她穿了一件单褂。

我在那样想，她把褂子解开了，朝背上抓痒。

“抽烟倒算得一个，别的就不会！”

这一骂，我又偏头看小莺，——小莺拿起烟卷抽。

小莺不理她，望着我笑。我说：

“你替阿姨抓一抓痒，背上自己抓不够。”

“不要你说空话！”

老三对我厉声一句，此刻她的褂子已经披下了。

我的面前两个赤臂。

“你坐在我这里，我实在不叫你多谢。”

她的褂子又穿上了。这一句话是半笑的说。然而我知她言出于衷，她简直希望我年青，不年青而一样的爱嫖妓也好，嫖她的小莺。

这一两天妓院里很少有顾客罢。

我打算走，但雨还是下个不住。我的心好比那汙湿的泥地，想干净也干净不起来，古怪的难堪。我之常到老三这（里）来，又好比那落叶落下了泥，狂风也吹它不开，——我要看她，一直看到她死。

雨呵,你下得连天连地都是一个阴暗,就是老三也不能算做例外!

真的,雨天老三有忧愁,同她的打皱的皮肤相称,——自然,这是我的比较,她不会看见她皮肤的打皱,正如不会看见小莺的肥白,抓痒只是抓,鞭小莺只是鞭而已。然而,无论如何,我得修正我篇首的话,老三是有生命的,倘若这样的忧愁算得生命。

小莺她倒在床上唱,——她令我想起浴泥的猪!

唱的是老调。我有这么大的岁数,与我的岁数成比例我听了多少年青的妓女这样唱。可是,以前,听而已,晓得是“妓女告状”,阎王面前告状,从未留心去理会状词。今天我仔细听小莺唱——

“……牛头哇马面——两边排。一岁呀两岁——不对不对,唱错了……”

这当然不是状词,我望她一望——嗳呀……

我跑上前去——已经扑通一声响!她的脚顺便朝桌上一放,茶壶踢得滚下来了。

小莺立刻翻起来,面孔是土色。

我也失了知觉。失了知觉却还觉得:没有办法,静候老三去鞭。

老三确是连忙跑上前去。我没有听见什么声响。她背着我遮住了小莺。

小莺的面孔又对我,我看得见她有一颗眼泪,整个的土色添了颊上一块红,两个指头掐〔掐〕的。

老三见了茶壶不中用,连碎片又丢下。再是巴掌拍拍的打。

我的荷包里有一张五块钱的票子，我掏出来，拉住老三：“喂，喂，这张票子拿去买。”老三更是拚命的打，但我一听她张喊的声音，知道这一打是作不打的下场。

接了票子，老三又有一点思索的神情，横着眼睛射小莺一眼。我也知道呵，她疑心我的荷包里还时常有钱，疑心我给了小莺没有给她！

不过两个月的光景，老三一病不起。众口一词说她的箱子里积下了不少的钱，钥匙系在她的裤带子上。老三名字上真要加“死”这个形容词的时候，钥匙自然给谁解下了，不知是否有钱，多少？但老三的丧事办得颇丰盛。

老三死的前两天，她对我哭。我是多长多长的时间不见老三哭呵。她要我替她算命，看她死不死。我素来是说我会算命的。我说：

“不要紧，好好的躺着，命上不注死。”

唔，老三是有生命的！

小莺穿着一件背褡跑出跑进，跑得很是轻便。我看她不时同那所谓王八者比肩而立，低声说什么。

天气热得很，老三的胸部完全袒开。

我到底还是这样想——

“这里是把她生了也就把她死了的一个人。”

众口一词说老三死了，同时我看见抬进一个白木棺材。时候快要夜。

我听见小莺哭，有人挽着小莺叫不要哭。我走了。

我探得了棺材必经的路，第二天清早，我站在路旁。

头上插鸡毛的，吹号的，小孩子散纸钱的，应有尽有，都是此地杠房习用的人物。一个驼背打锣，走在最前，时而又站住等。

最后是棺材呵，我认识这个棺材！涌着，涌着，都是汗流的人面，——唉，那一个，杠子虽扛在肩上，他是夹在当中打瞌睡。

（一九二七年四月）

一段记载[①]

一

风暴后的夜，我照例到火神庙去看我的小朋友。说是小，其实已经是二十来岁，但我要这样称呼他才称心，吐一口热气可以把他吞进去似的。

一进庙门，我有一点凛然，仿佛怕趁这时动作起来了，——我知道在那漆黑的殿角里有着狰狞的放火将军。

我用力的踏几脚，告诉我的小朋友我来了。虽然黑得没有什么，

① 载《语丝》周刊 1927 年 4 月 23 日第 128 期，署名废名，文末署："一九二七，四，十。"

伸手去摸一定有一扇门，他一定在里面，来的也一定是他的先生。庙里的唯一的聋子和尚这时是在那边曲肱而枕之。

果然得的一声火柴。

我们宛如立刻生下地，立刻又各自照样的长大了：我几根翘胡子，他面黄得近——这里实在要用一个“死”字呵。鬼火一般的灯火是来得那么快。

“先生，我今天在西门外跑了一趟。”

我靠着他写字的桌子坐，向他，听他的话，然而先入为主者有他的笔，——我简直是一只眼睛看定了他，一只眼睛也就落住了他的笔。

“啊，你在西门外跑了一趟？”

他的话已经到夜——到夜里死去了罢，然而我这样答。

“今天一天是下雨哩。”

我又说，似乎不相信他在西门外跑了一趟。大概是相信了这一个事实：我还没有见过我的小朋友有伞。但我依然从我的脑里赶不走那一只笔。

“有意到风暴下去走，我却还是今天。”

我想一想今天的大雨，设身我走在大雨下的西门的旷野，雨下得看不见那里有人走，——但此刻这人明明坐在我的面前。

我才觉得我的小朋友是这样的坐在我的面前，我与他之间，只有既然有灯则不能推开的光。

“最初雨还不大，望见一阵乌云快要到头上——但我是走到了一棵大树之下。”

“那很好，——倘若我也在场，我将念 Edgar 的话你听：

Here，father，take the shadow of this tree

For your good host…………（”）

我的小朋友对我笑，笑得是那样冷。

“树脚下有一块石头，我拾起来拚命的一丢，——先生，我实在是丢来玩一玩的。”

“是的。”

“但等到这石头又落到地上——我丢不出！”

唔，我原晓得他是丢他自己。

“先生，我立刻借得了一把伞。”

“那很好。”

我连忙说。但我颇奇怪。

“先生猜我向谁借的？”

他又是那样的冷笑。

“你应该向这谁道谢就是了，我以为。”

“倘若这谁就是我之母呵！我到底没有‘来’，无所谓‘去’！那么眼泪还是眼泪，依照大家的意见宝贵下去！——哈哈哈，我见惯了陈列馆为它备了各样饵品的猴子！”

“唔——”

但这个音波被我的两唇挡住了。波动了空气的是慢慢来一个——

“啊。”

这就表示我了然了，无须再说下去。我刚才奇怪得有理。伞是死人的，带了胎儿死去了的产妇的，——列位，贵处有此风俗么，产妇死了坟前放一雨伞？

我的小朋友虽则不过二十来岁，他是一个侦探，“生”之侦探。昨天他拿这几行字我看——

我把眼泪当唾味〔沫〕吐！——
我跳不过这什么一种的如来之掌，
我不能不做一个死尸的活人以反抗。

他慢慢又说：

“先生，请为我解答：诗人，‘世人皆欲杀’；世人对于唱这样句子的诗人——

……that the Everlasting had not fix' d
His canon 'gainst self-slaughter !

将如何？”

“哈哈哈。”

我没有答，他又笑。

“这个事实叫我来报告，我殊不作如是口吻，——他还不是一个侦探。”

他又说。

二

约莫过了十天，我坐在我的屋子里，是风暴后的下午，街上很是哄然，我听去——我站起……

分明是——

“西门外雷打死了人！”

“西门外雷打死了人，快去看！”

我走出西门，我的邻近的一个孩子迎上前来对我呼喊：

“先生，你认识他，是不是？”

“啊，啊。”

大树之下，人山人海，声音的嘈杂怕要到天上才不听见——

“没有听说他有家族。”

“一定是居心谋杀人！”

“非示众三天不可！”

“自然要示众。”

我是插在众人当中去面识……

接连三天，小小的一个棺材摆在旷野之上，——棺材据说是慈善会施舍的。

我很踌躇，留在世间还有——笔呵，我把你收藏起来吗？

（一九二七年四月）

桃园①

王老大只有一个女孩儿，一十三岁，病了差不多半个月了。王老大一晌以种桃为业，住的地方就叫做桃园，——桃园简直是王老大的另一个名字。在这小小的县城里再没有别个种了这么多的桃子。

桃园孤单得很，唯一的邻家是县衙门，——这也不能够叫桃园热闹，衙门口的那一座“照墙”望去已经不现其堂皇了，一眨眼就要钻

① 载《古城》周刊1927年11月27日第1卷第11期，署名废名。文前编者按语：“废名先生以前在《语丝》周刊发表著作甚多。他的作品想也用不着我们再为读者特别介绍。这是废名先生小说集中一篇未经发表过的作品。蒙允许在本刊发表，不胜荣幸！特志数语，以表谢忱。”又载《小说月报》1928年1月10日第19卷第1号，署名废名，文末署：“一九二七，九，二二。”

进地底里去似的，面〔而〕照墙距“正堂”还有好几十步之遥。照墙外是杀场，自从离开十字街头以来，杀人在这上面。说不定王老大得了这么一大块地就因为与杀场接壤哩。这里，倘不是有人来栽树木，也只会让野草生长下去。

桃园的篱墙的一边又给城墙做了。但这时常惹得王老大发牢（骚），城上的游人可以随手摘他的桃子吃。他的阿毛倒不大在乎，她还替城墙栽了一些牵牛花，花开的时候，许多女孩子跑来玩，兜了花回去。上城看得见红日头，——这是指西山的落日，这里正是西城。阿毛每每因了这一个日头再看一看照墙上画的那天狗要吃的一个，也是红的。当那春天，桃花遍树，阿毛高高的望着园里的爸爸道：

“爸爸，我们桃园两个日头。”

话这样说，小小的心儿实是满了一个红字。

你这日头，阿毛消瘦得多了，你一点也不减你的颜色！

秋深的黄昏。阿毛病了也坐在门槛上玩，望着爸爸取水。桃园里面有一口井。桃树，长大了的不算又栽了小桃，阿毛真是爱极了，爱得觉着自己是一个小姑娘，清早起来辫子也没有梳！桃树仿佛也知道了，阿毛姑娘今天一天不想端碗扒饭吃哩。爸爸担着水桶林子里穿来穿去，不是把背弓了一弓就要挨到树叶子。阿毛用了她的小手摸过这许多的树，不，这一棵一棵的树是阿毛一手抱大的！——是爸爸拿水浇得这么大吗？她记起城外山上满山的坟，她的妈妈也有一个，——妈妈的坟就在这园里不好吗？爸爸为什么同妈妈打架呢？有一回一箩桃子都踢翻了，阿毛一个一个的朝箩里拣！天狗真个把日头吃了怎么办呢？……

阿毛看见天上的半个月亮了。天狗的日头，吃不掉的，到了这个时分格外的照澈她的天，——这是说她的心儿。

秋天的天实在是高哩。这个地方太空旷吗？不，阿毛睁大了的眼睛叫月亮装满了，连爸爸已经走到了园的尽头她也没有去理会。月亮这么早就出来！有的时候清早也有月亮！

古旧的城墙同瓦一般黑，墙砖上青苔阴阴的绿，——这个也逗引阿毛。阿毛似乎看见自己的眼睛是亮晶晶的！她不相信天是要黑下去，——黑了岂不连苔也看不见？——她的桃园倘若是种橘子才好，苔还不如橘子的叶子是真绿！她曾经在一个人家的院子旁边走过，一棵大橘露到院子外，——橘树的浓阴俨然就遮映了阿毛了！但小姑娘的眼睛里立刻又是一园的桃叶。

阿毛如果道得出她的意思，这时她要说不称意罢。

桃树已经不大经得起风，叶子吹落不少，无有精神。

阿毛低声的说了一句：

“桃树你又不是害病哩。”

她站在树下，抱着箩筐，看爸爸摘桃，林子外不像再有天，天就是桃，就是桃叶，——是这个树吗？这个树，到明年又是那么茂盛吗？那时她可不要害病才好！桃花她不见得怎样的喜欢，风吹到井里去了她喜欢！她还丢了一块石头到井里去了哩，爸爸不晓得！（这就是说没有人晓得）…………

“阿毛，进去，到屋子里去，外面风很凉。”

王老大走到了门口，低下眼睛看他的阿毛。

阿毛这才看见爸爸脚上是穿草鞋，——爸爸走路不响。

“爸爸，你还要上街去一趟不呢？”

“今天太晚了，不去，——起来。”

王老大歇了水桶伸手挽他的阿毛。

“瓶子的酒我看见都喝完了。”

“喝完了我就不喝。”

爸爸实在是好，阿毛可要哭了！——当初为什么同妈妈打架呢？半夜三更还要上街去！家里喝了不算还要到酒馆里去喝！但妈妈明知道爸爸在外面没有回也不应该老早就把门关起来！妈妈现在也要可怜爸爸罢！

“阿毛，今天一天没有看见你吃点什么，老是喝茶，茶饱得了肚子吗？我爸爸喝酒是喝得饱肚子的。”

“不要什么东西吃。”

慢慢又一句：

“爸爸，我们来年也买一些橘子来栽一栽。”

“买一些橘子来栽一栽！你晓得你爸爸活得几年？等橘子结起橘子来爸爸进了棺材！”

王老大向他的阿毛这样说吗？问他他自己也不答应哩。但阿毛的橘子连根拔掉了。阿毛只有一双瘦手。刚才，她的病色是橘子的颜色。

王老大这样的人，大概要喝了一肚子酒才不是醉汉。

“这个死人的地方鬼也晓得骗人！张四说他今天下午来，到了这么时候影子也不看见他一个！”

“张四叔还差我们钱吗？”阿毛轻声的说。

“怎么说不差呢？差两吊。”

这时月亮才真个明起来，就在桃树之上，屋子里也铺了一地。王老大坐下板凳脱草鞋，——阿毛伏在桌上睡哩。

“阿毛，到床上去睡。”

“我睡不着。”

“你想橘子吃吗？”

“不。”

阿毛虽然说栽橘子，其实她不是想到橘子树上长橘，一棵橘树罢了。她还没有吃过橘子。

“阿毛，你手也是热的哩！”

阿毛——心里晓得爸爸摸她的脑壳又捏一捏手，枕着眼睛真在哭。

王老大一门闩把月光都闩出去了。闩了门再去点灯。

半个月亮，却也对着大地倾盆而注，王老大的三间草房，今年盖了新黄稻草，比桃叶还要洗得清冷。桃叶要说是浮在一个大池子里，篱墙以下都湮了，——叶子是刚湮过的！地面到这里很是低洼，王老大当初砌屋，就高高的砌在桃树之上了。但屋是低的。过去，都不属桃园。

杀场是露场，在秋夜里不能有什么另外的不同，“杀”字偏风一般的自然而然的向你的耳朵吹，打冷噤，有如是点点无数的鬼哭的凝和，巴不得月光一下照得它干！越照是越湿的，越湿也越照。你不会去记问草，虽则湿的就是白天里极目而绿的草，——你只再看一看黄草屋！分明的蜿蜒〔蜒〕着，是路，路仿佛说它在等行人。王老大走得最多，月亮底下归他的家，是惯事，——不要怕他一脚踏到草里去，草露湿不了他的脚，正如他的酒红的脖子算不上月下的景致。

城垛子，一直排；立刻可以伸起来，固意缩着那么矮，而又使劲的白，是衙门的墙；簇簇的瓦，成了乌云，黑不了青天……

这上面为什么也有一个茅屋呢？行人终于这样免不了出惊。

茅屋大概不该有。

其实，就王老大说，世上只有三间草房，他同他的阿毛睡在里面，他也着实难过，那是因为阿毛睡不着了。

衙门更锣响。

“爸爸，这是打更吗？”

“是。”

爸爸是信口答着。

这个令阿毛快爽：深夜响锣。她懂得打更，很少听见过打更。她又紧紧的把眼闭住——她怕了。这怕，路上的一块小石头恐怕也有关系。声音是慢慢的度来，度过一切，到这里，是这个怕。

接着是静默。

“我要喝茶。”

阿毛说。

灯是早已吹熄了的，但不黑，王老大翻起来摸茶壶。

“阿毛，今天十二，明天，后天，十五我引你上庙去烧香，去问一问菩萨。”

“是的。”

阿毛想起一个尼姑，什么庙的尼姑她不知道，记得面孔，——尼姑就走进了她的桃园！

那正是桃园茂盛时候的事，阿毛一个人站在篱墙门口，一个尼姑歇了化施来的东西坐在路旁草上，望阿毛笑，叫阿毛叫小姑娘。尼姑的脸上尽是汗哩。阿毛开言道：

“师父你吃桃子吗？”

“小姑娘你把桃子我吃吗？——阿弥陀佛！”

阿毛回身家去，捧出了三个红桃。阿毛只可惜自己上不了树到树上去摘！

现在这个尼姑走进了她的桃园，她的茂盛的桃园。

阿毛张一张眼睛——

张了眼是落了幕。

阿毛心里空空的，什么也没有想，只晓得她是病。

“阿毛，不说话一睡就睡着了。”

王老大就闭了眼睛去睡。但还要一句——

“要什么东西吃明天我上街去买。”

“桃子好吃。”

阿毛并不是说话说给爸爸听，但这是一声霹雳，爸爸的眼睛简直呆住了，突然一张，上是屋顶。如果不是夜里，夜里睡在床上，阿毛要害怕她说了一句什么叫爸爸这样！

桃子——王老大为得桃子同人吵过架，成千成万的桃子逃不了他的巴掌，他一口也嚼得一个，但今天才听见这两个字！

“现在那里有桃子卖呢？”

一听声音话是没有说完。慢慢却是——

“不要说话，一睡就睡着了。”

睡不着的是王老大。

窗孔里射进来月光。王老大不知怎的又是不平！月光居然会移动，他的酒瓶放在一角，居然会亮了起来！王老大怒目而视。

阿毛说过，酒都喝完了。瓶子比白天还来得大。

王老大恨不得翻起来一脚踢破了它！世界就只是这一个瓶子——踢破了什么也完了似的！

王老大挟了酒瓶走在街上。

“十五，明天就是十五，我要引我的阿毛上庙去烧香。”

低头丧气的这么说。

自然，王老大是上街来打酒的。

“桃子好吃，”阿毛的这句话突然在他的心头闪起来了，——不，王老大是站住了，街旁歇着一挑桃子，鲜红夺目得利害。

“你这是桃子吗？！”

王老大横了眼睛走上前问。

“桃子拿玻璃瓶子来换。”

王老大又是一句：

“你这是桃子吗？！”

同时对桃子半鞠了躬，要伸手下去。

桃子的主人不是城里人，看了王老大的样子一手捏得桃子破，也伸下手来保护桃子，拦住王老大的手——

“拿瓶子来换。”

“拿钱买不行吗？”

王老大抬了眼睛，问。但他已经听得背后有人嚷——

“就拿这一个瓶子换。”

一看是张四，张四笑嘻嘻的捏了王老大的酒瓶，——他从王老大的胁下抽出瓶子来。

王老大欢喜极了：张四来了，帮同他骗一骗这个生人！——他的酒瓶那里还有用处呢？

“喂，就拿这一个瓶子换。”

“真要换，一个瓶子也不够。”

张四早已瞧见了王老大的手心里有十好几个铜子，道：

“王老大，你找他几个铜子。”

王老大耳朵听，嘴里说，简直是在自己桃园卖桃子的时候一般模样。

“我把我的铜子都找给你行吗？”

“好好，我就给你换。”

换桃子的收下了王老大的瓶子，王老大的铜子张四笑嘻嘻的接到手上一溜烟跑了。

王老大捧了桃子——他居然晓得朝回头的路上走！桃子一连三个，每一个一大片绿叶，王老大真是不敢抬头了。

“王老大，你这桃子好！”

路上的人问。王老大只是笑，——他还同谁去讲话呢？

围拢来四五个孩子，王老大道：

“我替我阿毛买来的。我阿毛病了要桃子。”

“这桃子又吃不得哩。”

是的，这桃子吃不得，——王老大似乎也知道！但他又低头看桃子一看，想叫桃子吃得！

王老大的欢喜确乎走脱不少，然而还是笑——

“我拿我阿毛看一看——”

乒乓！

“哈哈哈，桃子玻璃做的！”

“哈哈哈，玻璃做的桃子！”

孩子们并不都是笑，——桃子是一个孩子撞跌了的，他，他的小小的心儿没有声响的碎了，同王老大双眼对双眼。

（一九二七年九月）

菱荡①

陶家村在菱荡圩的坝上，离城不过半里，下坝过桥，走一个沙洲，到城西门。

一条线排着，十来重瓦屋，泥墙，石灰画得砖块分明，太阳底下更有一种光泽，表示陶家村总是兴旺的。屋后竹林，绿叶堆成了台阶的样子，倾斜至河岸，河水沿竹子打一个湾，潺潺流过。这里离城才是真近，中间就只有河，城墙的一段正对了竹子临水而立。竹林里一

① 载《北新》周刊1928年2月16日第2卷第8号，目录署名冯文炳，正文署名废名，文末署："一九二七，十，十八。"

条小路，城上也窥得见，不当心河边忽然站了一个人，——陶家村人出来挑水。落山的太阳射不过陶家村的时候（这时游城的很多）少不了有人攀了城垛子探首望水，但结果城上人望城下人，仿佛不会说水清竹叶绿，——城下人亦望城上。

陶家村过桥的地方有一座石塔，名叫洗手塔。人说，当初是没有桥的，往来要“摆渡”。摆渡者，是指以大乌竹做成的筏载行人过河。一位姓张的老汉，专在这里摆渡过日，头发白得像银丝。一天，何仙姑下凡来，度老汉升天，老汉道：“我不去。城里人如何下乡？乡下人如何进城？”但老汉这天晚上死了。清早起来，河有桥，桥头有塔。何仙姑一夜修了桥。修了桥洗一洗手，成洗手塔。这个故事，陶家村的陈聋子独不相信，他说，“张老头子摆渡，不是要渡钱吗？”摆渡依然要人家给钱他，同聋子“打长工”是一样，所以决不能升天。

塔不高，一棵大枫树高高的在塔之上，远路行人总要歇住乘一乘阴。坐在树下，菱荡圩一眼看得见，——看见的也仅仅只有菱荡圩的天地了，坝外一重山，两重山，虽知道隔得不近，但树林是山腰。菱荡圩算不得大圩，花蓝（篮）的形状，花蓝（篮）里却没有装一朵花，从底绿起，——若是荞麦或油菜花开的时候，那又尽是花了。稻田自然一望而知，另外树林子堆的许多球，那怕城里人时常跑到菱荡圩来玩，也不能一一说出，那是村，那是园，或者水塘四围栽了树。坝上的树叫菱荡圩的天比地更来得小，除了陶家村以及陶家村对面的一个小庙，走路是在树林里走了一圈。有时听得斧头斫树响，一直听到不再响了还是一无所见。那个小庙，从这边望去，露出一幅白墙，虽是深藏也逃不了是一个小庙。到了晚半天，这一块儿首先没有太阳，树色格外深。有人想，这庙大概是村庙，因为那么小，实在同它背后山腰里的水竹寺差不多大小，不过水竹寺的林子是远山上的竹林罢了。城里人有终其身没有向陶家村人问过这庙者，终其身也没有再见过这么白的墙。

陶家村门口的田十年九不收谷的，本来也就不打算种谷，太低，四季有水，收谷是意外的丰年。（按，陶家村的丰年是岁旱。）水草连着菖蒲，菖蒲长到坝脚，树阴遮得这一片草叫人无风自凉。陶家村的牛在这坝脚下放，城里的驴子也在这坝脚下放。人又喜欢伸开他的手脚躺在这里闭眼向天。环着这水田的一条沙路环过菱荡。

菱荡圩是以这个菱荡得名。

菱荡属陶家村，周围常青树的矮林，密得很。走在坝上，望见白水的一角。荡岸，绿草散着野花，成一个圈圈。两个通口，一个连菜园。陈聋子种的几畦园也在这里。

菱荡的深，陶家村的二老爹知道，二老爹是七十八岁的老人，说，道光十九年，剩了他们的菱荡没有成干土，但也快要见底了。网起来的大小鱼真不少，鲤鱼大的有二十斤。这回陶家村可热闹，六城的人来看，洗手塔上是人，荡当中人挤人，树都挤得稀疏了。

菱叶差池了水面，约半荡，余则是白水。太阳当顶时，林茂无鸟声，过路人不见水的过去。如果是熟客，绕到进口的地方进去玩，一眼要上下闪，天与水。停了脚，水里唧唧响，——水仿佛是这一个一个的声音填的！偏头，或者看见一人钓鱼，钓鱼的只看他的一根线。一声不响的你又走出来了。好比是进城去，到了街上你还是菱荡的过客。

这样的人，总觉得有一个东西是深的，碧蓝的，绿的，又是那么圆。

城里人并不以为菱荡是陶家村的，是陈聋子的。大家都熟识这个聋子，喜欢他，打趣他，尤其是那般洗衣的女人，——洗衣的多半住在西城根，河水涸了到菱荡来洗。菱荡的深，这才被他们搅动了。太阳落山以及天刚刚破晓的时候，坝上也听得见他们喉咙叫，甚至，衣篮太重了坐在坝脚下草地上“打一栈”的也与正在捶捣杵的相呼应。野花做了他们的蒲团，原来青青的草他们踏城〔成〕了路。

陈聋子，平常略去了陈字，只称聋子。他在陶家村打了十几年长工，轻易不见他说话，别人说话他偏肯听，大家都嫉妒他似的这样叫他。但这或者不始于陶家村，他到陶家村来似乎就没有带来别的名字了。二老爹的园是他种，园里出的菜也要他挑上街去卖。二老爹相信他一人，回来一文一文的钱向二老爹手上数。洗衣女人问他讨萝葡吃——好比他正在萝葡田里，他也连忙拔起一个大的，连叶子给她。不过问萝葡他就答应一个萝葡，再说他的萝葡不好，他无话回，笑是笑的。菱荡圩的萝葡吃在口里实在甜。

菱荡满菱角的时候，菱荡里不时有一个小划子，（这划子一个人背得起）坐划子菱叶上打回旋的常是陈聋子。聋子到那里去了，二老爹也不知道，二老爹或者在坝脚下看他的牛吃草，没有留心他的聋子进菱荡。聋子挑了菱角回家——聋子是在菱荡摘菱角！

聋子总是这样的去摘菱角，恰如菱荡在菱荡圩不现其水。

有一回聋子送一篮菱角到石家井去，——石家井是城里有名的巷子，石姓所居，两边院墙夹成一条深巷，石铺的道，小孩子走这里过，固意踏得响，逗回声。聋子走到石家大门，站住了，抬了头望院子里的石榴，仿佛这样望得出人来。两匹狗朝外一奔，跳到他的肩膀上叫。一匹是黑的，一匹白的，聋子分不开眼睛，尽站在一块石上转，两手紧握篮子，一直到狗叫出了石家的小姑娘，替他喝住狗。石家姑娘见了一蓝〔篮〕红菱角，笑道："是我家买的吗？"聋子被狗呆住了的模样，一言没有发，但他对了小姑娘牙齿都笑出来了。小姑娘引他进门，一会儿又送他出门。他连走路也不响。

以后逢着二老爹的孙女儿吵嘴，聋子就咕噜一句：

"你看街上的小姑娘是多么好！"

他的话总是这样的说。

一日，太阳已下西山，青天罩着菱荡圩照样的绿，不同的颜色，坝上庙的白墙，坝下聋子人一个，他刚刚从家里上园来，挑了水桶，挟了锄头。他要挑水浇一浇园里的青椒。他一听——菱荡洗衣的有好几个。风吹得很凉快。水桶歇下畦径，荷锄沿畦走，眼睛看一个一个的茄子。青椒已经有了红的，不到跟前看不见。

走回了原处，扁担横在水桶上，他坐在扁担上，拿出烟竿来吃。他的全副家伙都在腰边。聋子这个脾气利害，倘是别个，二老爹一天少不了啰苏几遍，但是他的聋子。（圩里下湾的王四牛却这样说：一年四吊毛钱，不吃烟做什么？何况聋子挑了水，卖菜卖菱角！）

打火石打得火喷，——这一点是陈聋子替菱荡圩添的。

吃烟的聋子是一个驼背。

衔了烟偏了头，听——

是张大嫂，张大嫂讲了一句好笑的话。聋子也笑。

烟竿系上腰。扁担挑上肩。

“今天真热！”张大嫂的破喉咙。

“来了人看怎么办？”

“把人热死了怎么办？”

两边的树还遮了挑水桶的，水桶的一只已经进了菱荡。

“嗳呀——”

“哈哈哈，张大嫂好大奶！”

这个绰号鲇鱼，是王大妈的第三的女儿，刚刚洗完衣同张大嫂两人坐在岸上。张大嫂解开了她的汗湿的褂子兜风。

“我道是谁——聋子。”

聋子眼睛望了水，笑着自语——

“聋子！”

（一九二七年十月）

跋[1]

议论人家的事情很不容易，但假如这是较为熟识的人，那么，这事更不容易，有如议论自己的事情一样，不知怎么说才得要领。《桃园》的著者可以算是我的老友之一，虽然我们相识的年数并不大多，只是谈论的时候却也不少，所以思想上总有若干相互的了解。然而要问废名君的意见到底是如何，我就觉得不能够简单地说出。从意见的异同上说，废名君似很赞同我所引的说蔼理斯是叛徒与隐逸合一的话，他现在隐居于西郊农家，但谈到有些问题他的思想似乎比我更为激烈；

① 开明版目录为《跋（周作人先生）》，正文题为《桃园跋》。

废名君很佩服狭斯比亚，我则对于这个大戏曲家纯是外行，正如对于戏曲一切。废名君是诗人，虽然是做着小说；我的头脑是散文的，唯物的，我所能说的大略就是这一点。

但是我颇喜欢废名君的小说，这在《竹林的故事》的序上已经说过。我所喜欢的第一是这里面的文章。《笑府》载乡人喝松萝泉水茶称赞茶热得好，我这句话或者似乎有同样的可笑。“然而不然”。文艺之美，据我想形式与内容要各占一半，近来创作不大讲究文章，也是新文学的一个缺陷。的确，文坛上也有做得流畅或华丽的文章的小说家，但废名君那样简炼的却很不多见。在《桃园》中随便举一个例，如三十六页上云：

“铁里渣在学园公寓门口买花生吃！

程厚坤回家。

达材想了一想，去送厚坤？—已经走到了门口。

达材如入五里雾中，手足无所措，—当然只有望着厚坤喊。……”

这是很特别的，简洁而有力的写法，虽然有时候会被人说是晦涩。这种文体于小说描写是否唯一适宜我也不能说，但在我的喜含蓄的古典趣味（又是趣味，）上觉得这是一种很有意味的文章。其次，废名君的小说里的人物也是颇可爱的。这里边常出现的是老人，少女与小孩。这些人与其说是本然的，无宁说是当然的人物；这不是著者所见闻的实人世的，而是所梦想的幻景的写象，特别是长篇《无题》中的小儿女，似乎尤其是著者所心爱，那样慈爱地写出来，仍然充满人情，却几乎有点神光了。年青的时候读日本铃木三重吉的《千代纸》中几篇小说，我看见所写的幻想的少女，也曾感到仿佛的爱好。在《桃园》里有些小说较为特殊，与著者平常的作品有点不同，但是，就是在这里，例如张先生与秦达材，他们即使不讨人家的喜欢，也总不招人家的反感，无论言行怎么滑稽，他们的身边总围绕着悲哀的空气。废名君小说中的人物，不论老的少的，村的俏的，都在这一种空气中行动，好像是在黄昏天气，在这时候朦胧暮色之中一切生物无生物都消失在里面，都觉得互相亲近，互相和解。在这一点上废名君的隐逸性似乎是很占了势力。

说了好些话终于是不得要领。这也没法，也不要紧，我在上边已经说过，这是不会得要领的。而且我本来不是来批评《桃园》和废名君，不过因为曾经对废名君说给他在《桃园》后面写一篇小文，现在写这一篇送给他以了旧欠罢了。十七年十月三十一日，于北平市，岂明。

枣

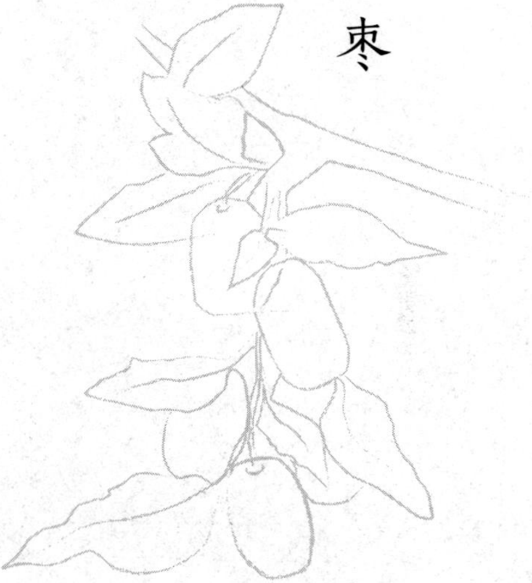

开明书店1931年10月初版“普及本”，收短篇小说8篇。书首有岂明（周作人）《枣和桥的序》，未列入目录。

周序[①]

最初废名君的《竹林的故事》刊行的时候，我写过一篇序，随后《桃园》出板，我又给他写了一篇跋。现在这《枣》和《桥》两部书又要印好了，我觉得似乎不得不再来写一篇小文，——为什么呢？也没有什么理由，只是想借此做点文章，并未规定替废名君包写序文，而且实在也没有多少意思要说，又因为太懒，所以只预备写一篇短序，给两部书去合用罢了。

废名君的小说，差不多每篇我都是读过了的。这些长短篇陆续在报章杂志上发表，我陆续读过，但也陆续地大都忘记了。读小说看故

① 初版本题为《枣和桥的序》，未列入目录。

事，从前是有过的，有如看电影，近来不大热心了：讲派别，论主义，有一时也觉得很重要，但是如禅和子们所说，依旧眼在眉毛下，日光之下并无新事，归根结蒂，赤口白舌，都是多事。分别作中的人物，穿凿著者的思想，不久还是喜欢做，即如《桃园》跋中尚未能免，可是想起来煞是可笑，口口声声称赞“不知为不知”的古训，结局何曾受用得一毫分。俗语云，“吃过肚饥，话过忘记，”读过也就忘记，原是莫怪莫怪。然而忘记之余却也并不是没有记得的东西，这就是记得为记得，似乎比较地是忠实可靠的了。我读过废名君这些小说所未忘记的是这里边的文章。如有人批评我说是买椟还珠，我也可以承认，聊以息事宁人，但是容我诚实地说，我觉得废名君的著作在现代中国小说界有他独特的价值者，其第一的原因是其文章之美。

关于文章之美的话，我前在《桃园》跋里已曾说及，现在的意思却略有不同。废名君用了他简炼的文章写所独有的意境，固然是很可喜，再从近来文体的变迁上着眼看去，更觉得有意义。废名君的文章近一二年来很被人称为晦涩。据友人在河北某女校询问学生的结果，废名君的文章是第一名的难懂，而第二名乃是平伯。本来晦涩的原因普通有两种，即是思想之深奥或混乱，但也可以由于文体之简洁或奇僻生辣，我想现今所说的便是属于这一方面。在这里我不禁想起明季的竟陵派来。当时前后七子专门做假古董，文学界上当然生了反动，这就是公安派的新文学运动。依照文学发达的原则，正如袁中郎自己所预言，“夫法因于敝而成于过者也：矫六朝骈丽饤饾之习者以流丽胜，饤饾者固流丽之因也，然其过在轻纤，盛唐诸人以阔大矫之；已阔矣，又因阔而生莽，是故续盛唐者以情实矫之；已实矣，又因实而生俚，是故续中唐者以奇僻矫之。”公安派的流丽遂亦不得不继以竟陵派的奇僻，我们读三袁和谭元春刘侗的文章，时时感到这种消息，令人慨然。公安与竟陵同是反拟古的文学，形似相反而实相成，观于张宗子辈之融和二者以成更为完美的文章可以知之，但是其间变迁之故却是很可思的。民国的新文学差不多即是公安派复兴，惟其所吸收的外来影响不止佛教而为现代文明，故其变化较丰富，然其文学之以流丽取胜初无二致，至“其过在轻纤”，盖亦同样地不能免焉。现代的文学悉本于“诗言志”的主张，所谓“信腕信口皆成律度”的标准原是一样，但庸熟之极不能不趋于变，简洁生辣的文章之兴起，正是当然的事，我们再看诗坛上那种“豆腐干”式的诗体如何盛行，可以知道大势所趋了。诗的事情我不知道，散文的这个趋势我以为是很对的，同是新文学而公安之后继以竟陵，犹言志派新文学之后总有载道派的反动，此正是运命的必然，无所逃于天壤之间。进化论后笃生尼采，有人悦服其超人说而成诸领袖，我乃只保守其世事轮回的落伍意见，岂不冤哉。

废名君近作《莫须有先生传》，似与我所说的话更相近一点，但是等他那部书将要出板，我再来做序时，我的说话又得从头去另找了。二十年七月五日，岂明。

小五放牛[①]

我现在想起来，陈大爷原来应该叫做“乌龟”，不是吗？

那时我是替油榨房放牛，牵牛到陈大爷的门口来放。离我们榨房最近的地方只有陈大爷的门口有草吃。陈大爷是我的好朋友。他喜欢打骨牌，就把他的骨牌拿到草地上来同我打。我是没有钱的，陈大爷也没有钱，但打牌总是好玩的事。两个人当然是“搬家”，陈大爷总是给我搬空了，一十六双骨牌都摆在我的面前。我赢了我又觉得不好玩。我不捉弄陈大爷。有些孩子也时常跑来玩，捉弄陈大爷，比如陈

① 载《小说月报》1928年2月10日第19卷第2号，署名废名。

大爷坐在粪缸上拉矢，他们拿小石头掷过去，石头不是碰了陈大爷的屁股就是陈大爷的屁股碰了一两滴粪。有一回陈大爷要骑我的牛玩，我却赶得牛飞跑，跌了陈大爷一交。毛妈妈总是骂陈大爷，比如陈大爷跟我们一路去赶狗——狗在那里“连屁股”，回来毛妈妈骂道：

“亏你这么小的孩子！”

毛妈妈也给我一个当头棒：

“滚出去！”

我的一只腿已经跨进了陈大爷的门槛，连忙又退出来，退到草地上。草地上毛妈妈无论如何是不敢赶我的。

我还是钉了眼睛去伺望陈大爷，陈大爷低了脑壳坐在那里动也不动一动。

陈大爷大概跑得累了，他的样子实在像一个老猴。我后悔我不该同陈大爷一路玩。

一看陈大爷望了我笑，我又跑去看我的牛。

这位毛妈妈我不大喜欢，并不因为她骂我，——骂我的人多着哩！她有点摆架子，老是端起她的白铜烟袋。她是一个胖堂客，走起路来脚跟对脚跟，仿佛地球都奈她不何，那么扭得屁股动，夸她的一双好小脚！我想，她身上的肉再多一斤，她的脚就真载不住了。

毛妈妈为什么叫做毛妈妈呢？我常是平白的这样纳罕问我自己。有一回问我们榨房的厨子，他答道：

“毛妈妈有毛。”

这当然是骂毛妈妈。厨子骂毛妈妈，我骂他：

“你也想毛妈妈罢！”

我又这样想过：毛妈妈是陈大爷的娘子吗？那么陈大爷是干什么的呢？这第二问使得我很有趣，我知道我没有问出来我的意思，但有一个意思。我是随便的想了一想罢了，见了陈大爷就一路玩耍。

这个则不成问题：王胖子是住在陈大爷家里，而毛妈妈决不是王胖子的娘子。

王胖子虽阔，我看他不起，他是一个屠户。我到现在见了人家穿纺绸裤子还是一点也不心羡，恐怕就是王胖子穿纺绸裤穿得讨厌了。

王胖子老是穿纺绸裤，——裤脚那么大，纺绸不要钱买哩！穿纺绸就应该穿袜，自己也晓得自己是一个屠户，不配穿袜，纺绸还不如拿来我小五穿！

正是这么热的一天，王胖子大摇大摆的走来。王胖子来了，风也来了，他的屁股简直鼓得起风！我看他皱了眉毛，嘴里只管嘘呀嘘呀的，心头着实凉快。我的牛见了王胖子来了也在那里喘气，一尾巴扫得蝇子飞。我立地翻了一个筋斗。

我们这个地，据说是一个球，我翻了筋斗起来什么变动也没有一个！王胖子同毛妈妈坐了一个竹榻，毛妈妈跷了脚端她的烟袋。陈大爷门口这几棵杨柳真是为这两个胖子栽的！但该竹榻吃亏。两个胖子，谁也没有打谁的招呼，谁也就是这样打招呼：一个偏了眼睛歇住不吹烟矢，一个一眼看定了扇子（毛妈妈的大腿上搁了一把蒲扇）拿过来嘁喳嘁喳的对裤裆里扇。满脸油汗，正是捉猪的王胖子，多了一条纺绸裤罢了。

王胖子大概再不热了，蒲扇又还了原。

我也坐到树脚下来乘一乘凉。

“吃饭没有？”

毛妈妈开口说话；说了话又衔了烟袋。

王胖子臂膊一掉，——毛妈妈的话虽来得娇，但小五也听见了，而王胖子凑近毛妈妈这么答：

“还有一脚没有卖掉。这么晚没有卖掉就卖不掉。”

“割半斤来炒青椒。”毛妈妈吞了烟说。

“打四两酒。”

王胖子这是吩咐他自己——但他光顾我小五了：

“小五，替我到店里去割半斤肉来，另外打四两酒。”

陈大爷叫我去我是去的，王胖子我回他一个摆头。

“你这个懒鬼，——告诉你的老板打你！”

“我的老板又不是请我来替你割肉哩。”

但我只是咕噜了一句。

“大爷那里去了呢？”

毛妈妈叫。

“这里——就来。”

大爷坐在粪缸上答。

大爷大概听见了为什么事喊他，裤子还没有扎好，一迳走到屋里去，——拿出了酒壶。

毛妈妈却喊一声——

“来！”

大爷就走近跟前来了。

“去把手洗一洗！”

毛妈妈从陈大爷的手上夺下了酒壶。

他们三人吃完饭，太阳已经落了山，是我牧童歌牛背的时候了。我连翻两个筋斗。王胖子喝酒喝得通红，——坐在那里解他的裤带子，解也解不开。

“要扎那么紧！”毛妈妈昂着脑壳拿了耳挖子钳她的牙齿，很叹息的说。

“你来帮把忙。”

王胖子站起来，——毛妈妈蹭〔蹲〕了下去，替他解。

这时由得我作主，我真要掷一块石头过去，打这个胖肚子！胖肚子偏要装进那么多。

陈大爷跟在我的牛后，很舍不得我的样子。我还回头看他打了一个圈圈儿玩再走。

（一九二七，十一，十。）

毛儿的爸爸①

毛儿晓得他的爸爸疼他。除了他的爸爸，别人捏他的耳朵，叫他小胖子，他就张大他的阔嘴，好像猪嘴，嚷："我告诉我爸爸。"爸爸也捏他的耳朵，那时他是双腿跨了爸爸的大腿，——这个名叫骑马。他三岁的时候，骑马是骑妈妈，妈妈还唱歌，现在上了学，妈妈不疼他了，他说。妈妈打他一巴掌，他也躲过一边来吞声的说一句："我告诉我爸爸。"这时不看见他的嘴，看见他的"老儿辫"：小胖子也垂头丧气的。但不一会儿又跑过去，妈妈正在厨房里乾〔干〕活，手

① 载《北新》周刊1929年1月1日第3卷第1号，署名废名。

上拿着菜刀，他钻头要吃奶的样子要饭熟了。老儿辫又好像一个猪尾巴，摆。人家也喜欢捏这小辫子玩。

“我一刀！”

妈妈喝他一声，但是怕刀碰了孩子的头。小胖子又站开了，墙上画字。

“妈，‘人’字你认得吗？——‘大’字。”

妈低头切菜。

赵志祥家的是一个美人。这是客观的描写。这话或者有语病，什么叫客观？不如就照大家的话：“赵志祥家的很贤快。”曾经有过这一句：“媳妇生得好看。”那时赵志祥是做新郎，十七八年前。赵志祥也一度的见美人：不敢抬头，抬头一见，好看的媳妇；仿佛一个人打开门迎面就见太阳，打不开眼睛，是要张开，眨眼。

赵志祥，赵志，赵胖子，爸爸，——都是他的爸爸，毛儿的爸爸。小胖子也到衙门口去玩，他听见里头喊赵志，就帮着爸爸道：“爸爸，喊你。”还有赵先生，那也是他的爸爸。好比乡下人，上街来告状的，——不晓得是人家告他的状还是他告人家，看他的样子是人家告他，望着赵先生的大门道：

“赵先生在家吗？”

开了门，没有人，赵志祥向来又不要狗。问赵先生的轻轻的走了。

毛儿同好几个孩子在门口玩。妈妈捏着针线活房里头走出来。

“毛，有人叫，是吗？”

“找我爸爸的。”

毛儿出现了一下他的阔嘴。只一现，又是老儿辫，好几个小脑壳当中。妈妈都不看，都看见了。

“你告诉他爸爸吃了饭就走了吗？”

毛儿连妈妈也不答应了，贪玩。他晓得找他爸爸是了。

赵志祥家的有点放不下。她在堂屋里坐了好大的工夫，刚一进房去乡下人就来了。赵志祥临走时告诉了她，说恐怕有一个人来找他。吃午饭的时候，她同毛儿两人吃，一位堂客进来了，说她的老板来了一趟，现在她来。赵志祥家的倒一碗茶这堂客喝。她很可怜她，看她的样子很可怜。这堂客很能说话，说了一气走了。赵志祥家的同她的毛儿饭还没有吃完。吃完了，她，筷子没有放下，读书人拿笔似的拿着，看她的毛儿吃。这个样子很美。这是客观的描写。她是一个得意的神气。但她还是可怜那乡下妇人，她后悔她没有问她吃饭没有。

“毛，饭冷了就不要吃。”

说着拿她的筷子伸到毛儿碗里把那一块肉夹出来。肉已经不好吃了，放在碗里好大的工夫。毛儿吃肉总是一筷子夹几块，吃一块多余的放在饭边下。爸爸在家吃饭就替他夹两筷子，一碗饭。

毛就放下他的半碗饭不要了。

赵志祥是衙吏，传案的。人都晓得赵志祥。晓得赵胖子的人更要多些。一日，那一日赵志祥“做孝子”，爸爸死了第三天，出殡，穿过大街，店铺的人，站在柜台里，伸头看，看到赵志祥，倒不认识赵志祥了。赵志祥生来胖，很白，那时正是冬天，孝衣衬了棉袄，棉袄衬了短棉袄，又是叫人看的，走路当然动，又不动，所以，大街上，棺材过了，大家一时都不说话，虽然笑，孝子！一个白胖子！——没有赵志祥。赵志祥再走一脚，看官冷落一下了，这一下子忘记买卖：

“赵志祥。”

或者：

“赵胖子，——赵胖子的爸爸什么时候走了？”

赵志祥渐渐的不是叫人看，他那样脖子不高一下，又不低，仿佛是生成的样子，不然就不是赵胖子。他什么也不知，后来知道他要小便。

三天前，赵志祥家的开始试一试她的孝衣，镜子里头她喜欢的看了一看了。十年以来她没有这一看，喜欢的看，虽然她欢喜照镜子，随便穿戴什么要照镜子。她平常也爱打扮，正如久当厨子的人不晓得东西好吃，做出来总好吃，总是那么做。穿上这一件白衣，她的孝衣，大概她没有看见过这个样子了，这个样子好看。的确，她头一回穿孝衣。她连忙把她的毛喊进房来。毛已经自己穿上了。毛的孝衣比毛长，白到地。爸爸的也比爸爸长。爸爸是孝子的孝衣，毛为得明年就要长高起来了。看了一看毛，她似乎忘记了什么，记不起什么。什么也没有。是她的毛。坐下，把毛拉到兜里，拿出她的小梳子来，捏住小辫子，道：

“重新扎一下。——不要同人打架，记得吗？”

又道：

“不要吵你爸爸，你爸爸两夜没有睡好觉，晓得吗？”

老儿辫扎起来新鲜，好像今天才有的。妈妈用了一根新红头绳。

因为这个辫子，毛儿倒不像赵志祥了。或者赵志祥这几天累了，侍候垂死的爸爸，晚上没有好好的睡，眼睛有点肿。

没有几天〔大〕的工夫，毛儿在门口哭了，“我告诉我妈妈。”他一直哭到厨房里去，妈妈在那里。毛儿打败了。打架他向来不哭，他家来了许多客，都笑他打败了，所以他哭。他对妈妈说王金火。

“王金火，他在墙上画我，画我一个大嘴。”

“我总是叫你不要和他玩，你偏要和他玩，——那一个短命鬼！”

妈妈恨不得一巴掌打干毛儿的眼泪。她实实在在的恨王金火。

“哭出这个鬼样子！”

说着轻轻的把毛儿的眼泪揩了，挈起她的衣裳，她的新穿的孝衣。因为在厨房里乾〔干〕活，孝衣外还记了一个围裙。

赵志祥的大门当街，偏街，只有几家做小买卖的，好比他间壁的一家买〔卖〕纸钱。赵志祥家的清早起床比人家晏一些，除了煮饭她没有多的事做，起来还没有梳头，街上，她的门外，有小孩子拉的粪，她也不问是谁家的小孩拉的，她认得是对门王金火的粪，她拿了她的扫帚把它扫干净。张四婶子看见了——毛儿叫张四奶，总是忍不住的要心头纳罕：“好贤快的媳妇！”她站在上风，偏着她张四奶的脸道：

“起来了玉姐？”

张四奶叫赵志祥家的叫玉姐。

“四奶，那家没有小孩？”

张四奶暗地称贤快，见了玉姐扫别人孩子的粪，玉姐就看出来了，听了一声玉姐。

“是呀，妇人家总要这么贤快才好。”

人都要人说好。赵志祥家的实在又不愿别人诅怨她的小孩。小胖子也拉粪。

这条街，到了赵志祥的门口到了尽头，过去，土渣堆。再走，荒地长了草，赵志祥做孝子的时候就在这里搭帐棚，吹了三天喇叭。草的坡上两棵扬〔杨〕柳，六月天，赵志祥家的清早起来树脚下梳头。赵志祥也躺在树下睡觉，那时白日当天，闲着无事，从衙门口走回家来。一天，他午觉睡醒了，还是躺着，躺着竹榻，打了一个呵欠。他的呵欠是一个做爸爸的呵欠。连忙坐起来，人都猜不到他坐起来是有一叫:

“你妈妈，毛在家吗？”

“在家，在间壁玩。”

“剃头。”

这一句，两个字，赵志祥他也不晓得他是叫“你妈妈”听还是叫剃头的不要走站住。剃头的站住了，放下他的剃头的担子。

爸爸自己先剃，他的竹榻坐到剃头的剃头凳。

“呵呵呵。”

坐到剃头的剃头凳很新鲜的打一欠。

赵志祥剃头是剃光头。挑担子的剃头的都是剃光头。毛儿虽然要蓄一个老儿辫，也属于光头。爸爸坐在那里洗头，洗头发，毛儿来了，妈妈跟着出来了。

“剃头。”

爸爸说，抬头见了他的毛。他仿佛这时才睡醒过来，他好大的工夫没有见他的毛了。他说他是告诉毛要剃头不要跑。他刚从剃头的盆里抬起头来他说。没有抬起来，等着揩干脸。爸爸的脸好像毛儿要哭的脸了。

剃头的什么也不晓得，剃头。赵志祥闭了眼睛又闭嘴。

毛儿掉过身，一跑跑到妈妈那里去了，仿佛他忽然觉得站在这里看爸爸干什么。

他的门口又来了一个摇鼓的。妈妈要买布。布未卖成功，摇鼓的又摇了他的鼓走了。

“上街到铺子里去买。”

赵志祥家的自己说一句。

“铺子里去买。”

摇鼓的远远的说一句。

赵志祥家的说话时看了王金火一眼。王金火同毛儿平排着站，看毛儿的妈妈买布。看了一眼就完了，叫一声毛儿道：

“你爸爸剃完了。”

王金火是“平头”。赵志祥家的有一回见了王金火的平头好看，想到她的毛儿将来也把头发都蓄起来，到街上去剪平头。平头要上理发店。今天看王金火，只看了王金火一眼，没有想。王金火的平头差不多有一年了，常日碰见的事。

爸爸已经在那里取耳。万籁无声。赵志祥实在的享乐，斜了眼睛，偏着头，新头，什么都不管，等他的耳矢看。赵志祥家的又叫一声毛儿道：

“你爸爸剃完了。”

她没有看赵志祥，看见了，正如看见了太阳，虽然没有去看它。赵志祥，一个新头，常日碰见的事。只有冷天，赵志祥剃完了头走到房里去，她手上做着针线活，抬头一看，道：

“要戴帽子。”

毛儿剃完头，妈妈拉住他，看头上有毛没有，脸上的寒毛修干净了没有。这一位剃头的是一个老实人，不爱说话，赵志祥也说他老实，会取耳，他却不大乐意赵志（祥）家的这么的瞧她的毛儿，心想：“只有你的孩子剃头！”他在那里收拾家伙。

赵志祥家的瞧她的毛儿，可以说不是瞧她的毛儿，是她自己照镜子。因为她一心看一个东西，不记得这个面相是她的毛儿，不记得她对了这面相瞧。

剩了他们三个人。竹榻另外一把小竹椅子，赵志祥家的坐了椅子。她是乘凉，两手抱着膝头。树阴下很凉快。这一刻工夫，她简直没有听见毛儿和他的爸爸说话，说什么。她望着有凉意的风吹着柳叶儿动，好像采花的蜂儿要飞上花心，两下都是轻轻的惹着。看她的后影就晓得她很凉快了。这一棵树上的叶儿都是要来吹着她的眉毛动了。两棵杨柳她看了一棵。慢慢的她掉了头，她的眉毛，叶子底下现得更乌黑，似乎真动了一下了，见毛儿那么的贴住爸爸，道：

“要捱这么近！——多热的天！”

赵志祥心头的舒服不能比拟了。他坐着，毛儿站着，赤脚站了竹榻，驼爸爸的背，同爸爸一般高。妈妈同毛儿的话爸爸两个耳朵都听见了，嘴里还说话。毛儿还是答应爸爸：

“人山水日月，父母子女兄弟姊妹。还有左手右手，一二三四五，六七八九十。还有小猫三只四只。”

妈妈听来很新奇，笑了。

赵志祥道：

“这些东西也要书上说！还是人之初好。”

他很看不起的样子。他也不晓得他这一说是说给毛儿听还是说给谁听。毛儿上了半年学，今天他才有工夫问毛儿书怎么读，——早已晓得读的叫做国文第一册。

“妈，爸爸耳朵里有一个痣。”

毛儿欢喜得叫，他发现了一个东西。

妈妈不答应。爸爸未听见。赵志祥的右耳朵里有一个黑痣，赵志祥家的做新媳妇的时候就看见了。她还听见人说耳朵痣是“好痣”。

“毛，你的西瓜都吃了没有？”

爸爸说。

“下回再不要买许多这个东西，吃了又要拉稀。”

妈妈说。

毛儿看见程四牛，王金火，还有两个同学，都来了，自己也站下地来了。

“四牛，算你大些，不要欺负我毛儿，欺负我毛儿我就告诉先生打你。”

四牛说他总是同毛儿好。

赵志祥今天高兴，他就逗着这几个孩子玩，忽然提着嗓子一声唱：

“耶稣爱我！我爱耶稣！”

惹得孩子们哈哈大笑，赵志祥家的坐在一旁，不知不觉的抱了她的膝头，含笑的一说：

“讨厌。”

她说的样子美。

（一九二八，十，三一。）

四火[①]

四火本来在乾顺猪肉店捉脚。猪肉店的伙计分两等，一是掌屠刀的，称师父，一则叫捉脚。捉脚，等于打杂。猪从豢户的猪窠里赶出

① 前半篇题“未完”，载《语丝》周刊1928年4月9日第4卷第15期，署名废名。全篇连载北平《华北日报副刊》1929年9月19日、20日、21日第165号、第166号、第167号，题为“实录”，署名废名。文前有废名致杨晦函：

> 慧修兄：
>
> 这篇东西，一十八个月以前写得一部分，曾刊于《语丝》，题曰“未完”，附有这么一个尾巴——
>
> “未完”本来应该在这里，四火的故事尚未完也，但不知要到那一天才能够把他完起来，因为著者忽然心灰了，——这是说没有兴会往下写，开始就想不出好题目，题目又不可没有，乐得这样颠倒一下。又，这是实话。
>
> 年月日
>
> 此刻算是把他完了，证明我并没有撒谎。然而我真是还了一个笔债，明天到你那儿痛饮几杯。曾经刊载的一部分，此刻亦大加修改，努力想他成功。若问我为什么忽然想起了四火，不肯放手，那来由可长，此刻没有工夫细说，总之好像是若干年以前读了莫泊桑的一个流氓的故事罢。然而我的完全是实录。
>
> 废名。

全篇又载《北新》1930年（原刊误为1929年）1月16日第4卷第1、2号合刊，题为“实录”，署名废名；文后“附记”：“此稿的一部份好久以前曾刊于《语丝》，题曰‘未完’，现在重新把它修改一下而且完了。十八年十一月二十八日。”

来，以至抱上肉凳——已经不是猪而是肉了，都只有捉脚的卖气力。不但猪正在杀的时候要他捉猪的脚。

四火姓王。他也有三间茅屋，（他只有一个嫂子，侄儿三个，又还小，茅屋，所以口头上人家都说是四火的茅屋。）堂屋占了一间大的，居中，有天地君亲师位，王氏堂上历代祖宗，九天东厨司命。还有一条贴在一边，是总是发财了。但都等于无有。因为烟尘。然而到底是红纸。烟尘等于无有，因为都是，反而不见。四火总是偷油而已。偷油也确乎发财。捉脚偷油，算不了什么，犹之乎裁缝偷布，你自己莫谈国事，——这当然是破一个谜儿猜猜，叫你小心。偷油，当然是偷猪油，猪油贵，故举之以概其余，所偷尚不止此，猪肠，猪血——总之凡属猪的，但除了猪粪，无所不偷。（按，猪粪别有偷者，不过不是在这场合，盖与胡适之先生拜金主义的拾煤渣的老婆子可以相提并论，牧猪场上尝尝看见一两个老婆子拿着家伙追踪几只猪，便是她们。）

乾顺有两位主顾，与乾顺同在一条街上，都是堂客——似乎无须声明，顾主而是堂客，其为寡妇无疑，一张氏，一赵氏。这个却得首先声明：猪肉店的顾主分为两种，（指豢户而言，吃肉者另算。）一卖毛猪，这就是说以猪卖，经了经纪的手秤他一秤，赶出门算干净，只付钱来；其二活猪不过秤，宰了再秤，猪肠猪血豢户拿回去，不计斤两，而油也当肉秤，秤了也准其拿回，扣总数。前者猪一斤钱二百四，后者肉一斤钱三百。张家大嫂同她的五岁的小姑娘，吃不了什么，“拿回来倒不够分人！”猪血拿回来煮熟了要端出几碗给邻家吃。也何苦让人家偷？计猪一只。赵二妈计肉。她有两位令郎，大的不过十一，而另有女婿。而且，赵二妈自己爱猪肠。而且，“省吃省喝，喂一只猪，吃他一个便宜油！”——那里有三百钱一斤的猪油卖呢？语云，“有错买的，无错卖的，”那么〈又〉反正这里是该屠户吃亏！

闲话少讲，且说四火。四火，不待说，是欢迎赵二妈的。赵二妈的狗儿，也格外欢迎四火。他一天不上学了。杀猪是天刚破晓，头一天晚上四火把猪赶了去。狗儿跟了猪尾巴叫：“哈哈哈，真会捉！”却不是说四火捉脚，是此刻一把捉住猪尾巴。猪不捉不去。赵二妈远在一旁喊：“莫把我的鸡赶跑了！”鸡飞狗跳墙。赵二妈寂寞得很。狗儿通宵不睡也行，赵二妈要他早点睡，还要再三说：

“明天早晨不用我叫罢？”

“一天光我就起来！”

说着比一比手势，简直要一大为天。

“他不秤得平平的，我就说他为屠户！——你想他不为屠户罢？”（“他”是指陈七叔，猪经纪。“你”非是指妈妈，当然也不必说不是，是泛问的口气。）

“多嘴！这你也管得了？——人家几时不公平？为屠户？”

但先是一巴掌。不公平就为屠户，非为屠户乃为狗。赵二妈的大意实如此。

“你只要看四火，眼睛莫离开他。”

狗点头。但又是——

“四火哥他不偷我的油。”

又一巴掌——

“你晓得什么？”

狗又点头。

终于还是赵二妈轻轻的拍狗屁股——

“狗，狗，起来。”

一面替自己梳头。

狗一夜做了猪梦。懵懵懂懂的，但根本上知道不是叫他起来上学。睁开眼睛——灯还没有吹熄。

当然非昨夜的灯。赵二妈今天起来点的。

有子万事足，赵二妈望着她的狗走近乾顺的门，吃一点亏似乎也是可以的。

猪主照例必得去，正如别的买卖一样，三人当面，——合经纪而为三。陈七叔本来兼做狗的干爹，已有一年之久，狗儿忽然很自重的否认了，小东人大有闯下滔天大祸之势。他听了许多坏话，讲他妈妈的，——这个太出乎题外，只好不谈。简单一句：孩儿若去说公平，倒把为娘挂了心。

“狗。”

陈七叔先到了，端了烟袋向狗儿打招呼。

狗不答。不答即是不承认干爹。

“我们杀猪，你来干什么？”乾顺的师父问。

“我不来，看你敢不敢杀！”

这个杀，是一刀把猪剖开。猪刮了毛挂在钩上。早已过了四火捉脚的时候。师父那么说，屠刀捏上了手。

“当然不敢，回头我说五十斤，你说一百斤，那我可赔不起，你干爹也赔不起。”乾顺的掌柜说。

“七叔，今天不要做干爷〔爹〕呵，公平公平。”师父真是行其所无事，且剖且说话。

“干爹不吃饭！”

陈七叔鼻子里一句，且笑。

这个，可难解。而且，干爹的话，狗儿绝对不听。猪经纪当然靠屠户吃饭。师父歇了一歇手，瞄七叔一眼。这一瞄，屠户的眼色，却不是有意来耽误工夫，瞄得人心寒：“七叔，你没有良心！”

狗儿两眼不离开他的四火哥。四火蹭〔蹲〕在那里守候，默无言语，——耳朵可听？说时迟，那时快，四火尽猪之所有而空之了，就以他的怀抱。

“你妈妈叫你来看四火，怕他偷油，是不是？”

又是师父说。

狗儿嗤的一声笑——

“不是。”

一跳跳到四火的胁下去了。

“尿胞呢？尿胞呢？”

“等一会，等一会儿就是，我说给你就给你。”四火口若悬河，——说得快。

他们两人昨天预约了，预约猪的尿胞。尿胞这东西——是的，著者几乎忘记了，既不经秤，又没有听说那一个豢户拿尿胞回家，大概都是捉脚的拿去做人情。即如我也曾经得过两回尿胞，都是捉脚的给我的。小孩子总喜欢玩。

狗儿就鹄立以待。

“我说给你就给你。”

四火又一句。他到底不是师父，未免手忙脚乱。

“我有一个好尿胞，给你，要不要？”

师父说。狗儿就掉一掉头。又回转去，扯四火一下——

“给我！”

“不要急，等一等。”

狗儿又如命，——四火哥突然拿什么向他手上一塞：

“好罢好罢。”

狗儿喜出望外——正是猪尿胞！眉飞色舞，对干爹也笑了几笑。

连忙又光顾他的四火哥，——不见四火。

四火在大街上。店外街旁，放着一个大木盘，四火傍着木盘翻猪肠。两匹狗，伸了舌头傍盘舐，甚且舐到了盘子里去。非是舐猪粪，猪肠子里翻出来的猪粪。屠户的狗——一匹就是乾顺的狗，其他一匹不详——吃不到猪粪头上去。

“狗！狗！”

四火踢狗，狗绊了他的脚。

狗儿捧了尿胞来了。

“四火哥，我吹不起来，你替我吹一吹。”

他以为四火一定比他吹得大。刚才刮了毛的他的猪就是四火吹得那么大。他一晌佩服四火哥吹猪，暗地里纳罕。

四火不顾狗儿而说：

“你看，我一手的粪——ter！拿回去，叫你妈妈给一根线你，吹起来用线把它缠住，抛球玩。”

“Ter”所以喝狗，狗又近来了。——我们且把他们留在街上来谈别的。

王二嫂，四火之嫂，系一个收生婆。一天，她洗三回家，——谁家的毛头生下地三天了，她又去，去把毛头洗得干干净净，拜天地，拜祖先。未拜之先，干净了以后，王二嫂一手握了两个鸡蛋：“滚滚头，头戴顶；滚滚脚，脚穿靴。”这个毛头当然不是丫头。这两个鸡蛋滚来滚去滚到王二嫂的荷包里去了。她洗三回家，过张妈妈门口。张妈妈与四火为邻，是摆摊子的，卖花生，卖烟卷，卖盐鸡蛋。一见王二嫂，张妈妈笑迎道：

“回来了。”

（这里又得声明：明明白白的“回来了”，是著者写的，张妈妈是一个咬舌，回读若肥，余类推。）

王二嫂趋而赴之。

张妈妈站起来俨然知道是要办了他（她）的耳朵来就她的话。王二嫂就咕噜咕噜了一大堆。更一句，但已经冷落了张妈妈的耳朵，声音嘹亮——

“妈妈，你说好笑不好笑？”

妈妈连听连点头，但实耳边风而已。张妈妈只摆摊子，不管闲事。方其耳边话时，王二嫂连说连眨眼。

“喂——”

险些儿忘记了，一声“喂”，一手插进荷包，掏出来——张妈妈先看见，两个蛋。

“妈妈，你就只给四十。”

妈妈一眼看破了蛋，然后——

“晚上给你。”

“不忙，不忙。”

王二嫂望见她的鬎鬁跑来了，第二个不忙已经开步走了。

张妈妈放在盐水里浸他一浸，是一百廿。盐蛋六枚一个。

王二嫂要吃晚饭，张妈妈来了。

大鬎鬁小鬎鬁团在那里吃桌子，——捏了筷子占了天地君亲师位面前的一张八仙儿的三方。

王二嫂尚在厨房，厨房即王二嫂的房。

“妈妈，你来了？”

王二嫂双手端出一钵。

“猪血。”

张妈妈自己告诉自己，自己请坐，大鬍鬍坐着的一条板凳。

鬍鬍的筷子一齐下去，张妈妈似乎一无所见，筷子亦似无声响。

“把了葱？”

张妈妈眼见葱，葱亦钻鼻子。

“把了一点葱。妈妈，你尝一尝。”

王二嫂一看是空手，赶忙去拿筷子。鬍鬍都是各管各，不过方其取筷子时（大鬍鬍）助了小鬍鬍一脚之劳，大鬍鬍点起脚尖来够得着。

“妈妈，你尝一尝，——就只晓得吃菜，去端饭！”

下半句当然是喝鬍鬍。妈妈接了筷子——

“好，好。”

多了一块东西，“好”却要算张妈妈最分明的咬出来。

“没有打酱油，把点酱油怕好一点。”

“好。”

此一“好”时，嘴里又只有舌头。孔子曰，富而无骄易，贫而无谄盖难。

看官如曰：张妈妈是馋；谄者王二嫂，她要卖鸡蛋。我亦无话说。

张妈妈递筷子于王二嫂，——王二嫂是不由己的接过来，因为没有一句再尝，一嘴凑近张妈妈的耳边。此回屈了一点身，亦不十分入耳——

“妈妈，简直流了我一身冷汗！这堂客，一连两胎——云云云云云云云云云……你说好笑不好笑？”

与之连接——

“不忙不忙。”

张妈妈拿出了四十了。双钞两枚。大鬍鬍连忙掉过头来，但筷子不放手。

掉过来鬍鬍挨一栗——

“吃你的！”

凿了鬍鬍，手插荷包，——王二嫂。

“天作保来地作保，
陈桥出现龙一条，
昔日打马过金桥，
偶遇先生把卦摇，
你说孤王八字好，
到后来必定坐九朝。
到今日前言果验了，
你比诸葛凤雏算得高……”

在外四火是也。只是三个鬍鬍没有听。

“四哥回来了。”

“四火，店里回？”

张妈妈打招呼，四火则已进门。

王二嫂迎上前去，四火一手递阿嫂。

“油。”

王二嫂的眼睛告诉王二嫂。张妈妈的眼睛也看见了，她与四火之间是王二嫂，她以背向她，为她遮了四火。

王二嫂风车一般的车进厨房，——看官将着急，问能有几步的路程？曰，王二嫂半夜三更起来小便，固亦如踏脚踏车之踏其文明脚，而茅司，马桶而已，尚在阃以内。在先就介绍过，阃内亦即厨房。

“四火,几时替我也留一点,你卖给面馆卖多少钱,我也出多少钱。”

张妈妈同四火当面讲话。

“你们总以为我得了好多！你看，分到我名下就只有这一点。”

说话时一吊猪油不知挂在那里，但张妈妈实看见了，这一点实在不多。

四火是酒醉回来。

四火之一落千丈，是此夜过了不久的事。

简单一句：四火的差事革掉了。在先在别几家肉店里“一共混过好几年”，（四火常是这样君子不重的说）革掉了才到乾顺，这一革，简直没有希望。偷油总不致于影响他的职业，有什么了不得的事屠户说不出？

在先也并不阔，言其服装，六月天更只一条裤，现在亦不过依然不阔。世态炎凉，人心不古，见乎阿嫂一人。起初也还好，但四火已不免寂寞之感了。一日大街回来，口唱孤王酒醉桃花宫，——还是朱颜吗？当然不是。赤脚，六月炎天，太阳底下的石头大概很不容易踏下去，走得很像一个贼晚上在暗地里走路，探走。陈七保，警察，正站在那儿，他大概也很无聊，叫四火一声：

“四火。”

四火也光顾他一下，然而不答，还是走路。大鬍鬍端了一碗饭站在门口吃。王二嫂也在门口。门口有一棵树。望见四火，妈妈塞孩儿一拳。鬍鬍赶忙进去了，四火佯不见。

“四哥，煮饭今天晚上米怕不够，饭〔晚〕上煮粥罢。”

“米不够炒油饭吃。”

“这是怎么说呢！？我同你侄儿背了你叔叔炒油饭吃不成？我娘儿们可怜！头上有天！”

四火冷冷的那一句，王二嫂喊破了喉咙。王二嫂恼羞成怒，四火自讨没趣。

“侄儿是我的侄儿，我难道就不疼不成？他要吃点什么，我做叔叔的难道还争嘴不成？背地里偷吃偷喝，成个什么样子？教坏了孩子。”

四火这一说时，王二嫂紧紧的把嘴闭住了，心里很喜欢。大鬍鬍已经又出来了，空手，赤条条的，张开眼睛莫明其妙，但紧紧的闭住他的油嘴。

没有他的座位，四火又踱出去，口唱：

“怕只怕五丈原嗳嗳嗳嗳嗳……”

嗳得不可收拾。诸葛忧天也。

一走走到城隍庙，城隍庙的石头上面睡午觉。四火既然到了城隍庙，则城隍庙不可以不写。城隍庙分上下殿。下殿只有两个“城隍庙的差人”，——大家都是这样累赘的叫，但又叫“二百钱”，分立两旁。一位做了一个二百钱的手势，问你要二百钱，所以连那一位一齐叫做二百钱，其实那一位是手拿旱烟袋抽。因此，衙门口的张和气绰号二百钱。但或者因为先有二百钱的衙门口的差人再有二百钱的城隍庙的差人也说不定。然而张和气的二百钱确是跟着城隍庙的二百钱来的。男妇老幼一见张和气——当然本城的熟人，乡下人岂敢？张和气见了诸父老昆弟，以至于团头王八贼，也真是为人要学刘奉三，和气生财做大官。一见张和气，就叫二百钱，一叫二百钱，则张和气与城隍庙的差人，二而一，一而二了，不知道到底记得是谁。城隍庙的二百钱——这是专指那一位做手势的，凑巧也是一个麻子。那么张和气是麻子。此刻二百钱的跟前睡着王四火。六月天睡午觉这一块大石头上面真凉快。

城隍庙的上殿，当中，当然是县城隍。排立两墙者一共有八位，老爷正在升堂打板子的样子。这八位，有一个也是麻子，一个是塌鼻，一个是歪嘴，其余的记不清，不是记不清，我写不出那毛病的名儿。诸位的形色——如果要逼真，请就近到中央公园卫生陈列所看一看那几副患梅疮的面孔。著者昨天恰好去参观一次，所以这样说。当初塑神像的不知原何这样胡闹令人不起好感。未必是年代久远的关系。确乎有好几十年未加髹漆。但这个于我有大大的好处，曾经在城隍庙烧了一回香，至今不敢同人打官司，凡事退一步想，自己拷问一下。

城隍庙的和尚这时正在和尚的房里抽他的大烟，——抽大烟？四火原何不去把他抓住？岂不是一笔财喜？要知道，和尚有他的来历。即如刚才，四火未进来以先，石大先生娘子来了，穿了石大先生娘子的裙子来烧香。今天原来是七月初一。统共计算，穿裙子城里只有两位，石大先生娘子算第一个。石大先生抽大烟常在城隍庙，县长——如今叫县长，县长常在石大先生的家里打牌。这一说你自然没有话说了。石大先生家距城隍庙不远。城隍庙的和尚做的点心比厨子还做得好吃。这并不是说石大先生家里有厨子。有时也有厨子。刚才，石大先生娘子来烧香，上殿以下打一个招呼：

"和尚在家吗？"

"先生娘子来了？"

和尚出来了，笑得不可以再笑，一眼就见——但不知是先见石大先生娘子的青绉裙子呢还是先见石大先生娘子的一双小脚？总之这两件东西很少见。小脚岂少见？但石大先生娘子的青绉裙子恰恰拖到石大先生娘子的小脚，所以地球上只有石大先生娘子的小脚了。石大先生娘子的脸皮也搽了粉。

"菩萨保护！"

和尚双手接过石大先生娘子的一份城隍庙香纸说。石大先生娘子也说。

石大先生娘子大概站不住脚，不是走路原何也循环踏脚？这是城隍庙，她的大先生常来：这样汗流得意，得意忘形，进香是来求菩萨，是来作揖，出门曾几何时居然忘记了。和尚放了炮，炮响了，这才一扭湾，跑到当中跪下去。头上还插了花。和尚也看见了。为什么耽误了一会，又回到原地方，等候石大先生娘子起来。头上还是插了花。言照样再看。石大先生娘子叩首不肯起来。起来，要走路——

“再到天后宫去。”

“歇一会，喝点茶。”

“不，不，——和尚，你不要信你大先生的话，他总说没有菩萨，连天上雷都不是菩萨！没有菩萨人人都进香做什么？”

“菩萨保护，保护大少爷明年添一个孙子。”

你道和尚忽然记起了什么，望着石大先生娘子头上插的花？记起今年正月里石大先生在城隍庙整躲了一天半，石大先生娘子同石大先生吵架，说不该又到婊子那里去。后来是石大先生娘子亲自上城隍庙来，然而石大先生已经走了。和尚送了石大先生娘子出了下殿，回进去，抽大烟。所以四火躺在那里打鼾，和尚并不晓得。四火睡了几天〔大〕的工夫，四火也不晓得，一睁眼，听得里面放炮，还不打算起来，但听得和尚嚷——

“这不行！这不行！”

和尚手下立刻多余了一个四火了。和尚也是刚刚出和尚的房，听了外面放炮。原来来了一个乡下汉子进香，自插香，自烧纸，放了炮正要拧鸡头，和尚一眼瞧见了，一双手跑去拦住他——自然是脚跑，而手拦："这不行！这不行！"四火也拦住他："不行！不行！"于是那汉子把鸡一搂，搂在怀里，对了他们两位轮了眼睛看，发抖。

"你有什么你说！"

"人家的牲口跑到他的田里吃了粮食，他说是我的牲口！说是我害他！我只有一个孩子，凭城隍老爷！他一锄头把我的猪打死了！有理说不清！求城隍老爷开眼！他有两个孩子！我只有一个！师父！"

师父解劝道：

"我看你是一个老实人，那里会害人？你也不要生气。进了香就算得事。拧鸡头不是玩得的！我出家人总是劝人好，冤仇可解不可结。"

汉子没的话说了，又掉过去听四火一篇——

"师父说的不错，你要听人家劝。你自然不是害人的人，然而你的猪到底跑到他的田里去了没有呢，你不也是不晓得吗？是不是？——那你这一下不是害了你自家吗？"

四火看得出他的道理战胜了，连忙加那一句。连忙又接下去——

"今天你喜得师父看见了，要不然的话，吓，你自己说的，你只有一个孩子！"

"我看你这个人将来还有好处，今天你就信我的话，回去，晓得吗？"

"多谢师父。"

“你的鸡，既然烧了香，拿回去不得，你就放在庙里。”

“你将来还要发财。”

“多谢师父。”

结果他赤脚探走了。不知他的下文如何？城隍庙立刻有了一只黄毛公鸡，而四火伸手问和尚借钱。他说：

“今天实在没有办法。”

和尚说：

“你不要同我打主意。”

“二百五不好听，给我一个张和气，多了我也不要。”

有一句俗言：“二百五，卖屁股。”

“你的算盘打就了，这个鸡就算他一斤半，顶多值四百钱，你就要一半。”

“话不是这样说。今天给我一个面子。”

四火也得罪不得，和尚给了他一个面子，二百钱拿走了。走出城隍庙，他要小便，就朝那“君子自重小便远行”的地方，一个拐角，小便一下。一下未了，背后有人喊他：

“王四火！”

一看是马旺火，警察。这可不由得四火不答了，马旺火板起他的警察的面孔。四火好笑——

“你干什么？”

“你说干什么！不准你屙尿！”

四火更好笑——

“这是干什么？”

好笑，歇一会，把裤子重新扎一下。

“你不认得我，我不认得你？”

“不准你多说话！跟我走！”

四火不肯白费气力，而马旺火要带四火走，——这里且得补一笔，有一条警察署的告示贴在小便远行的旁边，只贴了三天，“此处禁止便溺如违带署罚办”。因为到了一位新署长，是一个学生出身，见了这个城市太不讲究清洁。所以马旺火要带四火走。四火也就有点舵转不过来。幸亏卖麻糖的吴细叔走来了，上前解劝。马旺火说明原委。

“好好，算了，算了，都是眼面前的几个人。”

于是吴细叔插在当间，他们两位隔了吴细叔吵嘴。

“你是狠你就跟我走！”

“跟我走！走到九江去了王八你晓得吗？”

“四火，这就是你的不是。”

然而四火走了。气坏了这一位警察，吴细叔一把拉住他。马旺火的女人去年冬天跟人逃了，所以四火这样下场。拿了二百钱那里去混了一大半（天）？我们所晓得的，他走张大嫂门口路过的时候喝得脸红。这位张大嫂就是首先就介绍过的那个张大嫂，寡妇人家。四火过路，一个挑大粪的也过路。今天真是多事之秋，四火一碰把一桶的大粪碰泼了许多。四火只碰了挑大粪的一下，而大粪就碰泼了。张大嫂同她的小姑娘正在那里吃饭，张大嫂就不吃饭，跑出来一把拉住挑大粪的。

“你走！看你走得脱走不脱！”

拉住了怎么走得脱？然而挑大粪的想一脚走脱。

“你把我怎么样？又不是我有心碰泼的，是他碰了我一下。”

指四火的背。

“我不管许多，你把我的门口扫干净！”

扫干净算不了什么，挑大粪的就放下他的担子。

“你给一把扫帚我，——没有扫帚我怎样扫呢？”

“啐你妈的脸！我给扫帚你扫大粪？”

“不要开口就骂人，我不是今天上街的乡下人，多不说，这条街我一天要走两回。”

于是他走回路了，丢下他的大粪。

“我不看你是一个寡妇人家，算不给你扫。”

且走且低头说。他也知道张大嫂是寡妇人家。四火早已走得不见了，落得干净，他怕张大嫂把他也拉住。寡妇人家，谁都不敢惹，尊重。夫人必自侮而后人侮之。这位挑大粪的为什么走回路呢？不远，他刚从那里挑粪来，又回到那里去，那个人家的茅司里他放了一把扫帚。那么他还得来回一趟。

四火回家很晚，王二嫂统率了三个鬎鬁早睡了。睡了王二嫂的破蒲扇没有放手，喳喳不休，蚊子太多。留得大门未闩。四火轻轻一推开。还咳他一声。天上打雷，打雷不下雨。四火趁着电光一倒倒到他的竹床上睡下去了。言其北窗之外电闪而已，不然难道他不睡不成？还给他留一盏灯不成？

“喳！”

扇子拍蚊子，——一喳便悟，用不着想。他的头上也有蚊子，然而不管。

“喳嗒！”

扇子滚到地下来了，没有捏稳，睡着了，——稍想了一下。然而王二嫂一翻翻下来了，起初四火毫不知，等待忽然——

“嘁吟嘁吟……”

那么起来屙尿！

“轰轰！”

打雷。

闪。

“轰轰！”

打雷。

“呼呼。”

四火打鼾了。四火毫不知。这样今天过了。过了一天又一天。不过半月工夫，四火这才实在没有办法。王二嫂动不动打鬎鬎，打得王二嫂巴掌红，鬎鬎屁股红。四火说王二嫂是打气，是打他。也只好不论。出去，回来。回来，出去。回来，白日就躺在门口树脚下睡觉。一天，睡觉醒来，大鬎鬎一屁股黄泥巴摆在四叔面前，鬎鬎们和土作盘筵，四叔打他一巴掌。鬍鬍倒不在乎，掉转头来同四叔玩。

“四叔，我妈说你不要脸。”

四火打一个呵欠。

又一天，睡觉醒来，听得张妈妈（在）那里咬舌，或者是张妈妈把他喊醒了也未可知。张妈妈的鸡被谁偷走了一只。张妈妈喊得甚费气力，叫人想到人是应该有舌头的，舌头不应该有毛病。

“那一个短阳寿的！害我！偷我的鸡！”

（四）火既然醒了，也还不起来，躺在那里学舌：

“偷你的□（从尸从穴）！”

（应该声明：此地是记者遵照唐有壬先生的写法，四火只不过故意把音变了一下。）

于是讲一个故事自己听，以醒瞌睡——

“一个咬舌婆，一天晚上，深更半夜里，有一个人摸到她家里去，把她的鸡偷走了，把她的鸭子也压死了，还朝她的墙上屙一泡屎。第二天清早她爬起来，一看，鸡不见了，鸭也压死了，墙上还屙了一泡屎，她就跑到大门外一喊！一喊：‘是那一个短寿的！夜里跑来偷我的□（从尸从穴）！把我压也压死了！还要屙一泡屎我的床上！’大家听见了都跑来了……”

“我可怜！害我！偷我的鸡！”

（一九二九年，九月）

李教授①

李教授李方正——李方正平常喜欢人家称他称教授，朋友们一见面便呼他曰李教授。他晓得这是同他开玩笑的，但也喜欢听，而且晓得大家都没有含一点恶意，都是高兴，大家都是教授。要说真正的喜欢，是李方正教授一齐来，单就教授二字而论，还不及 Professor 好。他看见报纸上称提倡白话的急先锋胡适为胡适之博士，很羡慕，——胡适之博士在社会上的地位他当然是不敢梦想的了，压根儿就没有想

① 载北平《新中华报副刊》1928年12月4日、5日第11号、第12号，署名废名。又载《语丝》周刊1928年12月24日第4卷第50期，署名废名。

过，他只是觉得胡适之博士五个字说来尊贵而又亲切，李方正于李方正之外没有别的名字。他自己当初讨厌中国的陋习首先废去了“字”！倘若他也有一个外号，那就不必说李方正教授——他是一个 M. A. ，所以由胡适之博士一想想到不必说李方正教授就好了。

李方正教授——以下简称李方正，他刚才是从他的一位朋友家里出来。这位朋友编辑《光报》。他到那里去，是同他商量，问他写那样的文章是不是一定是一个好方法。文章的 subject 是：“智识阶级难道一定要打倒吗？”照李方正的意思，还是无声无息的好，什么也不说，等下去，心头的烦恼那自然是无可如何想不也不不了的。那里方且高喊打倒智识阶级，你又在这里发表这样的文章，“那适足为智识阶级张目”。出口这几个字，编辑先生对他一笑，笑他这几个字用得不妥。十几年的老友，笑也不算什么，你也晓得我，我也晓得你。李方正好几天没有这样笑过，就笑道：

“我总不像你们得善后委员的津贴。”

李方正国文不大行，英文好。

连忙又说明他的意思：

“你这样发表文章，那就明明白白的我们是智识阶级了。一声也不做，过了一些日子，喊的人或者也就不喊了，智识阶级或者也就忘记了，——我是说大家再也不记得这四个字。”

编辑先生忙着要上报馆，李方正，就过去许多事情看来，朋友们的主意实在比他强得多，（所以他另外又有一个“书呆子”的名字）

没有商量好出来了。这样的事以前实在没有见过。但他总觉得文章不该发表。而且，看朋友的神情，既然也有点张皇，益发的觉得发表不该了。

路上他遇见一位同乡，——今天他没有坐车，或者他同那位编辑先生相距不远，所以一走就走去了。他同同乡打招呼，他一晌知道他思想急进，似乎也没有“入党”，而又是一个忠实人，便同他攀谈起来，一路走进了东安市场。叙谈一阵，好容易说上了他的题目：“打倒智识阶级，听说有这样的标语，但这里头也应不应该有一个界限呢？”同乡的一诺便是千金，侥幸他是一个例外，也就顾不得平素太惹人注目的几位朋友了。同乡却同他一笑：

“翰林是早已打倒了，但现在乡里人还称留学生为洋翰林，可见是打不倒的。”

李方正好大一会没有作声。同乡同他作别了。他懊悔，平白的同他攀谈！当了李方正面前直说留学生，明明白白的含了李方正是智识阶级这个意思了！的确，乡里人都说他是洋翰林，而且他也喜欢听，虽然乡里人敬他不如敬他的祖父，他也觉得他不能比祖父名贵，祖父是“真”翰林。这一个真字是李方正替翰林添的。这个还未打倒的智识阶级李方正不知怎的怕听，并怕想，一推论推到这个上头来了就冷住了。其实这也是一个好听的字眼，他轻易不肯辱没的，比如，有一回，朋友们闲谈，谈到“像姑”，有一位笑着拍着他的肩膀道：“就是卖屁股！”他简直要洗耳，因为一掉头，然而既然也听了，只好也笑道：

“这也是智识阶级的人说的话！”

东安市场的美容理发馆，楼上，是李方正理发的地方。他今天也可以理发，就进去理发。原来他理发在青年会，青年会更讲究，自从反基督教大同盟发生以后迁到美容来了。有时他叫他的听差打电话要剃头的上他家里来，（在剃头的目录上为“外叫”）就说：“打电话到美容。”他记起《一封未寄的信》，胡适之博士翻译的，每每是亲身坐在美容的时候。“倘若寄去了，事情不知道怎样？”于是一瞧，剃头的也一瞧，对像同为镜子里头的李方正。“这样分。”自己拿手分给剃头的看，分头。“那一位教授真可佩服，剃头没有剃完又跑去上讲堂。”又一瞧，惭愧他不能这样。“但也不必。那样惹得学生笑……”于是觉得人生太苦了。这是一个衷心的苦痛，脸都红了，抬了眼睛瞧剃头的一眼，怕剃头的看出了他的羞惭，——吓得剃头的怕李先生不多给小费了，以为又分错了。有一回他也惹得一堂学生大笑，自己该死要夸博雅，说一个书名字说错了。一个平常的错误，但李方正很讳言这个，兹亦从略。

今天的烦恼，放心不下，比那个苦痛还好受得多，那是一时无可容身之地，此刻躺在剃头的安乐椅子上，入于睡眠的状态了，什么都丢开了，不丢开而也丢开了，只有一个疲倦后的舒服。一睁眼睛，剃头的正捏了刮脸的刀子要刮他的胡子，——当然不是说李方正一定就有胡子。他不晓得他的脸很难看，一嘴的胰子沫，他以为他是“开用雪花之膏”的李方正，梅兰芳同他穿了一样的西装。他就是李方正，何待以为？言他的意识里的他同剃头的手下的他不是一个罢了。而他的意识里的他确乎是离不开雪花膏的时候多。忽然他又一怕，怕剃头的一不小心刀子溜了，——那一下子不晓得要伤了他的什么地方？割了鼻子……晓得是闭了嘴，不晓得，嘴实闭了，乃把牙齿紧一关，仿佛这样这个害怕的思想就不来了。果然，只这样想：其实这也并不算什么奇事，不能怎样责备剃头的，谁能心里没有事，一有事，一不小心，刀子就溜了。总没有听说剃头的碰伤了人，洋车倒有时跌坏人。不，剃头也流血……

李方正记起另一个李方正了。那个李方正是上蒙学，头上还是鬎鬁。他没有父亲，有母亲，已经十岁，应该蓄辫子的，母亲说蓄了辫子鬎鬁更不易好，且不蓄。他爱赖头，不肯剃，剃得痛，剃了一头血，母亲总是拿好话来哄他，并且对剃头师父说：

“师父，拿一把好刀子，快刀子。”

他事后常纳罕，快刀子，血不越发流得多吗？不越发剃得痛吗？当时他却不会说，专哭。

李方正很奇怪，怎的那个样子，那个鬎鬁头太不像李方正了。但那个鬎鬁头如在目前。他还留了他儿童时代的一张照片。这张照片，其实也是一个面目端秀的孩子，看不见头上有鬎鬁，因了鬎鬁二字他就把别个孩子的鬎鬁拿到自己的头上来了。他自己的鬎鬁头他没有看见过。他儿童时代，虽然很娇，剃头是站着，面前并没有玻璃镜。一想到鬎鬁剃头剃出血来，直简（简直）是皮破血出，那么红。他看见了一个死人，匐在地上，头偏着，同脖子没有连起来，杀了的……

他怕。当时他也是怕，吵得亲母〔母亲〕一夜没有睡觉，亲母〔母亲〕埋怨他为什么跟着别人跑去看，这一怕他就不记得了。就是辛亥光复那一年他们县城里杀了一个土匪。他怕，睁开眼睛剃头的在他的身旁。他觉得很亲热了，身旁有人。好像做了一场梦醒来，摸不着头脑——剃头的一扶把他从安乐椅子上扶起来了。

走出美容，下了楼梯，两个女学生迎面而来，他也没有留心。一个是他的学生。两双眼睛都瞧着李方正。李方正走过了，李方正的学生——那一天一堂大笑，李方正后来想起来她没有笑，她微动一动她的嘴告诉他〔她〕的同伴：

“李方正。”

说话时的方便，说李方正便含了李方正教授这一个意思。那一位也就领会了，不，是她先看见，不过她不说，装在心里。有一回哥伦比亚的某教授来此地公开演讲，李方正教授翻译，她在那里听讲。

李方正刚刚走出东安市场的大门，一群洋车夫跑拢来包围他。他并不一定打算坐车，他依然是摸不着头脑，但坐上了一辆了。坐到家，多给了洋车夫好几枚。吃了饭，他似乎什么也丢开了，不烦恼。黄昏时分，倒在沙发上，忆起他的母亲。他的母亲说过：“万般皆下品，惟有读书高，读书人总有出头的日子，凡百事都离不开读书人。”他已经不是小孩子了，母亲虽是自言自语，而是坐在他的面前说，他暗地里好笑。他还是觉得母亲的话可笑。“Benjamin Franklin 也有过这样的话！”忽然若有心得。Franklin 的话当然与他的母亲不同了。当然要说得好听些。但到底是怎样的几句，要问李方正才明白。当初他也轻轻的读过去了，虽然读得熟。他的一本破烂的《弗兰克林自传》就出现眼前，书皮子有一面脱下来了。忆起那一天的样子真可笑，拿了这一本破书卖给旧书摊子。那时他刚在某地大学预科卒了业。

忽然一站站起来了，从沙发上。这一站起才真个的是自觉，意识鲜明——

“没有事做我就回家去。未必真到了那样的日子，乱杀人。”

来回走了一趟了。回家去还是不行，乡里人一定笑他没有事干！

他去年暑假回乡，他的一位本家问他干什么差事，他迟疑了一会，说教授怕他们不懂，他又不会撒谎，而且，当到教授，还要撒谎才好，李方正简直有点不平，感到被了解之难。慢慢的加两个字道：

“大学教授。”

“你该弄一个知事做一做，当教员干什么呢？”

这一位本家并且看不起西装，——就是他，又要李方正没有主意了。

（一九二八，十一，二八。）

卜居[1]

A君是诗人。因为要做诗，所以就做隐士，就——用一个典故就卜居。其实他已经从首善之区的街上卜到首善之区的乡下来了，二月倒数第三天，A君同他的房主——一个老婆子，A君倒很喜欢她讲究清洁，这一天他同她干脆的说：

“我是要找一个清净地方，你这儿闹得很！”

A君已经质问了她两遍，问是那有那么多的女人来往，乡下女人

① 载《语丝》周刊1928年12月17日第4卷第49期，署名废名。又载北平《华北日报副刊》1929年1月6日第3号，署名废名。

专门晓得说话！

“昨儿来的是我的姑娘，去年腊月里出了门子，——她那儿倒不错，有好些日子没有来，昨儿来了吃两顿饭就走了。”

“那是你的姑娘？”A 君头一偏，诗人的回忆。但他不得要领的撤身进去了，进了他的诗坛。三间房 A 君赁了一间，房主人祖传的一张吃饭的桌子 A 君拿来做诗。

老婆子咕噜了一句：

“我这儿闹得很！——那你就只有到山上庙里住去！”

“她是你的姑娘，那两个老妖精是你的什么东西呢？”A 君也咕噜一句，没有咕出来，闷在肚子里。昨天又来了两个老婆子。

“你的姑娘”，似乎不大要紧，没有多大的工夫姑爷来了，A 君只有提了他的 stick 走了。

一走走了五里，走进了大悲寺。大悲寺茂林修竹，在这个沙漠地方真是稀罕物儿，A 君说。不禁惹动乡愁了。这些地方都是资本家住！又说。又记起他的一位劲敌，那是住西湖的，住烟霞洞。A 君尝愤他：“为什么是你一手奠定了文坛？”要打倒他。那诗人盖发了一张传单，有这样的话。

大悲寺有浴水池一个，好几位住客，都是来避暑的，正在那里浴。A 君一看——那两个真是女子。A 君看了一半天还以为时髦的男学生蓄了分头。

A 君读过梭罗古勃的《微笑》，记得那个借钱借不着的可怜人是跳到水里湮死的。A君俨然就站在那个河岸上，四近并没有一个人。“那真是无声无臭……”A君觉得寂寞而可哀了。

A君走出了大悲寺的大门，还隐约的听见那两个浴女的笑声。

他还没有着落。“那你就只有到山上庙里住去！”——老婆子的话忽然提醒了A君。是的，他目下住的当儿，屋后有山，山上一个小庙，她一定是说这一个庙！

A君，他从街上搬来的时候，没有到，走在路上，就望见这一个庙，小庙躲在树林里，一条白道若隐若现，牵引诗人的心灵。

A君提了他的stick直去看这个庙了。

到了这个庙，汗如雨下，抚孤松而盘桓，自谓是羲皇上人。没有一迳就进去，松树下，庙门口，留恋一下。这实在是一个好凉快的所在。庙墙颇倒塌——正是A君所要的，房价必不高。门虽设而常关，没有要它就开，就开了，只轻轻的一推……

“干什么的？”

一个烂疮脚的老婆子坐在她的门槛上睄她的疮腿，纸，街上的老妈子要拿来换取灯的纸，粘住了，揭也揭不开；问而没有抬头，毫不在乎的样子，但轻轻便便的来这一个“干什么的？”简直是娇声，说了她一个月没有睄见人，人来了。

A君不答，一眼都看见了，一切。她一定是住在那个小屋子里，原来大裤〔概〕是放鼓，大悲寺则叫做鼓楼。

“你这个庙里怎么没有菩萨？”

“什么？”抬了头。

“菩萨。”

“不知道。”又低下去。

A君窘。他所再找得出来的是“偶像”，偶像当然更不知道。一定还有后重，那里有一扇门。A君就往前进，——或者应说往后退。后重更糟糕，好几只鸡，扒粪渣子。偶像——用老婆子的话是佛爷二字，是有的，刚刚剩了一只手，塌了，露天之下。山脚下望见的树林，不像树林。

“她也进来了。”A君权且不看她的脚，看一看她的手。“你这怎么吃饭！”咬牙啮齿的叹。是想，眉毛也不便皱。意思是，吃饭是靠这手端碗，——她抓疮！

这里简直无话可说，A君又退出前重来了，她跟着来。

“你这是什么庙？”

“什么庙？家庙。”

家庙，A君点头。

“你看庙？”

“看庙。”

“你这庙归谁管呢？”

“底下有人管，归二大爷，路北就是。”

“路北，那个路北？”

A君是问，不一定是问她。问她：

“你这庙出租吗？”

“出租？你租吗？有人租我们就搬下去，一月我们也得点盘缠。”

“从前租过人没有？”

“去年还有一个外国人，要把这山全租给他。”

“不干净。”

A君一眼看尽四方。

“一扫就干净。”

“你们就在这里拉矢！”

A君是报告这一个事实，看着拉的矢，并不一定是责备。烂疮脚蹭下去，蹭下去摸腿。

“租人要多少钱一月？”

“五百块罢。”

“五百块？——五百块是多少？”

“五百块。”

“你这个破庙也要五百块？！你晓得五百块是多少？！”

A君的“混帐”险些儿来了，喜得带住了。他知道，一混帐就非“奏你”不可，那么利害，这个地方。

“可不是吗？去年那个外国人要租就说五百块。”

“啊，那一定是论长年。我是问一月多少钱，而且我只要这两间。”

一脚跨进了那两间。其实只有这两间，如果要房子。

“你这房子太不堪，都是老鼠咬的。”

“是。”

望着A君说“是。”然而心想：“说什么？”

A君又站下来，一跨跨了两层阶级。

“你这儿清净倒清净，没有人闹。”

“有人闹？谁闹？谁也不上来！”

有点愤，A君简直是冤枉了她一下。

“我是要找一个清净的地方，我现在住的那儿不清净，时常有人来往，房子倒还好，也不贵。”

A君是诉苦，至于此一个清净的地方出租他租不租——租？这个在他的脑里已经是一个空白了，走了，走了他不晓得。

“谁也不上这儿来。去年七月里有两个贼，上来偷我的小鸡子！”

A君抢着道：

“是什么样子的人？”

她又不让A君说，抢着说：

“两个贼！我就一嚷。”

“那恐怕是弄得好玩的，贼他那里偷鸡？我们乡里，偷鸡不算什么，是常事。”

十年以前，A君在他的故乡听一位举人讲《了凡钢鉴》，窗友们便都喜欢偷邻近一家菜园的鸡，并偷豌豆。

“我一嚷，人都上来了。好些个人，都上来了。巡警也上来了。”

“你的鸡到底偷走了没有呢？”

“二妹妹，你来。”

A 君稍吃一惊，“怎么还有一个人？”

对，还有一个人，也在那一间屋子里，屋子的角里，躺了一床破席。

“二妹妹”就进去了。

“要什么？”

“跟他说什么！闹得玩儿的。”

A 君很愤，平白的说他闹得玩儿的！而且，一听那说话的气神〔神气〕，简直是看不起他，那个要死的老婆子！于是就愤走了——

“谁来住你这个庙？连你的小鸡子也有人偷！”

盖分明的肯定了，他不住这个庙。

回到他那儿，一进门就告诉老婆子——

“我在山上庙里来。”

老婆子暗地里这一惊不小：“山上庙里来？”

（一九二八，十一，八。）

文公庙①

文公庙供奉的是韩文公。韩文公青袍纸扇，白面书生，同吕祖庙的吕洞宾大仙是一副模样。最初是王大奶同她的孙女儿晓得“文公菩萨”就是韩文公，——话是这样说：“不错，韩文公，文公庙的文公菩萨就是。戏台上还唱文公走雪的戏哩。”不错，真个的说对了。县志载得有，接着城隍庙叙文公庙，二庙盖同在东门，叙明了昌黎韩文公。母孙二人都喜欢《韩湘子度叔》的唱本，孙女儿唱，祖母听，《韩

---

① 载北平《华北日报副刊》1929年8月14日第138号，署名废名，文末署：“一九二九，七，八。”

湘子度叔》上面有“韩文公”，而且，“谪贬潮阳路八千”。渐渐知道的也就多了，文公庙烧香的还是少。这一位老太太同这一位小姐初一十五不断的来烧香。

张七先生久在文公庙教书。文公庙的和尚——和尚文公庙至多只能有一个，无须再加区别字，恰巧又有这一位张七先生，简直有口皆碑。和尚老诚。张七先生呢，“先生不回家”，即是说不耽误学生上学。每年总有好几十个学生，年年有不来的，年年有新来的。读到“离娄”就不来了，去学生意。有一回王大奶烧了香抽了一张“家宅”，请张七先生念给她听，先听为快。张七先生正在那里嚷：“读熟了背！”不嚷就听不见了。可怜的是孩子们，有的快要读熟了。王大奶刚刚站到门槛以外，张七先生连忙离开他的先生的位，刚刚走到门槛以内，自然不用得走了。接了签又回去，回去戴上眼镜，首先说，“家宅，上上。”王大奶听了念完了，要赶回去看媳妇打米煮饭，米桶放在她老人家自己的房里，还要对张七先生说一句道：

“七先生，文公菩萨就是韩文公，好不伤心，谪贬潮阳路八千，四九寒天，多冷。”

七先生点头。实在他不关心韩文公，没有听清楚，晓得是说这个庙里的菩萨。

王大奶开步走了，叫七先生不要送，七先生要送，走了还要问：

“鬏鬏今天来了没有？他爸爸昨天晚上要打死他！总是逃学。老五那东西委实也太拙，现他有孩子！那一家孩子不贪玩？”

老五者，王大奶之令侄，鬍鬍的爸爸。鬍鬍来了，“自羲农，至黄帝！自羲农，至黄帝！”是鬍鬍嚷。他此刻连先生也不在眼中了，他的大奶进了他的学房，同先生说话！张大火以下，（张大火是最大的一个）皆大喜欢，不过他们是帮王鬍鬍喜欢还是他们自己喜欢，颇难得分清。总之王鬍鬍的大奶来了，又走了。

可怜，十几双眼睛，高低不差多少，一齐朝着学门的方向往外望，嘴也差不多是一样动，——不知从什么时候起都读得没有气力了。学门外是一方天井，那里还望得见走出了大门的王大奶？有的坐得偏于一角，自始就没有望见王大奶，望得眼睛是黑的。先生进来得那么快，张大火刚刚下了位要去拍王长江的脑袋瓜，倒惊坏了自家，下了位又一屁股坐上去了。都是高声一唱，张大火更是高声一唱："寡人有疾！寡人好色！”先生也听清楚了。先生的步子总是慢，但一点也不现得他乏，仿佛他的路程是绕行地球一周，永远慢开他的慢步。

张七先生绰号张驴子。张大火以下在外淘〔淘〕气，坐在茶馆里的人便道：“告诉张驴子打你的屁股。”他们只印了“告诉”两字，害怕。说话者，待他说了，作用在“张驴子”，起了张七先生的印象了。张七先生脸皮黑，眉毛又生得恶，学生怕他怕这个眉毛，一板子打下来了倒不怕。真的，到现在差不多是二十年前的事了，张七先生的学生还记得张七先生，是因为张七先生的眉毛，一放开这个眉毛，张七先生没有了，张七先生多年死去了。然而，就是当面一个人，五官缺少了一官，虽然只缺少这么一点，就不像一个人，世上也就没有这样一个人。戴上先生的眼镜，先生简直不可怕，且可乐，先生怕他的眼镜了，俨然是，张大火以下都不亦乐乎，看先生戴眼镜。张七先生的眼镜不常戴，请他干什么才戴。比如刚才替王大奶念家宅。最普通的是写“天作之合”，婚书。有的慎重其事，请七先生上他府上去写，“贴七先生一餐饭”，大多数则是亲自拿了红纸帖子上文公庙来。眼镜有一个（眼）镜盒。眼镜盒有了三十年，新媳妇为新郎做的，皂角的形状，“绉布的”，什么绉布，张七先生自己也说不清，他当初也没有问他的先生娘子，下垂一绺红丝，当然早已不红了。张七先生的先生娘子给七先生留下的纪念，还有七先生的一双鞋，这个，七先生打开箱子，分外的伤心，“好好的死去了。”当时有眼镜盒没有眼镜，教书也不在文公庙，在乡下自己的村里。眼镜只买了十年，先生娘子是不能晓得的了，花五百钱，从湖北汉口来的一个叫卖眼镜的玻璃匣子里头买了下来。话说这一位卖眼镜的年年有一个时候还是见他背了他的匣子沿街卖，一天，经文公庙过，站在门口，放下匣子，“歇一会儿。”张七先生也走出来了，看眼镜，问价钱。

“这样的两串，这样的一串二。”

“当先五百个钱，如今那就要贵那么些？都还没有我的一幅好。”

张七先生现得他得意。卖眼镜的就背上他的匣子走了。他一点也不现他的失意，且走且说了一句：“这位老先生一幅眼镜要用他一生。”这时和尚走出来了。和尚他总是忙。煮饭他倒费不了多大的工夫，一会儿就看见他端了他的饭吃，他忙菜园，虽然他的菜卖不了钱，也不多；忙着上楼，上了楼就不看见他下来，楼上动得响；忙着舂米，他的米是一次舂就，不说一年，一季是要吃的，所以这一天就只看见他忙了；忙着买盘香，他要买那“顶干顶干的”，不顶干又回头换，或者先几天去定着，来回是空手，而是买盘香，来回二十里。向来他同十里铺的万盛香店通买卖，乡下东西比城里好。十里铺，尚是从东门口计算，十里。文公庙到东门口还有一里半罢。他的庙，“一个月也没有两个人进香，”他晓得，——是他说的他不晓得吗？但他的庙一年三百六十日点盘香。盘香的工用盖等于取灯儿。文公菩萨面前长明灯也长明着，不能拿菩萨的灯来点火，“一点点熄了呢？”还有许多事要忙。他走出来，手上的扫帚还没有放下，刚刚吃了饭扫一扫厨房，听得门口有人说话，就走出来。出来只看见七先生站在门口。虽然不能说他看见，因为他的眼睛不大看得见，但说他看见七先生是可以的了。他一看见七先生就是七先生。七先生是打算进来，看见和尚来了又不进去了。

“那个卖眼镜的又来了。”

七先生告诉和尚。

“天上九头鸟，地下湖北老，湖北老没有一个好东西，先生你再也莫买他的眼镜！”

“都赶不上我的一幅好，要一串二两串钱！”

七先生的得意和尚看不见了，捏了他的扫帚转身要进去，又转过来，猛的一下钉了七先生的脸向上看，七先生比他高一些，——原来是有话说：

“七先生，你看怎么样，王小毛那孩子我劝你老人家再也莫打他，我看他简直成了呆子！今天我上茅司，他也跑进去了，我问是那一个，他不晓得答应，我一看，是他！我说你这孩子，人家问你你怎么不答应呢？他说他没有屙了，你没有屙了你就不答应吗？要不是我仔细，一脚撞到粪缸里去了呢？”

七先生没有意见。王小毛是最小的一个学生。但他老人家今天很高兴王小毛，见了王小毛，虽然不笑，心里很喜欢这个孩子。昨天下午王小毛家里送斤半猪肉来了。七先生告诉来人道：“这孩子倒不是不能读书的，聪明。”张七先生有两个学生，他们家都有钱，一个叫做冯炎生，一个就是王小毛。每逢初一十五，冯炎生同王小毛都要“送菜先生”，即是家里做一碗菜送到学房来，或是一碗鱼，或是一碗豆腐或海带熬肉。王小毛家里做的菜总好吃些，七先生说。这回初一，即七月初一，王小毛没有送，今天十五，昨天他爸爸打发人送斤半猪肉来了。张七先生还同王小毛谈了一会儿话，张大火以下都看先生同小毛说话，小毛却说不出，坐在他的位上，他的小脑壳不知安放到那里才好，不肯抬起来。慢慢的先生捏他的耳朵要他说了一句，他说得好玩：

“我家杀猪，八十一斤。”

张七先生才晓得他家那一只大肥猪宰了。人家家里有猪张七先生何以晓得呢？原来如此：文公庙门口差不多等于一个牧场，一大片荒地，长了几颗〔棵〕树，邻近的猪同磨坊的驴子都在这里放，王小毛之祖母常是拿着家伙追踪一只猪，她老人家不甘心旁人拣她的猪粪，要拿去卖钱。

这一斤半肉张七先生拿来腌起来了，就在这个十五的早晨，放学叫学生回去吃饭，然后煮自己的饭，而且腌肉。等待吃了饭，收拾了碗筷，时候已经不早，而学生还没有来。因为今天十五。门口听得有讨饭的叫，“师父，打发一点！”接连只听得“师父，打发一点！”惹得张七先生慢步走出，忙开口道：

“‘师父’！叫师娘也不打发！”

张七先生诙谐一下，心里快乐。讨饭的是一月老要来几回的一个小孩子，下穿一条破裤。和尚有时打发一点，有时则骂，说小孩子不该讨饭。

“先生，你老人家今天打发我一点。”

“来，把裤子脱下，打屁股。”

说着做手势。相隔还有几步远。小孩笑着敲着他的讨饭的碗走了，且走且唱：

“人之初，

我不读，

我的丈母娘下狗儿下了一匹草狗。”

“读”，读若“偷”。他的肚子已经很饱。到和尚庙里来讨饭，是回家路过，余兴。这时和尚正在那里端碗。“端碗”，犹言吃饭。

转瞬就是七月二十一。和尚从七月初一算起，“七月二十一，我妈的生日。”我妈的生日其实也没有什么，反正“不能尽心，到我妈坟面前去烧香。”相隔一百九十里。他从来不提起他的爸爸，不知何以故？也没有人问。妈妈还留了他一个忌日，还留了他自己的生日。这回的七月二十一有了桩事，又是上茅司，他一不仔细，踏了一脚粪，“那一个歪屁股屙矢屙到粪缸板上！”踏了一脚粪，更是糊涂，拿手去摸鞋子！张七先生正在那里嚷：“读熟了背！”忽然看见和尚其势汹汹的来了，门槛以外霹雳一声——

“七先生，你看这是怎么说！”

两手前伸若乌龟，一若不敢沾身。眼睛虽然是钉了七先生的位置去看，而是叫七先生看他的鞋子。张大火以下一时都住了嘴，侧耳而听，张大火则眼睛也有用处了，因为他首先望见了窗户以外。

“那一个歪屁股屙矢屙到粪缸板上！踏我一鞋！”

孩子们一阵又嚷起来了，心里都不怕，都是一句：

“我不怕，不是我。”

张七先生嚷了一下：

“这些东西，都要打！”

和尚掉背而返了，若有所失，怎么只骂了这么几句？因为他气得好像一个虾蟆，一肚子气。他的一匹大黄狗沿他的踪迹舔。他仔细的想，“不是孩子的粪，孩子的粪是那有这么粗一筒呢？踏得我一鞋！”他归究“这个先生”。今天早晨起来不知何以故他很恨这个先生。

晚半天学生各自还家今天不再来的时候，不知何以故和尚很是消遥了，我妈的生日今年也不再有了，忘记了，站在门槛以外同七先生攀谈。或曰如此：十天以前有一位乡下老太太进城，沿庙烧香，烧到文公庙，抽一张签，拿回去请她女婿念，是四言四句，“尔心不诚，叩我神明，斋戒沐浴，助油十斤，”所以今天兀的送二斤香油来了，——何以只送二斤？但这件事是和尚还没有十分息怒的当儿就发生了。他站在门槛以外，问了七先生一件事，然后当面谈话。因为他在门口拾得了一条洗澡手巾，所以他问七先生，这样问：

“是你老人家的不是？”

“不是。”

“一定是那一位乘凉的丢下〈去〉的。”思忖着。

文公庙门口常有舂米的以及其他赤膊人等来乘凉。

“我伸手去摸，‘这是那一位丢了什么东西？’——先生，你看，如今的人心多么坏，王二家的她在那里拣粪，听见我这一说，连忙答应，‘是我丢的。’我说，‘你丢的？你丢了什么东西？’我把手巾剪在背后，她没有看清楚是洗澡手巾，‘我的裹脚布！’你看如今的人心多么坏，喜得是一条手巾不是银子！”

七先生且听且欢乐。话来话去，又提到今天上茅司上面去了，很是一个余兴的样子——

“先生，今天粪缸上的粪，我看不像小孩子的粪，——这可应了一句俗言：‘夫妻两个来尿，不是你也是我。’”

说着钉了七先生看，也笑。七先生笑而不答。“来尿”云者，是说睡在床上屙尿，实际上是指十岁以下的小孩子说，若一岁两岁又不大适用，因为那是当然的，来尿则有个责备的意思，不应该。

门口外是吴盛记的那一匹叫驴又来了，兀的一叫。和尚连忙跑去，指着吴盛记放驴的孩子厉声说道：

“你这个驴！把我的园墙又挤塌了！你这个鸟东西！你再不好好的照管它我就驼根棍子打！”

鸟东西躺在地下玩。骂了这几句，——这〔怎〕么只骂了这几句？站在那里不晓得回去了。回去，且走，又骂：

“倒运的铺子养这么个驴，连尿也闻！打都打不走！”

“闻什么尿，和尚？”

王二家的远远的站着打趣他。

“你说闻什么尿！母驴尿什么尿！”

“这个和尚不是好和尚。”

“不是好和尚！你叫你王二把和尚赶走了他！——不是好和尚！”

不屑于同王二家的多说话的一个神气，回去。

枣①

（旅客的话一）

我当然不能谈年纪，但过着这么一个放荡的生活，东西南北，颇有点儿行脚僧的风流，而时怀一个求安息之念，因此，很不觉得自己还应算是一个少年了。我的哀愁大概是少年的罢，也还真是一个少年的欢喜，落日西山，总无改于野花芳草的我的道上，我总是一个生意哩。

近数年来，北京这地方我彷徨得较久，来去无常，平常多半住客栈，今年，夏末到中秋，逍遥于所谓会馆的寒窗之下了。到此刻，这

① 载北平《华北日报副刊》1930年1月1日第237号，署名废名，文末署："一九二九，十二，二九。"

三个月的时光，还好像舍不得似的。我不知怎的，实在的不要听故乡人说话，我的故乡人似乎又都是一些笨脚色，舌头改变不过来，胡同口里，有时无意间碰到他们，我却不是相识，那个声音是那样的容易入耳……唉，人何必丢丑呢？实在要说是“乞怜”才好。没有法，道旁的我是那么感觉着。至于会馆，向来是不辨方向的了。今年那时为什么下这一着棋，我也不大说得清。总之两个院子只住着我一人。因为北京忽然不吉利，人们随着火车走了。我从那里得了这消息，也不大说得清。

我住的是后院，窗外两株枣树，一株颇大。一架葡萄，不在我的门口，荫着谁之门，琐上了，里面还存放有东西。平常也自负能谈诗的，只有这时，才甚以古人青琐对芳菲之句为妙了：多半是黄昏时，孑然一身，葡萄架下贪凉。

我的先生走来看我，他老人家算是上岁数的人了，从琉璃厂来，拿了刻的印章给我看。我表示我的意见，说，“我喜欢这个。”这是刻着苦雨翁玺四个字的。先生含笑。先生卜居于一个低洼所在，经不得北京的大雨，一下就非脱脚不可，水都装到屋子里去了，——倘若深更半夜倾盆而注怎么办呢，梨枣倒真有了无妄之灾，还要首先起来捞那些捞什子，所以苦雨哩。但后来听说院子里已经挖了一个大坑，水由地中行。

先生常说聊斋这两句话不错：

姑妄言之姑听之

豆棚瓜架雨如丝

所以我写给先生的信里有云：

“豆棚瓜架雨如丝，一心贪看雨，一旦又记起了是一个过路人，走到这儿躲雨，到底天气不好也。钓鱼的他自不一样，雨里头有生意做，自然是斜风细雨不须归。我以为惟有这个躲雨的人最没有放过雨的美。……”

这算是我的“苦雨翁”吟，虽然有点咬文嚼字之嫌，但当面告诉先生说，“我的意境实好。”先生回答道：

“你完全是江南生长的，总是江南景物作用。”

我简直受了一大打击，默而无语了。

不知怎么一谈谈起朱舜水先生，这又给了我一个诗思，先生道：

“日本的书上说朱舜水，他平常是能操和语的，方病榻弥留，讲的话友人不懂，几句土话。”

我说：

“先生，是什么书上的？”

看我的神气不能漠然听之了，先生也不由得正襟而危坐，屋子里很寂静了。他老人家是唯物论者。我呢？——虽是顺便的话，还是不要多说的好。这个节制，于做文章的人颇紧要，否则文章很损失。

有一个女人，大概住在邻近，时常带了孩子来打枣吃。看她的样子很不招人喜欢，所以我关门一室让她打了。然而窗外我的树一天一天的失了精神了，我乃吩咐长班：“请她以后不要来罢。”

果然不见她来了。

一到八月，枣渐渐的熟了。树顶的顶上，〈夜〉人不能及。夜半大风，一阵阵落地声响，我枕在枕头上喜欢极了。我想那“雨中山果落”恐怕不及我这个。清早开门，满地枣红，简直是意外的欢喜，昨夜的落地不算事了。

一天，我知道，前院新搬进了一个人，当然是我的同乡了。小便时，我望见他，心想，“这就是他了。”这人，五十岁上下，简直不招我的反感，——唉，说话每每不自觉的说出来了，怎么说反感呢？我这人是那样的，甚是苦了自己，见人易生反感。我很想同他谈谈。第二天早晨，我正在那里写字，他推开我的房门进来了。见面拱手，但真不讨厌，合式，笑得是一个苦笑，或者只是我那么的觉着。倒一杯茶，请他坐下了。

他很要知道似的，问我：

“贵姓？”

“姓岳。”

“府上在那里？”

“岳家湾。”

“那么北乡。”

这样说时，轮了一下他的眼睛，头也一偏，不消说，那个岳家湾在这个迟钝的思索里指定了一遍了。

“你住在那里呢？”

“我是西乡，——感湖你晓得吗？你们北乡的鱼贩子总在我那里买鱼。”

失礼罢，或者说，这人还年青罢，我竟没有问他贵姓，而问，“你住在那里呢？”做人大概是要经过长久训练的，自以为很好了，其实距那个自由地步还很远，动不动露出马脚来了。后来他告诉我，他的夫人去年此地死了，尚停柩在城外庙里，想设法搬运回去，新近往济南去了一趟，又回北京来。

唉，再没有比这动我的乡愁了，一日的傍午我照例在那里写字玩，院子很是寂静，但总仿佛不是这么个寂静似的，抬起头来，朝着冷布往窗外望，见了我的同乡昂着他的秃头望那树顶上疏疏几吊枣子想吃了。

（一九二九，一二，二九。）

墓[1]

（旅客的话二）

三月杪，四月初，北地也已渐渐是春天了，写信问友人，“西山的房子空着么？”回信道，“你如果去，那真是不胜借光之至了。”于是我又作西山之客了。这所谓春天，只在树上，树又只是杨柳，如果都同我的那位朋友一样，（神安他的灵魂！）要那个草的春天，春雨细，那那里行呢？实在我也算得同党。杨柳而外，山阿土埂，看得见桃杏开花，但这格外使人荒凉，因为，从我们来看，桃花总要流水，

① 载北平《华北日报副刊》1930年1月16日第245号，署名废名。

所谓花落水流红，为什么在这个不毛之地开得全无兴会呢?

天气是暖和的，山上的路，骑驴走，平原在望，远远近近尽是杨柳村，倘若早出晚归，夕阳自然的没有了，转过山阿，忽然看见那边山上，天边，蛾眉之月，那这个春天才美哩。若有人兮天一方!

这既不是春又不能说秋的北京春天。

西山之横山，就葬着我的那位朋友。横过横山，一条马路，通往八大处的，山南山北亦所必经，上山第三天我出去玩，不由得下了驴子一觅“徐君”了。荒冢累累，认得一块碑。“江西铜鼓欧阳丁武之墓”，这是几个大字，右边则刻着:

春草明年绿

王孙归不归

吾友生平爱好此句爰为

书之于其墓

往下署了我的名字。我喜欢照我的排列，空白多好看，不肯补以年月日。三年以前，记得是过了重九不久，所以不是九月也必定是十月，欧阳君竟以养病西山而长辞了。其时我是偶尔来玩，适逢其会，他的长兄在场，说我们是朋友，请写一块碑，我承认了。这些事我是不大有意见的，但写好了一看，觉得可哀了。

颇有意兴的想到身世这个题目上面去。小毛驴一走一颠簸，赶驴子的一脸的土，很是诙谐的样子，自己便仿佛是“吉诃德先生”一流人物了。孟轲骂杨墨，“无父无君，是禽兽也”断章取义，我倒有点喜欢借用这一个批辞。我不知因为疲倦了的原故呢还是什么，对于人世间成立的关系，都颇漠漠然，惟独说不出道理的忠实于某一种工作。或者是忠实罢了，实在这两个字也用得我自己不大明白。但对于这一句话好像很明白：“有杀身以成仁，无求生以害仁。”为什么想到这一句话？今之世其乱世乎？唉，这恐怕还是少年血气用事，莫以为得了意思才好。人何必要现得人类的野蛮呢？野蛮也要让他与我无关。这些话都跟着驴子跑起来了，原来我所分明的可怜我自己的是这一点：惟独当面对了死人，有时仅是一张照片，无论与我什么关系——死人呵，我又不胜惶恐了，生怕我有什么罪过似的，但我不能不天真的说，那一下子我简直的起了一个侥幸的心喜，“我不管了”一个实实在在的意识。唉，原来我同人类是这样的共运命。

死人而已盖黄土者那又不然，于我的朋友更不相干，他是诗人，自有世界，自然应该疏远了。

本地女人驾驭的本领比我高明得多，她的驴本来在后面响铃，一下跑过我好远了。我看她自由自在，打坐而骑行，好不羡人。

我住的是横山南。所谓“山南山北”，大概就以横山为言。西山名胜都在山北，我却不要多走，讨厌那一块儿的人物摆布得如同电影上出现，因此便是卧佛寺之楸树，古树开花我所爱看的，也打断了探访的兴致了。邻居是一些满人，生活苦行为则大方，尤其是女人和姑娘们，见面同我招呼，那话就说得好。一天我向一位老太太打听，“你们这儿还有那儿可玩么？”“可玩的你都到过了，山北你又不去，——实在没有那儿可玩。”“昨天我跑到山顶上，望见东南一个很大的树林，是什么地方呢？”“啊，你说的是王坟罢。”她思索了一会。

那必然是“王坟”，我乃徒步去看王坟了。首先夺目的是那树林的颜色，我没有见过这么样子的树，真是绿得醉人。但一点也不现得他浓艳，不，怎么想到这个字面上去，依然是叫人清明的，非一日之可几了，经历岁时的光芒。不是白杨，是什么树呢？我踟蹰于路上，遇见摇鼓卖糖果的，问他他说“小叶杨”。反正什么也罢，我今天能够站在这个树林底下了。

仰望许多叶子我歇息着，我不晓得要感激什么才好，这实在是一个恩惠。我又颇寂寂然，起来徘徊着走，这么一个深林里为什么不见一个人呢？我的意思是一个理想中人。我又实是不懂恋爱的。我的灵魂是多么崇高呵，这样我很自傲岸。

范围甚不小，有不少的陈迹，我都不喜欢查考，一迳去过桥，最前面一对石狮子，一架弓形的石桥。我是喜欢过桥的。可惜桥下无水流了。

是什么人呢，要在我们江南一定是放牛的小孩子淘气了，于一株盘根错节的松树之阴可以坐下两个人的长石头中央刻着棋盘，分明不是原来之物。仔细一看，这个棋盘讲究得很，或者世间有那样的高人也未可知。我不禁记起一句诗来了，“世间甲子须臾事，逢着仙人莫看棋。”生怕见笑于大方之家，只好掉头不顾的循了我的归途了。

有一个地方名叫小熊儿，名字殊不可解，离西山畜牧场不远。小熊儿的井泉据说最好，其实都是些穷朋友，朝不保夕的，三四里路之远也来挑他一担回去泡茶喝。我曾经在这井泉旁边坐过不少的时间的，银杏二株临其上，那是因为白日当天，走路走得热了，绕道去乘凉。但这个已经不是我的小熊儿了，——小熊儿，莫非我真怀恋你么？

春天告诉我们要来，终于我不像看见了春天，此地的夏又来得太无情意了，明明牛山濯濯，几日的大雨，开窗一看，忽而草何深呢？然而已经够我欢喜了。我想小熊儿那里必定好玩，太阳落到山那边去了，我去逛小熊儿。宿雨初晴，一路上新鲜之气，一块小石头也自臭得出，山色如画，晚照宜人，在我简直是一种晨光，我不知从何而来，往何而去了。殊动了音乐之感，想那稽〔嵇〕康的顾日影而弹琴恐怕很有意思，那个音乐应该好听。小熊儿已经在望了，一条小径上蜒，草绿成波，到了顶上头才有那两棵大树，石头牌坊很是白，几步阶石好像草里头长的。这些我忽然都不见了，是那里来的一位姑娘肩上一担水踏了石阶下来。——

唉，这难道是人间走路的样子？女人她的步态与腰身格外好看的，她的衣裳也无有不合身材的了，何况肩上挑了一担水。

我已到了这草坡的中途，只好拣了一块石头上坐下了。此刻回想起来，很是可怜，有似于罗丹的一座雕刻，那么的垂头枕肱，着地而想，不过实在没有思想，平白的飞不起一个没有翅膀的爱神罢了。她跃我而过，我未抬头。慢慢的我朝下望，她把她的担子放下了，那里聚着男女好几人，大概都是眼下那个村子里的。她同他们谈话，我听不见声音。我想她一偏头，始终只是头发看得分明。畜牧场的牛在路边放，一匹大弯角牛走近姑娘的水桶要喝水，她反跑开水桶好远了。并不真是怎么害怕，女人的最是美好的一种表现罢了，站在那里惊异的笑一声了。

我看着那牛越走越近，心里实在着急，仿佛世上的事都没有办法。后来那个放牛的一声喝，赶快几步来赶开，我是怎样的怅惘呵，为什么我没有做了这一个高贵的工作呢？

姑娘的后影草上不见了，转进那个村子里去了。

后来我什么时候走了，我不记得，但我总若置身在那个黄昏里，夜不曾袭来。

（一九三〇，一，一二。）

一封信

蘊是

劉生：

我勾留兩天就走了，沒有同你暢談的機會；我的哥哥時常在座，好像話又不能和盤托出。你只曉得，我平昔的志願如今可以達到，我哥哥那樣節省，雖然收入不多也能夠供給我的學費；你們送我出門的時候，我對你們洒了幾滴眼淚，你只當作我們平素太親密了，一時難以分手，我在車上哭了幾個鐘頭，你曉得嗎？我的哭是記起那一晚上的哭而哭，那是我接到章程同我父親商量行止的晚上。

我當着我的父親提出我的意見，我的母親，我的嫂嫂都在座。我鄭重提出之後，一屋人都一聲不做，好像一聲大雷轟然從天上打下，我自己也不知道剛纔說的是什麼。慢慢我的父親開口說道：

「那……自然是好……」

我看着我父親的神氣，曉得他比我更爲難過：我的意見是正當的，他是不忍阻止的；去，馬上就要預備盤費，隨即要預備以後每月的用費；預備又……

「但是你自修也能夠有成就，不必……你的哥哥雖然從他的收入項下，可以挪出你的學費，我看他是故意寬我的心，即或能夠，他自己必刻苦不堪，我也不忍叫他……」我的父親突然說。

「叔叔志向很堅定，還是去的好，無非大家節省些。」我的嫂嫂抱住我的姪兒永兒說着。

我放聲大哭了，想到這是極難解決的問題了：如了我的志願，便痛了我的心；不如我的志願，便痛了父，母，兄，嫂的心。我哭得忍不住了。他們雖然沒有作聲，我曉得他們是在心坎上哭，比我從眼睛裏湧出來還利害。我不等得結論跑去睡，面朝着牆，眼淚不住的朝枕上拋。約莫有兩點鐘的工夫，聽到天井外脚步聲慢慢朝房門口近，由牆上的影子認得是我的母親，我假裝睡着了，她站了一會把燈吹熄出去了。

第二天我的父親下鄉去，同日接到我哥哥的來信，催我即日動身，盤費已經預備了五十元。我的母親毅然說道：

「我替你定個日子：本月二十，到李家店裏去拿五十，後是一百。」

集外

集外所收短篇小说5篇，作于1922年至1927年间。

一封信①

碧生：

我勾留两天就走了，没有同你畅谈的机会；我的哥哥时常在座，好像话又不能和盘托出。你只晓得，我平昔的志愿如今可以达到，我哥哥那样节省，虽然收入不多也能够供给我的学费；你们送我出门的时候，我对你们洒了几滴眼泪，你只当作我们平素太亲密了，一时难以分手。我在车上哭了几个钟头，你晓得吗？我的哭是记起那一晚上的哭而哭，那是我接到章程同我父亲商量行止的晚上。

---

① 载《小说月报》1923年1月10日第14卷第1号，署名蕴是。

我当着我的父亲提出我的意见，我的母亲，我的嫂嫂都在座。我郑重提出之后，一屋人都一声不做，好像一声大雷劈然从天上打下，我自己也不知道刚才说的是什么。慢慢我的父亲开口说道：

“那……自然是好……”

我看着我父亲的神气，晓得他比我更为难过：我的意见是正当的，他是不忍阻止的；去！马上就要预备盘费，随即要预备以后每月的用费；预备！又……

“但是，你自修也能够有成就，不必……你的哥哥虽然说从他的收入项下，可以挪出你的学费，我看他是故意宽我的心，即或能够，他自己必刻苦不堪，我也不忍叫他……”我的父亲突然说。

“叔叔志向很坚定，还是去的好，无非大家节省些。”我的嫂嫂抱住我的侄儿永儿说着。

我放声大哭了，想到这是极难解决的问题了：如了我的志愿，便痛了我的心；不如我的志愿，便痛了父，母，兄，嫂的心。我哭得忍不住了。他们虽然没有作声，我晓得他们是在心坎上哭，比我从眼睛里泄出来还利害。我不等得结论跑去睡，面朝着墙，眼泪不住的朝枕上抛。约莫有两点钟的工夫，听到天井外脚步声慢慢朝房门口近，由墙上的影子认得是我的母亲，我假装睡着了，她站了一会把灯吹熄出去了。

第二天我的父亲下乡去，同日接到我哥哥的来信，催我即日动身，盘费已经预备了五十元。我的母亲截然说道：

“我替你定个日子：本月二十。到李家店里去拿五十，凑足一百。”

“等父亲回来还要商量。”

我的母亲向来无论做什么事情都要同我的父亲商量，这回偏不睬我的话，一心同我的嫂嫂检清我必须带去的衣服。我看着日子渐渐逼迫了，也顾不得我的父亲不在家，自己检清必须带去的书籍。十九的晚上，我记起我的嫂嫂向我讲过：“趁你哥哥还未放假，写封信去叫他买一件永儿穿的背褡，”说道：

“嫂嫂前回说买永儿穿的背褡，不知什么颜色好？”

“那是偶然说起的玩笑，那里还有孩子穿背褡！”

我即刻猜着了嫂嫂的心事，眼泪又在那里回转，几乎忍不住。

我的父亲好像同我的母亲暗约了的，我刚吃完早饭，预备动身，他便回来了。笑嘻嘻的把已经包裹了的行李，重新打开一看，不经过他的眼睛，他便疑心有人害他的儿子似的。又再三嘱咐道：

“既去，别把经费的事放在心里，我自然晓得筹画。读书最怕被杂念纷扰。”

他们送我出门的时候，我简直不敢抬头，走了几十步将要转湾的地方，才回头一瞥，同时两伙眼泪因贮积了的原故，以两条垂直线朝地坠。

碧生，我父亲的话，至今还在我耳朵里响着：“读书最怕被杂念纷扰！”

那天买车票我是怎样拿不定主意呵！你们不是说有一种军用半票可以减少一半价钱吗？我在渡江的轮船上遇着一个也是上火车的商人，同他谈了几句话，晓得他是久于坐火车的。他说，单有那一张白票，我们普通人不大方便，须得另有一张护照，护照是红纸的。我比时深悔我们许多人中没有一个有相识的军官！奇怪，我们平常不是痛恶军人吗？

到车站的时候，九点钟还差几分，挑夫把行李放下，我自己拖到靠墙的地方，随把被包垫坐，双脚踏在篮子边上，眼睛不敢望着别的地方，好像上帝创造他们便是为今天照顾行李用的。有两个穿着轮船上水手一样服装的人在我面前踱来踱去，我想，这一定是你们嘱咐我留神的人了。你平常总是羡慕我，不像你要带眼镜，这回偏偏作怪，几十枝烛光的电灯照起来，反比不上平常在洋灯底下看书连那五号字也认得清楚，时时起一阵昏花；若不是赖着触觉作用，险不被他们扛起跑了！到后来那两个走近我的面前问道：

"先生是到北京去罢？"

我虽然是初次坐火车，轮船却坐过多少次，照例板起面孔，作个不屑与的神气说道：

"北京去。"

"替先生弄一张半票，好不好？"

我当时很惊讶："他们怎么会有呢？"却又装着内行样子说道：

"拿来我看看。"

果然一张红的，一张白的，上面的字句，图章，都清清楚楚。我一面看，一面思忖，他们也就猜着了我的意思，说道：

“拿去买了票，再把钱。”

“那自然，我买过几次的。”

“那更好，规规矩矩，四块，不多罢？”

他们硬塞在我的手里，要我拿住，我总有些不放心，说道：

“拿去，缓一会再来。”

他们走了，我做出格外从容的样子。间一会，他们中的一个在我面前一瞥，我也不睬他，虽然心里很想他再来，便是四块钱也不想再少。忽然一个穿军衣的走来问我，他说他是陈督军的部下，送太太回乡去，只要我给他三块钱，他便把两张给我，我很耽心那两个卖给别人了，便也同他交涉，并不是因为更便宜一块的原故；又想：“军人是不好缠的，万一把钱拿去了，票却……？索性不贪这个便宜罢！哥哥叫我没太节省，我要体贴他的心。”

兵走了，那两个又苍蝇似的奔来：

“还是把我们的拿去。丘八！你玩他不过。”

我答应了。卖票的窗户也打开了。他们把我的衣服一扯，低声说道：

“先生，跟我这边来。”

“不行！不行！我的行李在这里！卖给别人罢？我不要！不要！”

“我替先生照顾，请看我的牌子。”他们中的一个把铜牌子现出来很急忙的说着，那个便不由我答应，把我拖到一个没有人的地方：

“谁害你不成？行李包你不遗掉。那里有警察，查出来，了不得！拿去把票买来！我们是不能买的。”说着把两张塞在我的手里。

我真闹得没有法了，同一匹饿肚子猪四面找槽一样，跑到买票的地方。他们并没欺我。我拿着票去找行李，他们在那里伸着手等我。我给他们三块银洋，其余是铜子，他们很大方，并不数数就拿走了。我很有点后悔：“晓得他们不数，不该给那些铜子！”

碧生，我自己也莫明其妙了！我相信，想你也相信，“于我如浮云”的精神，我实在是有的！校长给我在附校估一席，我决心辞掉，到大学去研究文学！现在怎么做这种难堪的事呢？我的草稿这里被眼泪湿了一大块！我没有体贴我父亲，我哥哥的心了！

车站的事还没有说完，三块半钱的便宜终于没有贪到！我的行李侧边，便是行李挂号的地方，我付完那两个之后，叫一个工人把我的行李载上镑台——这是依照那商人的话：“把行李挂号，花费不多，减省好些麻烦。”我看在我先挂号的那一位，果然只费了十八个铜子，便更安心，以为这件事倒亏他指点。称完了，站在柜台外等候给我的凭单。不多时，一个戴金边帽子穿黑呢制服的在里面喊道：

“35 号……3 块 4 毛……”

喊了一大会，却没有人答应，我也很惊讶：“怎么没人答应？”他忽然把我的肩膀一拍：

“你的罢！3块4毛。”

“3块4毛？那不是我的！我的决不要这些！刚才那一位不是十八个铜子吗？”

“你不晓得规矩！初次坐火车的？你的行李逾了限定的重量，要这些！”

“不错！初次坐火车的。那么，我不挂号，请把行李还我！”

“不行！不行！——花三块几毛钱，多么舒服。”他一面说一面装起手势，嘲笑我乡下孩子似的。我又耽心开车，只得把刚才剩下的车费留下一毛，其余的都交给他了！

下车时倒很幸福，久住北京的一个朋友，因为接到我动身前发的信，早在站口候着我了；前三十分钟开始的恐怖，好像被一阵风吹跑了！你一定要怀疑：“又是什么恐怖？”这恐怖，唉！至今回忆起来，比那一晚上还好哭。车到长辛店的时候，搭客差不多都下去了，在我那舱里，只剩下八个人，其中没有同伴的，只我一个。他们各自收拾行李，我也收拾我的行李，一面又想：“一个人两件行李；一手提一件，不是我的力量做得到；叫人，又免不了讹索，从上往下一搬，少不了几十个铜子；幸而搬下去了，还得要车子拖到朋友那里，此地的规矩完全不晓得，他们见我这初次上街的人，自然更是多要；多花几个，我也情愿，只怕，只怕我问他，他不睬……”一段凄惨的往事，又在脑里唤起来了：

那年由武昌抱病回家，因为没有同伴，携带的也便只一小篮子。

在汉口搬上轮船的时候，我喊一个挑子代我背去，喊一个，却围拢来四五个，我一面照顾篮子，一面又同他们讲价钱，给他们二十个铜子，还是不去，把我挤得像一个罪犯一样。我害的什么病，想你还记得，腋下新长起的那一个，像被炙铁炙了的那样枯焦，越挤越难过，越难过他们越抬价，我真是哭又没有眼泪，嚷又没有气力。忽然旁边有几个旅客喊搬东西，他们便不顾这种小生意，带说带笑的往那边窜；不得已答应他们要几多给几多，他们仍然是没听见似的；最后只得自己提着，提到楼梯中间，被那铜板一滑，身子随着篮子朝地下一滚！跌在地下不能起来，只晓得挑子们在旁边嘲笑！

这样悬想之间，由窗口已可望见城墙。随即攀上了好几个旅馆的伙友，他们问我一声，我便慌得一跳，疑心他们哄我。碧人〔生〕，这倒低〔底〕是我对于人的歧视，还是人确有使我歧视的地方？——总之是人与人的歧视！后面有一种势力驱使着歧视！

你想，我是怎样欢喜，当我望见了我的朋友的时候！我回家去初次碰着我的母亲，也没有这样欢喜。虽然欢喜，却笑不出来，我找不出相当的话来形容，从杀场上逃脱了的凶手或者是这样罢？

承朋友的介绍，就在他这里住下，饭到馆子里去吃。当晚我便问他一个月要多少钱，他说，宿费两元七毛，膳费约六元，杂费约两元。我睡在床上把这数目一加，还没有超过预算，便安安稳稳的睡着了。第二天清早起来，发现了缺少许多东西，没有一件可以减省，这在日记上都记出来了，茶碗去钱……脸盘去钱……

北京的街道，不同乎武昌，在武昌可以不坐车子，北京稍为远一点的地方，便不能不坐车子去。起初我总是硬着不坐，回来的时候，鞋子与袜子几乎分不清白，头发与面孔都添了一层颜色，同我们乡里舂米的工人差不多。随后觉得这太不合卫生，我比车夫总还能够讲究一点，所以那天到照相馆去照相，便第一次坐车。回来又后悔："在武昌为什么不照？去来的车费，共是四次！"这些数目，在日记上都寻得出来。

你是晓得我的性情的，专门机械的预备功课，总不大合式，书店的消费，因之也就免不掉。可是一种书顶少要两次才买成功！头一次；先看目录；再拣目录好的一篇看过大概；觉得称意，再看定价；看完定价，便问打几折；本是打八折的，便请他打七折；请求无效，把书仍放在原处；站了一会，或走了再转来，请他打七五——这样便空手回去了。夜里睡在床上，又想："这本书应该怎样爱重他！因了几十个臭铜片，便使他无缘与我相近！明天定"——这样或更经过这样那本书便跟在我的身边了。喜得北京商贾很好，看了不买。仍然是和和气气，倘若像武昌那样，我不知要挨多少骂！

考试结果未发表之前，我便筹画以后常住的地方。我的朋友很诚意的劝我："我这里就算顶好，花费与学校的宿舍相差不远，房子却比宿舍好。"我问问宿舍里的朋友，果然如是。我也就决定永远住在这里了。可是心里总有些惊慌，因为那天偶然听得同住的几个朋友讲："下季要添电灯，电话，自来火，开办费每人约计十元。"随即宽慰自己："我也是一分子，我不同意！慌什么？"

我的日记真巧，真好笑！后半本尽列下预算：宿费……元，膳费……元，杂费……元，书籍费……元。照字数计起来，只占得日记的一面，现在却占这么多！而且都是重复的！我的箱子也不知被我开过多少次！心里计算用了几块，还有几块，便去打开一次；偶然少了一块，便屈着指头再想，想到某日在那里用了，清清楚楚在那里用了才止。

今天偶然把镜子一照，觉得黄瘦好些！我便哭起来了，我不能体贴我父亲，我哥哥的心了。我来本是求精神上的愉快，现在却添上一层烦恼！

这封信千万别让我的哥哥看见！

我认识了一个好朋友——饭馆里的侍者。他不要我多花钱，又不要我多吃苦，荤素菜间餐点给我吃。我在这么大的城中，还只觉得他是我爱的。附告。

丧我。一九二二，九，二二。

长日①

王澈生还未来北京之先，他的老同学都很耽心的反覆说道：“北京的社会坏极了，同学中诚实如T君，不久染了……的习惯，起初还不过朋友要他，后来简直是他约朋友”。言外的意思：“王澈生恐怕也……”澈生当面也很感谢他们的好意，背地里却笑他们的过于忧虑。因为他近来有一种确乎不可移易的见解：行为原动，全在感情；感情的培养，全在知识。把娼妓当作姊妹一般，自然不做嫖客；了解人类本是一体，自然会把娼妓当作姊妹。诚实！那不过没有遇着作恶的机

① 载《努力周报》1922年10月29日第26期，署名冯文炳。

会，要不作恶，就要有真知识。

澈生的见解，果然被他自己证实。同寓的朋友，偶然从八大胡同回来，彼此互相嘱咐，不要让王澈生晓得。其实澈生已经猜着几分，他怜悯他们，正如怜悯被他们践踏的人一样，因为照他的见解，一个人当行为的时候，不能负行为的咎。

澈生是来投考一个专门学校的。初来的时候，预备试验的科目，虽然不感着什么兴趣，日子倒也容易过，夏日昼长，在他完全不觉得，墙上的日历，时常忘记扯，一扯便是四五张。晚上朋友们出去，他一个人端一把藤椅子到院子里坐下。逢着月亮出来的时候，他把椅子移在一棵很大的槐树荫下，这槐树长在间壁院子里，树枝子却一大部分伸到澈生这边来。从一蓬绿叶底下去望月亮，更没有别的情境使他更感清幽，透澈。不知不觉的他已经起了一阵笑容，学着旧戏的腔调，用极细微的声音唱道："我好比，清水潭，一尾游鱼……"正在一面唱一面摇头的时候，听到从那里传来的胡琴声，更因为白天里疲倦的原故，渐渐入了似睡非睡的光境。直到有人把他一拍："Mr（.）王！"他才晓得朋友们回来了，到了应睡的时候了。

考试告竣，他自己所不愿做的功课，可以完全摔在一边，他真是如释重负。白天里同朋友们谈天，吃过晚饭，独自到各处去找幽雅的地方——他的性情向来欢喜走未曾走过的路，从这些路中，发现了幽雅的地方如庙宇之类，在他视为顶大的快乐：这样一来，日子也容易过，被他初次发现的地方，也渐渐经过两次三次的游览了。

考试结果发表，王澈生也是许多名字中之一。开学还得要经过两月。澈生打量这两月的光阴，须得怎样的享受；读书，自然是合他的脾味，而且现在可以随自己的欢喜。为图旅路的方便起见，他动身时携带的书籍很少，不得不从朋友处借，或书贾处买。因为个性的不同，朋友的书籍被他选中的很少，书贾方面，也找不出几多合意的。他渐渐有点像释去镣铐的囚犯，不知朝那方向走了。加以几天的酷热，除掉靠着藤椅睡觉，几乎没有别的事可做。热后每继以雨，初下的时候，倒也像浴水的猪，十分爽快。北京今年的天气，同南方一样，大雨总是接连几天不止，他也只得终日站在门口看雨泡翻来翻去。这时候占据他的脑筋的，多半是他在家里同他的夫人谈话的回忆；《子夜歌》一类的诗句，时常从他的住房里传出。这在他也视为顶大的快乐，他有一句半明半隐的话："相思时读相思诗！"很可以代表他这时的心境。

澈生渐渐有点感着日子长了。朋友们晚上出去，照例不招呼他。有一回他自告奋勇，加入他们的游园队；他们只当他把读书比游玩看得重，却晓得他极活泼极尊重别人的个性，见他表示一同出去，便都鼓掌欢迎。到了中央公园，逢着可爱的女子，便一齐征求他对于男女的意见。他也便旁若无人的发几句很激烈的议论："我们号称为人类的生活，实在赶不上一切昆虫，一切花木。我有一次在一座满长荷花的池边游玩，听了虾蟆的叫声，滴了无数的眼泪！你们只晓得我们中的一个基督，钉在十字架上，不晓得她们对于我们，个个是基督，个个钉在十字架上！我们要几时才平安的自由的接受这从高天临到的光呵！”——这也许是他这几天被枯燥生活刺激了的原故，费了很大的气力说着，也不管别个睬与不睬。

照规定的日期，开学还得一月，报纸上天天载着经费的吵闹，更不知迁延到什么时候。澈生现在十分感着苦闷，急的想个消遣的法子。——他又记起R名流的话，“消遣”这个名词，不应该有，世间上有多少要做的事！他便自搥自怨：“小孩时做‘惜寸阴’的文章，也会说‘吾辈要……’，现在连小孩还不如！”随即把书架上几部熟书，翻来翻去，然而心房突突的跳，一个字也看不入目！终于把书摔开，半愤半叹：“感情也有时不能鼓动我的行为呵！”

这时候旧戏却有乘间引诱澈生的魔力。澈生幼时，本经过欢喜看戏的时期，现在也还唱得好些词调。头一次被一个朋友要到城南游艺园的时候，偏偏走进戏场便是一出很使他高兴的戏！这戏的情节与他同他夫人的轶事，十分相合，他当场便向他的朋友批评，那些地方好，那些地方还要改良。真该游艺园要多消几张门票，很好的广告，已经贴在他的脑中。

第二次是他一人独去，心里满藏着欢喜同希望，去的时间也便特别的早，戏还没有开幕。在场内坐了好久，渐渐有点后悔的萌芽。锣鼓响了，讨厌的秦腔，肉麻的武剧，七八岁的孩子，一群一群的在台上匆出匆进，在他脑里刻下悲衰〔哀〕的痕迹。邻他坐的一个看客，似学生非学生，似商人非商人，侧着头向他面前吐一大堆浓绿色的痰；

他想到这痰里面的微生虫，首先便要飞进他的鼻子，急得几乎要顿脚，没有出声的骂道：“你这不讲公德的东西！还不用脚踏去！”不踏去也罢了，接着更不断的吐。澈生没有法，打算代他踏去，又怕他疑心是故意形容他不懂事！只得装着无意，把自己的鞋子压在痰上，再轻轻的把鞋一擦：这才发出只有自己能够听见的声音：“不该来！”最后头次给他以很好的印像的脚色出来了！虽然戏的情节赶不上头次，那种高低抑扬旋转自如的声调，也足够使他的悔容渐渐变成笑容，好像又用极细微的声音自己安慰自己：“赖有此耳”。——这便已经伏了“还来一次”的种子。闭幕归家的时候，十二点钟只差五分，坐在人力车上，夜风吹着地面的湿气，很有几分凉意。偶然一辆汽车迎面而来，闪电似的灯光，把车夫的背部照得清清楚楚：蓝布褂子半披半卷，汗珠被灯光射着，格外圆大，裤子破了几块，臀股几乎都露出来了，两个膀子鸭子泅水似的左摆右摆：澈生咬牙切齿，恼恨自己：“一总花费七十个铜子，他的名下只占十二个，倘若他有这总数，今天便可以安闲……”这结果适反乎消遣的本意了！他全身的血管紧张得要破了！将到寓所，经过一条漆黑的巷子，赖车前的洋灯，现出一线的光明，他又没气力似的叹道：“资本家也不过把劳工的血汗，换自己的娱乐！该死！决不再来！”说到“决”字，却好像有几分拿不住的样子。

大约有两个礼拜，澈生完全没有想到游艺园的事。一天看报，偶然——也许是有意，瞥到戏目，城南游艺园底下，又列着头次使他高兴的伶名戏名，有鬼似的心里又在跃跃欲试。“该死！”“该死！”

随即用很大的气力压住活老鼠似的同这念头抵抗。然而一点也没有效，椅子上像长了刺一般，一刻也不能坐：口里说“该死”，手上已经捏住了十几张铜子票。走到街旁贴广告的地方，戏单上大书特书的证明报载的丝毫不错。到了前门假使到游艺园去须得转湾的地方，他站住了。四五个车夫以为他是喊车子，一齐拥来。他呆了！他不晓得为什么事出来，将到什么地方去，他简直呆了！最后截然的把身子一转：“不去！不去！”便三步当作两步的跑到东安市场，在市场走了一圈，把带来的票子，尽买点心。回到寓里，把点心放在桌上，看戏的念头，果然像一阵风暴被狂风吹散了。打开点心，却禁不住哭起来了！记起他的父亲，他的母亲来了！他的父亲最欢喜吃油条过早，省费的原故，每回顶多两根，有时一根也不买。他的母亲有一次害病之后，很想吃水饺，省费的原故，心里尽管想，口里却不说，亏他猜着了，才上街去买一碗水饺。现在他的点心费，买得十几碗水饺，几十根油条！

感情在澈生也有无用的时候了。有一夜，g 名伶在 s 戏园演“拿手好戏”——戏单上这么写着，他吃过晚饭，心里又在交战，终于得到了一个宽解：“下星期便要开学！他们所谓的名伶，我也要赏识一赏识。只这一回！”这一次却很拿得住“只这一回”，大约是受了开学后有事可做的暗示。刚坐上车子，大雨便剑也似的下起来了。他笑道：“哈哈！好惩罚！倘若回来时雨还没住，我一定光头走回！惩罚！纪念！”天好像怜悯澈生，怕他真个被雨打坏，大雨不久便住了。到了夜半，月亮挂在深蓝的空中，澈生慢步回来，各种店子都关了门，路上行人也很少，澈生不时抬头望着月亮，觉得自己的身子格外轻，格外小，几乎要浮起来。

回到房里，打开周作人的《小河》诗反复读了几遍才睡。

一九二二，十，一，作于北大西斋。

我的心①

“三千里的长途！一个人！”黄昏的时候，我的妻代我把行装收拾之后，坐在靠窗的椅子上，狠没气力的这样说。我好像听了山寺的钟声，余音袅袅，在脑里烟也似的旋转。

“你自己还得清检一遍，怕的有遗忘。”

“不错。只少了那双袜！”

我的妻笑了。

“你笑我的技拙吗？”

① 载《努力周报》1923年4月1日第46期，署名冯文炳。

“我笑你的吝啬！故意留着。”

“留着，可以；吝啬，我却不承认。我在校时，衣服或袜子破了，不觉也就记起你来了。只要破得不大利害，总欢喜自己缝着。有一次，正是这傍晚的时候，一只穿上不久的新袜，靠后跟地方破了个小小的洞，我拿针线把他缝起，费了半点钟的工夫，结果把前面没破的地方都联拢了！”

“哈哈！”

我无意间引起妻的大笑——随即归于静默。我也只得把箱子锁就，走到长案旁边，拿起放在案上的像片睄着。妻突然一声，说，“最后的一晚，还不去和爹，妈谈谈！”

我的母亲抱住我的侄儿健儿在后房里踱来踱去，口里不住的唱着，“我不再想念二爷了，我有我的健儿了。”我的父亲倒在床上，右手把头枕着。我一声不出，面床坐着，怕父亲有所嘱咐。坐了一会，仍然只有母亲的歌唱，我以为父亲睡着了，便也跟着母亲踱来踱去，不时从后侧伸手摸抚健儿的脸，并且要求母亲：“不要把健儿弄睡了，二爷要同他开玩笑。”“行装备好没有？洋钱要放在稳妥地方……”父亲突然的开始讲话！父亲的声音，与上午大不相同，好像被风伤了似的，亏他还有勇气说什么“男儿志在四方”哩！

由家动身，首先要经过的地方是孔垅，距家计五十里旱程。这天送我来的是一个同我年纪相仿名叫焱的车夫，他的名字，恰巧也同我的乳名一样，我喊他的时候，他总有点不过意似的。焱本是种田人，因为弟兄多，冬春间田里又没有繁重的工作，他的父亲为他特备一辆车，每逢年节前后，迎送行客。我家便是他的老主顾。我们沿途很不寂寞，他问我北京宣统皇帝，我问他弟兄们都有没有媳妇。谈起话来，我几乎忘记了我是刚由家里出来的；话兴断了，我的心又似乎缺欠了什么，同没有装满的袋子摔在地下丝毫不觉着干脆一样。

到孔垅，住在一个相识的饭店里。吃过饭，焱便到别的地方去了。我知道我现在离家一天远比一天，却不想到几时再归来的事，只盼望焱即刻回到店来。我问店主他为什么出去，店主说大约是找转头生意去了。我于是盼望他立刻找着生意，免得空车回去。店里还有一个车夫，也是同日由同地来的；我很惊慌他找着了生意焱没有找着哩！

由小池口坐船过江，同船有七人，他们是一个家庭：内中年约四十岁的男子是家主，另外是他的妻，他的母亲，同他的小孩——一男两女；还有一位老翁，小孩称他“家公”。船舱里满载着破旧的家具，主人告诉我：“前几年一个人在九江开店，现在家眷也搬去。”那主妇面貌很丑恶，青布棉袍，外套一件蓝洋布挂〔褂〕，胸部解开，给那最小的——男孩哺乳，这孩子没有戴帽子头上长了好些疮疤，时常把他的小手抓住他母亲的嘴唇，母亲也就装着咬他的势子把手含着，一面又答应那老翁的话，“什么，爹？”那较大的女孩，坐在她母亲侧边，一丝不动的现出很纯和的样子，那男孩把乳吃完了，面向着她，用手抓住她的头毛，她顺手打他一下，他便哭起来了，母亲没有法子止住他哭，那祖母假装打那大的女孩，把孙儿接在怀里，拍着使他睡。

那主人很专心的同那老翁谈到岸怎样搬上家具的话，不理会孩子们的吵闹，只有那较小的女孩伏在他背上，现出父亲很是疼痛她的样子。我看了这情境，心里很舒服；船到江中间的时候，打一声喷嚏，痴想：“我的家人在那里计算我的路程罢？”

早八点钟到九江，轮船要等待下午十点钟。饭店里住着，很感孤独，想起那车夫焱同那渡船上的家庭，觉得这是不再容易得着的幸福了。一个人沿着江岸散步，望见将要开到对岸去的船只，便凭着江岸铁栏睄着上船的搭客——尤其是女搭客。最后走到前面“玩洋片”的游戏的人群中，我的寂寞无所依归的心又得着伴侣了。这游戏逢着年节最盛行，因为这时候差不多每个人身边少不了带铜子，花一枚两枚，大家都不大爱惜，只不过大人们监督孩子不要看那所谓“淫片”的罢了。现在正是那没有“淫片”的，看的人非常拥挤，最多的还要算妇女同小孩，我所忘记不了的，是那两个“洋片”主人中的一个。他的年纪大约不过十六岁，那天真烂熳的笑容，同那北方的刚强小孩的清锐的唱声，实在有说不出的可爱。他的用铁链系着的小狗，也伏在他身旁，看客稀少的时候，他便双手把狗抱着。我也花两枚铜子看了一遍，片子有几张也颇好，然而我的本意不在此。站在他对面唱的，大约是他的父亲，休息的时候，他们俩就在那里吃饭，一碟鱼放在架子上做菜，剩下的鱼头同尾巴，他摔给他的狗。

这天由九江上轮船的客很多，我因为来迟了一点，买的又是统舱票，找了几遍简直找不出一个铺位。后来有一个茶房说，铺位有一个，要先把酒钱讲定！我不禁又记车夫焱来了。我的父亲在家里同他约好，工钱回家把，饭店里由我任意给他几个零用。我给他的时候，问他够不够用，他笑着说："多着哩！"——并不是谦套。"我的故乡的车夫呵！"我在舱里无聊赖的想。当晚那茶房同由蕲春下船的客人争酒钱，我又小孩子盼望糖果似的默祝那客人多花几个哩！

统舱里的铺位，一层高比一层，妇女坐舱，一定要坐在最低层。我的铺位底下，便睡着两夫妇。他们的行李很脏，表明是从远方来的行人。据男子的话，山东人，由上海搭船，到武昌找朋友谋差事。这男子的年纪，至少要比女子大三十岁，十个指头都带烟黄色。女的面孔，到第二天清早起来同男的一路到舱外去的时候，我才看清白；以前同回到舱来以后，她倒在那阳光射不进〈出〉的角里，除掉男子叫她让他进去的时候应允一声外，我没有听见他〔她〕讲话。我的心阴郁起来了，以为天下最大的罪恶是，长满了胡须的男子同青年女子的接吻了。

同船还有一个女子也使我忘记不了。这女子并不在我们那一舱里，却时常由我们面前走来走去。她的服装很不讲究，久住都会的样子却看得出，听她的话音，大约是下江人。当她走过我们面前的时候，三四个茶房都拍掌大笑，我不大懂他们的话，好像是说："自己不照照镜子！"久坐舱内，心里很不畅快，出去倚着栏杆，远眺青山，低头看流水。听见茶房们笑闹，又走进舱来，原来他们在那里扯那女子！那女子恰巧站在舱门口，脸上有几颗麻子！汉口下船的时候，我站在趸船上喊挑夫，望见由楼梯下来了一个穿着很时髦衣服的姑娘，走近我面前，原来就是在船上被茶房嘈弄的那一位！我的心比时又阴郁起来了。

由汉口上火车的时候，遇着一位从前在武昌也很会过几面的朋友，他也是往北京去的。这位朋友，往常虽然没有同他多交谈，我却不大欢喜，而且有点嫌恶他的为人，现在为旅路方便起见，也很乐意同他坐在一块。我没有预备车上吃的杂粮，饿了的时候，约他一路到饭车去买饭，他微笑着说："你去，我不饿。"我于是一个人去；从我们的座位走到车尾，只瞄见了厨房，没有找着饭车，厨役说："饭车没有挂，要吃饭，请归座位。"我于是又回转头来；将进我们坐着的那辆车的时候，望见我的同伴背着我进来的方向一个人坐在那里吃蛋糕——似乎是由汉口带来的。我恐怕惊动了他，退到铁栏旁边站候一会。后来他同我谈他近年家况，娶妻了，生孩子了，以及妻怎样能干，孩子怎样可爱的话！我顿时被一瓢冷水惊着似的，毛发耸然！忏悔吗？又好像新从黑暗里挣扎出来；满足吗？却又实在在那里忏悔！

老实说，从这回以后，我才了解了"爱"的意义，我的心在世界上也有了安放的位置了。

一九二三，三，二四，作于北大西齐〔斋〕。

花炮①

近来没有整时间容我执笔，久已着手的一部东西，终于不能成器。清闲的心，不时欲依然保住，结果便留下这一点点。中秋夜北海观花炮，倒也红绿得可爱，这算是我的花炮而已。十月十七日。

一 放牛的孩子

我要把我的牛拴住，去寻我的梅姐。我亲眼看见她出来哩，并不

① 共4篇，其中《放牛的孩子》载《语丝》周刊1925年10月26日第50期，署名冯文炳；《幽会》《诗人》载《语丝》周刊1925年11月9日第52期，题为“花爆”，署名冯文炳；《妓馆》载《语丝》周刊1925年11月16日第53期，题为“妓馆（花炮之四）”，署名冯文炳。

邀我一声！——难道我有什么得罪了你不成？只是昨天，昨天我两人斗草，我给她输了，我说，梅姐，我不输，我〔你〕的这一对奶怎会一天一天的长高了呢？他是把草汁儿来变的[1]。但是，今天早晨她不还给我两颗荸荠吗，说是她爸爸在街上买回的？决不是为了这个。啊，是的，那边山上满山的映山红，梅姐一定是折花去了，我且去看看。

喂，你这牲口，这里的草多么青，你就在这里吃罢。

梅姐，你一个人玩得起劲吗？我离了你是不行的！你看，这泉水是多么清凉，这石头是多么洁净，竹子就长在石头缝里。这里洗脚是多么好呵，就坐在这棕榈树的脚下，他好像一把扇子，替我们遮住太阳。我真喜欢，我们的山上有许多棕榈树！那边又望得见我的牛哩。梅姐，你真是——你一个人跑到那里去了呢？

喂，那山腰里——是的，正是梅姐的牛！梅姐的牛也是多么好看呵，黑地带花。我且慢慢的走，去吓她一下，——不，那不是玩的，吓她她会对你哭起来的。

这牲口只晓得吃，你听，他吃得多么响！我且伏在这里探望一探望，——好红的花呵，红得对太阳眨眼哩！——不，是对太阳笑。——梅姐在那石桥底下哩！梅姐，你为什么跑到这山凹里来呢？我且不嚷，下去看她做什么。哈哈，好像一只鹭鹚，梅姐，你洗澡吗？——你为

① 斗草是小孩子在草地上一种游戏：人人折一根草，把草汁挤出，互相摄引，被摄去者为输。——作者原注。

什么不答应我呢？——好好的撇那棕榈树做什么呢？哈哈，她坐下了，她躺在青草上了，把棕榈树的叶子遮住了脸。

我并不是来羞你的，我只问你为什么瞒着我一个人来？这许多的映山红都是你折下来的吗？这里是你的衣裳，我递给你穿着罢。你的牛会偷偷的跑了哩！起来罢，不要老是蒙着，我替你揭开，——你看你看，她把眼闭着迷迷的笑哩！

二 幽会

少年 喂，到了，——深夜里谁也不会到庙门口来。

少女 月亮照得粉墙——你看，那三个字："观音庵"，叫人打冷噤！

少年 大慈大悲的观世音是保佑你的，我的宝贝！——你在想什么呢？

少女 我想起那老尼姑，她在妈妈面前总是夸奖我好。

少年 三岁的毛头儿也夸奖你好哩。

少女 正月我到庵里来过，但那是太阳高高的在上。

少年 月亮照着多么孤单呵，仿佛一座坟！

少女 虾蟆叫得好热闹，你听！

少年 他叫我们不要空谈！——这样是糟塌时光。

少女 你倒会搭题。

少年 可怜的我的宝贝，雨打了的八哥儿这样缩瑟着。

少女 我呵——走进了无底的深渊，我的妈妈不能牵我回去。

少年　不要只让我闻你的头发。

少女　妈妈不曾解我的衣带，我自己只对镜子照过我的脸庞。

少年　我的宝贝，你是我的！——你笑什么呢？这一笑，好比一阵风，——我是一粒微尘，吹得没有了。

少女　我笑你是高高的一个骗子手。

少年　你才会骗哩！你夺去了我的妈妈，有如那新生的姊妹，——他使得你忘记妈妈的奶。

少女　我把你这嘴——

少年　你的眼睛里是什么？我的宝贝，这样要把我砸碎了。

少女　我愿我的泪能照见你的心。

少年　我的心同你的泪一般明。

少女　我的鞋给草湿透了。

少年　但是他不走露你一点声响。

少女　月亮呵，你也留不住我们的影子。

三　诗人

"'色静深松里'——"

一下下脚步的清响仿佛随着露水浸到地底里去了，有这声悠扬的歌咏。

这声音——女人。

不是声音，不会相信这时节，这所在能有人到，正如人们所说，这里是藏那不知年代的古坟，——他不分晴雨昼夜，老是那么高耸。

不进到这林里，将真当他是黑团团的一球哩。

万松攒植，一片青空装点了如许云块，地下则月光渲染，不定着阴阴明明，长伸在阴明之中，蛇一般的白带，是乱石子铺成的通径，——忽然的斩断了，不，纵眼望，上入——

“好高的台阶呵！”

树影掩盖人影，人动树影又上到人身；松松之间，牵牛花纠缠殖长，怆白面三三两两叶片；落叶惊住了慢步，——已经是站在高台。

台的两角，各有一棵梧桐，叶子是很稀疏的了。当中一对石狮子，狰狞相顾。再进，砖瓦残堆，直接到——松林！

分明是安排定这时节，这所在，来衬托这颗心儿，——有点凛然了，圆瞋双眼，回身。

“前——后——这方地，让我观月，——那里（有）石凳！”

右边梧桐过去，——是一座日圭！

一线针影，影射的却非当时。

“唉——”

这可真动心了，——故宫荒冢，空留他计时日。

石缝里夹住一纸团！

“这——”

解开袖手，取出，展送眼前——

“我呵，我是一个诗人——”

两泪盈眶，——落到纸上。

“我望见了我的坟墓，他上面，是青草，我的诗稿在其中。”

“我留下的是女郎的名字？但是我，她们不认识——”

他〔再〕看，薄薄一张纸会湿透了！——从这晚起，他压在一幅美丽的枕头。

四　妓馆

妓女　现在是时候了，大家关门睡觉的时候了。

少年　你不知道我心头是怎样的跳，怎样的欢喜！请你相信我，这样是我新辟的天地，在我的怀抱里坐着你——一个女人。我时常这样想，倘若同女人—就是睄一睄奶子也是多么好呵。

妓女　你的话句句我都相信，朋友！但是我老不许你在这里住夜，也请你相信，我实在是爱你。

少年　再不要提那一层，一现在你便赶我也是赶不出去的了。哈哈，睡罢？

妓女　我替你解衣！

少年　你真笑得好，我就爱你这一笑！你解罢。

妓女　呸，我还有事哩。

少年　有事？明天我替你做。

妓女　我的事你做不了。一这里有镜子，你睄睄罢，看你长得是多么好看！今夜倒让我来做嫖客哩。

少年　我不放你走！

妓女　那么我们两人一路去？

少年　去做什么？

妓女　你猜！

少年　我猜不着。

妓女　你这傻子！去解小溲，—你且躺一躺罢，回头来睡一个痛快。

少年　唉，你的那声音真好听，他有那样的魔力，叫我一想起来眼睛也就闭着了。喂，今天再劳一劳驾罢，就是什么对小妹细说—

妓女　劳你的驾哩，要你记着。

少年　拿过开，你这脏老婆子的手！—嗳哟，多么冰冷呵。

妓女　让我亲一个嘴。

少年　你看，你这眼睛，会把我吞掉了！

妓女　咱们就这样谈到天明好不好呢？

少年　不要胡缠，好好的给我解衣！

妓女　我要为你铺一床新被，因为你是一个新郎。

少年　哈哈，我不是住在人间！你看，你这白白的小衣，叫我想起天河的飘洒—你为什么不则一声？你说你爱—

妓女　是的，我爱你，—你听，那边为什么吵架？

少年　我听不见！

妓女　是的，我为你我要忘记一切，—这样一个美男子，想死了人家多少女孩儿！让我好好的抱住。

少年　我给一种神秘古怪的东西罩着了，欢喜也不由我自主，而你—

妓女　我什么？

少年　你是观音菩萨，莲花座上，从容不过，—什么也不觉得似的！

妓女　没有的话，—你看，我一点瞌睡也没有，分外的清醒。

少年　你这真是文不对题，—不谈这个罢。

妓女　你又要怎么？

少年　你—你哭什么呢？你看你看！

妓女　对不起，我欺负了你，我是一个不健康的妓女，我不敢损坏你的童贞，—你不要哭，你给我的很多，我足够度过我堕落的生涯，只要记起—是的，你听从我的话，不伤我的心。

这样，这少年渐渐的睡着了，紧靠在——我怎样的称呼她呢？她是分外的清醒，不时从他的颊上，揩去自己的眼泪。

胡子①

前门下电车的人很多，王胡子是一个，谁知道他就是王胡子呢？人丛中挤下一个胡子来罢了。

王胡子脚刚落地，望一望东车站——

十二点半差一刻。

其实他早已算定了的，十二点半不是差一刻，就过一刻，走到集凤院一点不到。

① 载《语丝》周刊1927年3月5日第121期，署名废名。

午后上衙门的时候，几个老同事，也都是胡子，湾着腰凑近他的胡子说：

“哈哈哈，礼拜一！”

“我可不像你们这般礼拜六！”

“你是实用主义，每去必——”

“哈哈哈，一定是去的，今天把胡子也刮了！”

这倒是偶合，王胡子剃头平常总是礼拜一，而且在清早，一人占据了理发店。

“哈，刮胡子，这个兆头不好，老王，说正经话，今天怕要早一点去，靠得住些。”

“八点钟去，写了帐再到东升平洗一个澡！”

王胡子进集凤院，是一点差十分，宝宝正站在帘子里瞧一瞧她的手表。

宝宝立刻钻到帘子外了——

“打帘子！”

立刻又是——

“拿瓜子！”

王胡子站在帘子里了，首先却是看见自己。宝宝的橱柜嵌了四尺多长的一个大镜子。

“我把你这胡子——昨天干吗不来？”

一面说，一面仰着腰抱住王胡子的大腿，几乎蹲下去了。王胡子站不住脚，往后退——

“把嘴笑得这么大，可不是要吃我的——”

宝宝就顺着脑壳朝前一顶。

“喂喂，喂喂，不要惹动了家伙！”

王胡子已经退到床跟前，顺着庇〔屁〕股坐下去，剥瓜子。宝宝端端正正的坐在他的大腿上。

“按电铃！”胡子微笑着，两手捱着宝宝的裤腰擦上去。

“我们这里没有电铃，有电灯。”

王胡子的脑壳有点癞。宝宝身子弓着，脑壳贴在胡子的下巴之下。胡子的胡子可不及宝宝的头发黑。

“宝宝！我的宝宝！不要捣乱！”

“好好，我让你摸。”

“你们这般乐子！这么热的天也要绑这么一个背褡！”

绑得虽然并不怎样凸起，倒底是女人的奶。

“这才叫做隔靴抓痒！”

“劳驾，我不痒，——哈哈哈。”

胡子嘴一歪。

宝宝是一种骑马的姿势，很可怜王胡子似的，依着那“八字”捋了又捋，而且翘嘴——

“Kiss，Kiss（。）”

“我不晓得什么该死，该死！”

宝宝跳下来，打一个呵欠，——钻到帘子外去了。

一点多钟还有人来逛乐子！王胡子这才真有点可怜，顺着身子躺下去，仿佛是钉〔盯〕眼看那天花板，天花板上老鼠碰来碰去。但他是听外面点名。

集凤院立刻也当得寂然二字。宝宝又坐在王胡子的大腿了，这回是歪身着。

“几点钟？”胡子很镇静的问。

宝宝伸出手来叫他自己看。宝宝的袖子那么短，那么大，又是一件单褂，白的膀子一直可以看到腋窝里一簇黑——

“哈哈，这是什么东西？”

宝宝的袖子里也有胡子的手。

“嗳哟！——我把你这胡子！”

“嗳呀，一点三刻了，我要回——”

“瞎说！住乐子！”

“住乐子？你没有留客？”

“我晓得你来，所以不留。”

“留我我就住。可是我有一个条件，昨天晚上打八圈，没有睡觉，瞌睡来了，马上就要睡。”

“好，你写帐。”

王胡子就是喜欢这么热的天“住乐子”。他的头发照例是“推光”，所以在宝宝的漂白枕头上，他有的只是胡子。他奇怪，自己是这么瘦，而且太长了，——那么一对大脚指！他有的只是胡子，他觉得了，脑壳动一动罢，胡子跟着动。但他把脱去了丢在那头的裤子拉过来，——盖住“家伙”。

宝宝偏了一偏，以为他是怕凉了肚子。她还没有躺下去，坐着，抓脚指，裤带子胡子以为她不防替她解了。宝宝也许忘记了胡子在她的身边，若裤带子则知道是松了的。

“宝宝，你好肥的屁股。”

“好肥，你舔！”

舔屁股自然是“捣乱”，如果宝宝从脚指窝里拿出手来叫他嗅，——可惜他眼巴巴的而不屑于说了。

“喂，你说你今年十几呢？”

“你同你的太太草了几年，我就用几年打对折。”

“我把你这滥货！”

胡子是鼻音，——宝宝就在这当儿躺下去了，胡子钻头吃奶。

“我的宝宝！”

依然是鼻音。

宝宝是高枕而卧，抽烟卷。

“宝宝，宝宝……”

胡子的声音很娇媚。

“你说你瞌睡来了！”

胡子的一只手已经伸在——

“哈哈，白板！”

“白板你摸，——数一数你的胡子有多少？”

（一九二七，二，二六。）